SEXO E AMIZADE

ANDRÉ SANT'ANNA

Sexo e amizade

Copyright © 2007 by André Sant'Anna

Capa
Kiko Farkas/Máquina Estúdio
Elisa Cardoso/Máquina Estúdio

Preparação
Márcia Copola

Revisão
Daniela Medeiros Gonçalves Melo
Cláudia Cantarin

Os personagens e as situações desta obra são reais apenas no universo da ficção; não se referem a pessoas e fatos concretos, e não emitem opinião sobre eles.

Dados Internacionais de Catalogação na Publicação (CIP)
(Câmara Brasileira do Livro, SP, Brasil)

Sant'Anna, André
   Sexo e amizade / André Sant'Anna. — São Paulo :
Companhia das Letras, 2007.

ISBN 978-85-359-1127-5

1. Contos brasileiros 2. Ficção brasileira I. Título.

07-8330   CDD-869.93

Índices para catálogo sistemático:
1. Contos : Literatura brasileira   869.93
2. Ficção : Literatura brasileira   869.93

[2007]
Todos os direitos desta edição reservados à
EDITORA SCHWARCZ LTDA.
Rua Bandeira Paulista, 702, cj. 32
04532-002 — São Paulo — SP
Telefone: (11) 3707-3500
Fax: (11) 3707-3501
www.companhiadasletras.com.br

Sumário

Parte 1: Amizade, 7

O importado vermelho de Noé, 9
Rush, 20
A solidão de Fidel Castro, 25
A lei, 34
Questão estética, 45
Um lapso de razão, 50
A maior loucura, 53
Deus é bom nº 6, 65
Marginal!!!, 79
O mundo é assim, 84
Minhas memórias, 89
Pro Beleléu, 97
Cultura, 101
Nova York, 105
O primeiro amor dele, 108
Meio ambiente é o caralho, 112

Aquarius, 116
Você tem que ser feliz!, 120
Triste, 122
Interior, 126
Sexo com amor, 129
Necrose hemorrágica, 134

Parte 2: Sexo, 143

Para conhecer os nossos lançamentos,
cadastre-se no site:

www.companhiadasletras.com.br

e receba mensalmente
nosso boletim eletrônico.

Boa leitura

PARTE 1
AMIZADE

O importado vermelho de Noé

Está chovendo dinheiro em Nova York. Deu no rádio. Deu na CBN. E, com o meu carro vermelho, importado da Alemanha, logo estarei no aeroporto e voarei para Nova York pela American Airlines. O meu carro vermelho, importado da Alemanha, é veloz. Eu tenho poder de compra, e por isso comprei o meu carro vermelho, importado da Alemanha. Eu tenho empresas e sou digno do visto para ir a Nova York. O dinheiro que chove em Nova York é para pessoas com poder de compra. Pessoas que tenham um visto do consulado americano. O dinheiro que chove em Nova York também é para os nova-iorquinos. São milhares de dólares. Ergui empresas, venci obstáculos, ultrapassei limites, atingi todas as metas, e agora vou para Nova York, onde está chovendo dinheiro. Possuo as qualificações necessárias, os dotes exigidos, e sou livre para ir a Nova York, onde está chovendo dinheiro. As negociações estão encerradas. Meu cérebro de administrador é perspicaz e tem o veredicto final. Estou indo para Nova York, onde está chovendo dinheiro. Sou um grande administrador. Sim, está chovendo dinheiro em Nova York. Deu no rádio. Vejo que há pedestres invadindo a via onde trafega o meu carro vermelho, importado da Alemanha. Vejo que há carros nacionais trafegando pela via onde trafega o meu carro vermelho, importado da Alemanha. Ao chegar a Nova York, tomarei providências. O meu cérebro de administrador sabe que providências tomar. Procurei o desenvolvimento em cada instante de minha vida. Sei exatamente aonde quero chegar. Eu quero ir para Nova York, onde está chovendo dinheiro. Será uma grande aliança. Eu e o dinheiro que está chovendo em Nova York. Uma fusão gloriosa. Agora compreendo os desígnios da natureza, a intenção do destino. Agora posso compreender Deus, que está a meu lado e faz chover dinheiro em Nova York. Enxergo claramente a diferença entre o meu carro vermelho, importado da Alemanha, e os carros nacionais. A diferença que me separa definitivamente dos pedestres que invadem a via onde trafega o meu carro vermelho, importado da Alemanha. Voarei para Nova York pela American Airlines, e Deus estará comigo, indo para Nova York. Deus está em toda Nova York. Deus é também um grande administrador, como eu, Paulo e os nova-iorquinos. É grande a empresa de Deus, como são grandes as minhas empresas. Deus toma as providências necessárias e faz chover dinheiro em Nova York. Milagre! Deu no rádio. Está chovendo dinheiro em Nova York, e eu vou para Nova York. Está chovendo dinheiro em Nova York! Estou indo velozmente, no meu carro vermelho, importado da Alemanha, para Nova York. Estou indo para Nova York numa velocidade incrível, deixando para trás os pedestres e os carros nacionais. Deixando para trás um passado impecável, rumo a um futuro espetacular. Deus fala diretamente à minha consciência. Deus faz chover dinheiro em Nova York e não aqui, na Marginal Tietê, onde só chove chuva de água normal. A grande recompensa de Deus é exclusiva dos grandes administradores como eu, Paulo e os nova-iorquinos. Caso contrário, choveria dinheiro aqui mesmo, na Marginal Tietê, onde chove só chuva de água normal e os carros nacionais impedem a passagem veloz do meu carro vermelho, importado da Alemanha. Aqui, onde o rio Tietê recebe a chuva de água normal, sem um dólar sequer no meio, que se mistura ao esgoto horroroso constituído pelo excremento dos pretos desta cidade e pelo subproduto indesejável da insignificante indústria nacional. Está decidido: a partir deste momento minhas empresas terão capital internacional e flutuarão no rio global de dinheiro que chove em Nova York. Estou a um passo do futuro magnífico, planejado, pessoalmente, por Deus, para mim, para Paulo e para os nova-iorquinos. Basta esperar que os insuportáveis carros nacionais abram passagem para o meu veloz carro vermelho, importado da Alemanha. Dividirei o rio Tietê em dois e o atravessarei sozinho no meu carro vermelho, importado da Alemanha, rumo à Terra Prometida, que é Nova York, onde está chovendo dinheiro. Vou sozinho para Nova York. Está decidido. É uma decisão acertada como todas as decisões que o meu cérebro de administrador toma. A chuva de água normal que cai sobre o rio Tietê não impedirá que eu avance cada vez mais. Os carros nacionais que atrapalham a veloz passagem do meu carro vermelho, importado da Alemanha, serão esmagados pelos anjos vingadores de Deus. A chuva cai, mas é só água normal. Não é como em Nova York, onde está chovendo dinheiro. Ao chegar a Nova York, tomarei as providências necessárias. Mandarei um e-mail a Paulo, que é um grande administrador e também vai para Nova York. É preciso substituir o prefeito, que é preto. A culpa é do prefeito. A chuva de água normal, que faz subir o rio Tietê.

O subproduto da medíocre indústria nacional. A péssima qualidade dos carros nacionais. Os buracos que deformam o asfalto das lentas estradas de rodagem nacionais. O prefeito é preto. A culpa é do prefeito e do povo que votou nesse prefeito preto. Eu também votei nesse prefeito preto, mas foi a pedido de Paulo. Nunca vou esquecer o que Paulo fez pelas empresas. Paulo é meu amigo. Paulo é um grande administrador, como eu e os nova-iorquinos. Paulo já rompeu com o prefeito preto. Me perdoe, Deus, por ter ajudado a financiar a campanha desse prefeito preto. Me perdoe, Deus. Na época das eleições eu ainda não havia recebido vossas instruções. Mas agora deu no rádio. Está chovendo dinheiro em Nova York, e eu preciso ir para Nova York. Em Nova York poderei voar livremente, velozmente, no meu carro vermelho, importado da Alemanha. Em Nova York, meu carro vermelho, importado da Alemanha, jamais será roubado pelos assaltantes pretos. Em Nova York não chove chuva de água normal. Chove dinheiro em Nova York! Mas é só para mim, para Paulo e para os nova-iorquinos. Meu enorme capital vai se fundir no enorme capital do dinheiro que chove em Nova York. Basta que pare de chover água normal aqui, na Marginal Tietê. Basta que os carros nacionais sejam eliminados. Basta que o prefeito preto fique branco e deixe de ser preto como a água do rio Tietê ao se misturar com os excrementos dos pretos nacionais. Deus só está testando a minha fé, por isso não pára de chover água normal aqui, na Marginal Tietê. Por isso, os carros nacionais continuam a obstruir a passagem veloz do meu carro vermelho, importado da Alemanha. Eu tenho fé, Deus. Eu acredito, Deus. Deu no rádio: está chovendo dinheiro em Nova York. E logo eu estarei em Nova York, onde está chovendo dinheiro. Oh! Não! O rio Tietê está subindo, subindo, subindo... Eu sei de quem é a culpa. A culpa é do prefeito. O prefeito tem que tomar uma providência. As bactérias nojentas do rio Tietê estão invadindo a via onde o meu carro vermelho, importado da Alemanha, tenta trafegar. O meu carro vermelho, importado da Alemanha, tenta trafegar velozmente, mas os carros nacionais impedem seu veloz tráfego. No aeroporto, o vôo da American Airlines está esperando por mim. Eu tenho um visto para entrar nos Estados Unidos. Eu tenho uma passagem na primeira classe do vôo da American Airlines que vai para Nova York. Eu quero ir para Nova York. Está chovendo dinheiro em Nova York. Deus, leve o meu carro vermelho, importado da Alemanha, para o aeroporto, onde o vôo da American Airlines espera por este seu devoto, grande administrador branco, perspicaz, amigo de Paulo. Deus, eu sou sua imagem e semelhança, Deus. Eu sou belo, Deus. Eu creio, Deus. Deu no rádio. Está chovendo dinheiro em Nova York, e o meu carro vermelho, importado da Alemanha, está preso entre os carros nacionais, às margens do rio Tietê, onde a água normal e o excremento dos pretos, por culpa do prefeito, começam a invadir a via onde o meu carro vermelho, importado da Alemanha, não consegue sair velozmente do lugar. Não perderei a calma. Tempo há. A American Airlines sempre espera por seus passageiros brancos da primeira classe. Sou um administrador objetivo. A água normal que chove no rio Tietê não pode deter a força de Deus, a velocidade do meu carro vermelho, importado da Alemanha. Tenho direitos garantidos por lei. As empresas são minhas. O carro vermelho, importado da Alemanha, que me levará às asas da American Airlines, é meu. Ainda tenho um almoço de negócios em Nova York para resolver negócios urgentíssimos. São negócios de fusão com o capital internacional. Negócios relacionados ao dinheiro que está chovendo em Nova York.

Negócios diretamente relacionados a Deus, que faz chover dinheiro em Nova York. Deus exige a minha presença em Nova York. O prefeito deve priorizar a retirada dos carros nacionais que impedem a passagem velocíssima do meu carro vermelho, importado da Alemanha. Paulo! Onde está Paulo? Onde está o prefeito? Paulo, retire o prefeito. Eu quero ir para Nova York. Pretos. Só vejo pretos, carros nacionais e água normal misturada ao subproduto da fraquíssima indústria nacional juntamente com o excremento dos pretos. É a investida do Demônio preto contra o meu carro vermelho, importado da Alemanha. Não admito. Não posso admitir. Deus está me pondo à prova. Não se preocupe, Deus. Jamais abandonarei minha missão. Deus, me desculpe. Minha fé fraqueja. São as bactérias do rio Tietê por culpa do prefeito. Sim, Deus. Me reunirei ao meu amigo Paulo e aos novaiorquinos, e me fundirei aos milhares de dólares que estão chovendo em Nova York. A liberdade internacional está logo ali, ali... Eu vejo. Eu vejo, meu Deus. Está chovendo dinheiro em Nova York, e eu posso ver o dinheiro que chove em Nova York. Deu no rádio. Está chovendo dinheiro em Nova York. Eu posso ver. Deu no rádio. A água normal que chove no rio Tietê está atingindo níveis insuportáveis. Uma falta de respeito ao meu poder aquisitivo, ao meu poder de compra. Eu tenho poder de compra e não posso admitir que o afrontoso rio Tietê com o excremento dos pretos e mais esses abjetos carros nacionais impeçam a trajetória veloz e perfeita do meu carro vermelho, importado da Alemanha, rumo a Nova York, onde está chovendo dinheiro. São milhares de dólares em Nova York e milhares de dejetos humanos pretos aqui, na Marginal Tietê, na via onde o meu carro vermelho, importado da Alemanha, já não trafega mais. Deus... Deus, exijo uma providência. O prefeito tem que tomar uma providência. Preciso possuir dinheiro em Nova York. Preciso possuir as mais belas mulheres do planeta em Nova York. Eu tenho direitos. Direitos humanos. Mas não. Os direitos humanos servem apenas aos interesses dos criminosos pretos, que infestam as cadeias nacionais. Eu tenho direitos humanos internacionais, garantidos pela lei de Deus que me obriga a ir para Nova York. Eu tenho deveres para com Deus. Saiam da frente do meu carro vermelho, importado da Alemanha, seus demoníacos carros nacionais dos pretos. É uma necessidade urgente possuir as mais belas mulheres do planeta em Nova York. Eu sou um belo com poder aquisitivo. Meu poder aquisitivo é imensurável, sim, sim. Não... Não... Estou cercado de água normal dos pretos sem dólares como aqueles dólares que chovem em Nova York. Os dólares que serão meus, de Paulo, dos nova-iorquinos, de Deus, de Deus, de Deus. Tenho um jantar urgentíssimo em Nova York, onde está chovendo dinheiro. Dólares enviados especialmente por Deus, para mim. Tenho um jantar com as mais belas mulheres do planeta em Nova York: Julia Roberts, Cindy Crawford, Nicole Kidman, Kim Basinger, Catherine Deneuve, que sempre vai a Nova York como eu. Naomi Campbell também. Naomi é preta, mas é muito gostosa. Ela não é igual a esse prefeito preto que permite a obstrução do meu carro vermelho, importado da Alemanha, pelos miseráveis carros nacionais, pela catastrófica chuva nacional normal, pelo rio Tietê, pretíssimo, cada vez mais cheio, invadindo a via onde o meu carro vermelho, importado da Alemanha, não consegue mais se mover. Deus! Deus! Estou imóvel enquanto chove dinheiro em Nova York. A água do rio Tietê e os excrementos pretos dos pretos e o subproduto da pouco competitiva indústria nacional estão se aproximando do meu carro vermelho, importado da Alemanha. Meu carro vermelho, importado da Alemanha, vai ser tocado por excrementos pretos. Não. Isso não vai acontecer. A American Airlines vai me levar a Nova York, onde está chovendo dinheiro. E eu, um belo administrador, amigo de Paulo, escolhido por Deus, aguardado pelos nova-iorquinos, me fundirei no dinheiro que chove em Nova York, no capital estratosférico, no corpo nu de Julia Roberts. Me fundirei nas mais belas mulheres do planeta que estão em Nova York. Começarei a tomar providências imediatamente, retirando o prefeito preto e os carros nacionais que infestam a via onde o meu carro vermelho, importado da Alemanha, deveria estar trafegando. Minhas empresas possuem grande agilidade. Meu cérebro é uma máquina de última geração. Sou uma águia na administração. Você está deposto, terrível prefeito preto. Exijo direitos plenos sobre a alta tecnologia do meu carro vermelho, importado da Alemanha, e sobre os aparelhos computadorizados do vôo da American Airlines que me levará a Nova York, onde chove dinheiro. Os carros nacionais para pretos de baixo poder de compra logo serão levados pela corrente de água normal e de excrementos dos pretos. Os inconsistentes carros nacionais não vão resistir a esta enchente preta de água normal. Eu sabia. Deus está mostrando o seu poder fazendo chover água normal aqui, nesta via ao lado do rio Tietê. Os carros nacionais e os pretos estão sendo destruídos. Quando toda esta via automotiva estiver submersa nos excrementos pretos e no subproduto da fétida indústria nacional, Deus retirará da água normal o meu carro vermelho, importado da Alemanha, fazendo com que a velocidade internacional do meu carro vermelho, importado da Alemanha, me leve ao aeroporto, onde o vôo da American Airlines, para Nova York, estará à minha espera e à espera de Paulo. Me fundirei na ilha de Manhattan e nos dólares que chovem em Nova York.

Depois irei a Paris para uma reunião prioritária de negócios e jantares exclusivos com Catherine Deneuve e a cúpula européia do capital internacional feliz independente. Sim. De Nova York a Paris. De Paris a Nova York, através da Air France e também da insuperável American Airlines. Serei cercado pelos paparazzi da imprensa internacional, mas não morrerei em Paris, à meia-noite, às margens do rio Sena, onde *nothing is real*. Deus está comigo. Mesmo agora, que os ignóbeis carros nacionais começam a ser levados pela enxurrada de água normal, excrementos e subprodutos. Exijo a presença da imprensa e nada tenho a declarar. Só falarei na presença de Deus ou do meu advogado. Aqui só há pretos saindo dos carros nacionais, tentando fugir da chuva de água normal enviada por Deus. Mas eu ficarei aqui no meu carro vermelho, importado da Alemanha. Em poucos instantes, Deus iniciará a retirada do meu carro vermelho, importado da Alemanha. Planarei sobre este rio preto administrado pessimamente pelo prefeito, que é o responsável por toda esta chuva normal que chove aqui e não em Nova York, onde também chove, mas chove é dinheiro enviado por Deus. Deu no rádio. Está chovendo dinheiro em Nova York. Milhares de dólares num fluxo de alta rentabilidade. Ainda bem que possuo a calma e a frieza objetiva, exclusividade dos grandes administradores, para enfrentar os poucos minutos que ainda restam antes que os carros nacionais dirigidos por pretos de baixo poder administrativo sejam destruídos e o meu carro vermelho, importado da Alemanha, se eleve aos céus nas asas da American Airlines, rumo a Nova York, onde não pára de chover dinheiro. Está chegando o momento sagrado. Eu posso sentir a presença internacional de Deus, que me adora. Foi Deus quem me escolheu para ir a Nova York e participar das reuniões decisivas e dos jantares com o capital que chove em

Nova York. A fusão é imprescindível. Agora. Agora. Estou pronto. Ainda não? Sim, Deus. Estou ouvindo com os meus infalíveis ouvidos de grande administrador. Está dando no rádio. Uma mensagem. Cindy Crawford e Michael Douglas estarão à minha espera. A reunião decisiva para eliminar os protozoários maléficos que produzem fichinhas falsas e o prefeito preto do povo preto que produz excrementos aqui, nesta via nacional intransitável que submerge nas águas pretas da insolúvel indústria nacional, nas margens do rio Tietê. A paciência é uma virtude dos grandes administradores belos que se fundem nos corpos das internacionais mulheres lindas de Nova York, onde chove dinheiro. Oh! Deus. Está tão frio. A água normal e preta está subindo, subindo. A água preta macula meu carro vermelho, importado da Alemanha. Oh! Deus. Por que me fazes passar por esta prova final? O subproduto da indústria preta já atinge meu peito largo de grande administrador. A água normal é fria. O dinheiro que chove em Nova York é quente como o regaço de Julia Roberts. A água está toda preta, toda nacional e pouco desenvolvida. Deus, preciso de uma reunião intransferível com o senhor que ama a mim, a Paulo, aos nova-iorquinos, às mais lindas mulheres do planeta, ao meu carro vermelho, importado da Alemanha, ao fluxo intercambiável de capital que chove em Nova York. Preciso apontar falhas no sistema administrativo deste rio de águas pretas e normais, nesta via que sucumbe à ira dos excrementos de baixo poder aquisitivo, me afastando do objetivo final proposto a mim, pelo senhor, Deus. Eu vou ser o prefeito. Eu sou o prefeito. Deu no rádio. Eu vou ser o prefeito em Nova York com os nova-iorquinos, o dinheiro que chove e as mais lindas mulheres do planeta nas reuniões de máxima urgência com o fluxo global de Paulo. Deu no rádio. Está chovendo dinheiro em Nova York, e eu sou o prefeito. É hora de voar pela American Airlines. Meu carro vermelho, importado da Alemanha, deve partir imediatamente para Nova York, antes que aquele excremento preto nacional entre em contato com a superfície vermelha e tecnologicamente avançada do meu carro vermelho, importado da Alemanha. Contato. Contato. Há falhas no sistema administrativo nacional. Devo partir imediatamente. Há excrementos pretos flutuando ao redor de meu forte pescoço. Há água fria. Contato. Deus, contato. Falhas existem para ser corrigidas. Contato. Contato. Excremento detectado. Elevarei meu potente maxilar e evitarei que a água nacional preta entre em minha boca. Elevação iniciada. Contato. Excremento detectado. Contato bucal com excrementos de baixa qualificação técnica. Julia Roberts, Deus, contato. A fusão com o capital universal administrativo nova-iorquino deve ser efetuada. Evitar o excremento e a água normal sem dólares. Ar. Água preta normal, entrando no nariz de linhas arrojadas. Deus, deu no rádio. Está chovendo dinheiro em Nova York. Está chovendo dinheiro em Nova York. Excremento preto nacional normal à frente. Eu quero ir para Nova York. Excremento preto de baixo poder aquisitivo, na minha boc... Está chovendo dinheiro em Nov

Rush

Mulher no trânsito é um pobrema. Bom era no tempo da ditadura. Eles não davam carteira pra qualquer um, não. Tinha que mostrar que sabia dirigir mesmo. Se o cara não arrumava o banco direito quando ia sentar no carro, pelo jeito do cara, o instrutor já percebia se o cara era bom de dirigir mesmo. Se o cara não sentasse direito, com as costas retas, assim que nem eu, tá vendo?, o instrutor mandava o sujeito embora na mesma horinha. Sem carteira. E, pra dirigir táxi assim que nem eu, o sujeito tinha que ter muita experiência. É. Tá vendo? Olha só. Viu? No trânsito não tem lugar pra amador, não. É. Tem que ser rapidinho que é pro passageiro não perder tempo. Tá vendo no túnel? Eu sei onde fica cada radar. Tá vendo ele piscando lá? Então... eu desenvolvo a cento e vinte aqui e, na hora que tá chegando perto, eu freio. Eu vou passar no radar a oitenta, certinho. Olha só. Ahá. Viu? Não piscou, não fotografou. Agora eu posso pisar que não tem mais radar. Não tem mais pobrema. Ruim é que dia de sexta-feira os motorista amador sai tudo pra rua. Fica tudo atrapalhando o trânsito. A lá o velho. Só podia ser japonês. Não enxerga nada com aqueles olho puxado. Mas ruim mesmo é mulher. Devia ser proibido mulher dirigir, que nem na época da ditadura. Pra dirigir, só profissional. Tem que ser igual eu. Eu já dirigi caminhão, Scania, Mercedes, Volvo. Sabe o que é isso? Tem que ser homem mesmo pra segurar o bicho. É por isso que eu tenho carteira de profissional. Posso dirigir qualquer coisa, até tanque de guerra. Na época da ditadura, pra tirar carteira de caminhão, o instrutor mandava a gente ir subindo uma ladeira assim, ó, e frear de repente. Se o caminhão descesse um pouquinho pra baixo, eles não davam a carteira, não. Eu fui lá e, ó, não mexeu nem um pouquinho. No tempo da ditadura o instrutor pegava firme. Assim que tem que ser: que nem na época da ditadura. Ah! Se fosse na época da ditadura e eu tivesse dirigindo um Volvo agora!!! Tá vendo aquela mulher ali, aquela velha... se eu tivesse no Volvo, eu passava por cima. Mas vê se eu sou trouxa pra encostar nela agora! Se fosse no tempo da ditadura, eu jogava ela no poste. Mas tá vendo o guardinha lá na esquina? Só quer saber de multar. Fica prejudicando os motorista de verdade. Olha só. Tá vendo? Vou grudar no rabo da velha. A lá ela ficando apavorada. Porra, se não agüenta a parada, fica em casa. E os pleibói?! A lá aquele lá. Só porque tem carro importado que o papai comprou, acha que pode ficar ultrapassando todo mundo. Eu, ele não ultrapassa, não. Não sou mulher, não, que fica deixando passar. Ó só. No tempo da ditadura ele ia ver só. Ia pra cadeia e ia tomar um monte de porrada. Fica fumando maconha e sai pra rua pra atrapalhar o trânsito. No tempo da ditadura, eles pegavam os filhinho de papai, punha pra tomar choque e o escambau. Não tinha pleibói com carro importado, não. Não podia ficar atrapalhando o trânsito, não. Se o pleibói tivesse maconhado, ia direto pro hospício. E não era desses hospício chique pra filhinho de papai, não, que nem leva choque. No tempo da ditadura era hospício mesmo. Tinha que ser homem pra agüentar. Agora, não. Que nem aquele, o Rafael, do Polegar, que fica engolindo escova de cabelo... quero ver se ele ia aparecer na televisão no tempo da ditadura. No tempo da ditadura ele ia era engolir um cassetete na goela. Por isso é que no tempo da ditadura não tinha esse negócio das drogas, não. Só nos Estados Unidos. Agora, não. Os pleiboizinho fuma maconha, vem pra rua atrapalhar o trânsito, e qualquer coisa o papai vai lá, tira do xadrez e põe na clínica de desintoxicação. Essas clínica é tudo hotel de luxo, igual o Lalau. Quero ver agüentar é os hospício no tempo da ditadura. É. E os pedestre também, a lá. Fica tudo avançando na rua. Fica tudo atrapalhando o trânsito. Depois a gente atropela um e dá o maior pobrema. A lá!!! A lá aquela mulher. Mulher é ruim até de pedestre. No tempo da ditadura, eu não queria nem saber, eu ia em cima mesmo, que é pra aprender a olhar o sinal. Pedestre pode atravessar o sinal vermelho, mas eu, que sou profissional, tenho que parar. A lá o guardinha. Se eu entrar um pouquinho na faixa, ele me multa. Os bandido, os estuprador fica tudo aí, e eu é que tenho que pagar multa. Por que que não vai multar esse pessoal que fica atrapalhando o trânsito? Que nem na época da ditadura! Por que que não vai multar as mulher? Por que que não vai multar os pleibói? Por que que não vai multar os japonês, que fica só atrapalhando o trânsito?! A lá. Tem olho puxado, por isso é que atrapalha o trânsito. Eles ficam dirigindo do lado contrário lá no Japão, e depois vêm aqui e não sabem dirigir certo. Sabia que no Japão eles dirigem do lado contrário? É. O motorista vai no banco da direita. Mas aqui, não. Os japonês fica do outro lado e não sabem dirigir do lado certo. Por isso é que jogaram a bomba atômica no Japão na época da ditadura. Porque os japonês fazem tudo ao contrário, que nem buceta de japonesa, que é atravessada. A lá a velha. Fica só atrapalhando o trânsito. Na época da ditadura não tinha isso, não. Podia ser velho, japonês, pleibói, mulher, ia tudo tomar porrada. Por isso é que era bom. Agora, não. Cara de moto, então, não tinha que nem esses agora, não. Antes os cara de moto era tudo cabeludo, na época da ditadura. Era os que mais tomava porrada. Os cabeludo e os comunista, esse pessoal que fica atrapalhando o trânsito. Agora é motobói. Fica tudo atrapalhando o trânsito e, na hora que a gente perde a cabeça, dá um encostãozinho, o motobói se arrebenta, aí vem motobói de bando pra te dar porrada. Logo você, eu, que sou profissional. Aí eu é que sou prejudicado. Então, a gente, que é profissional, é que é prejudicado. Vê lá se a gente, que é profissional, temos direitos humanos!? Não, direitos humanos é só pra bandido. Só pra estuprador, que os políticos querem tudo soltar. A Marta. Direitos humanos é só pra esse pessoal aí que fica atrapalhando o trânsito. Tudo lerdo. A lá. Na época da ditadura não tinha esse negócio, não, de direitos humanos. Era choque, porrada. Eles enfiavam o cassetete lá mesmo. Sabe aonde, né? Mulher, então, eles iam com alicate no bico dos seios. Que nem esses canadenses que seqüestraram o Diniz do Pão de Açúcar. Se fosse na época da ditadura, eles pegavam aquelas mulher do seqüestro e estuprava tudo. Com homem eles enfiavam o cassetete. Com mulher eles estuprava eles mesmo. Depois davam porrada, enfiava garrafa. Agora vem o Direitos Humanos e solta tudo. E dia de sexta-feira é pior, que os amador vêm tudo pra rua pra ficar atrapalhando o trânsito. Fica tudo sem deixar a gente ultrapassar. É. A lá. A lá os trombadinha. Finge que tá com fome, e as mãe fica tudo lá escondida. Aí os menino pede dinheiro e dá tudo pra mãe tomar pinga. Eu não dou, não. Eles finge que é pra comer, mas não é, não. Eu já vi. É pra mãe tomar pinga. A lá a mãe daquele ali com outro filho dando de mamar. Tá só esperando o menino chegar com o dinheiro. Na época da ditadura eles também pegavam esses menino, botavam dentro do ônibus, lá na Dutra, pegavam a estrada, matava e jogava tudo no mato. Agora, não, fica tudo aí pedindo dinheiro, atrapalhando o trânsito. A lá. Dia de sexta-feira só tem lerdo na rua, atrapalhando o trânsito. A lá. Os velho tudo devagar, atrapalhando o trânsito. A lá. O sinal abre, e o velho fica esperando, a lá, fica olhando prum lado, olhando pro outro, porra! Vai embora, caralho, o sinal abriu, tem que passar por cima, que nem eu, que sou profissional de Volvo. Fiz exame no tempo da ditadura. Mas os caras, não. Sai tudo pra rua na sexta-feira pra atrapalhar o trânsito. A lá, ó. Tudo paradão, a lá. A lá!!! Num tô dizendo? A lá a aleijada, tá vendo? Não consegue nem andar direito e já vai se jogando na frente dos carro. E os otário param pra ela passar. É isso que atrapalha o trânsito.

A solidão de Fidel Castro

O povo, lá, naquele fedor, naquela ignorância. Uns caras que tomam umas pingas e já saem enfiando as peixeiras uns nos outros. Depois, vão pra casa, trepam com aquelas mulheres que não dá nem pra chamar de mulher de tão horríveis e fedorentas, sem dente, com uns peitos muxibentos, horríveis, umas perebas espalhadas pelo corpo, aquele cheiro de sovaco mal lavado, o cabelo caindo da cabeça, horrível.
Horrível!
Uns operários desqualificadíssimos, péssimos operários, que fabricam uns troços extremamente malfeitos, mal-acabados. Uns caras que não têm a menor capacidade para interpretar uma notícia de jornal, de compreender um fato político, para dialogar com os empregadores, para organizar um piquete organizado.
Ai!
Uns estudantezinhos filhinhos de papai que acham que leram Marx só porque o professor de geografia, aquele barbudo que fala cuspindo, deu em sala de aula um resumo muito resumido do capítulo sobre a mais-valia (o resumo inclusive era mal

traduzido). Uns moleques preguiçosos que deixam qualquer ideologia de lado, assim que o pai aparece com as chaves do carro novo, só porque o babaquinha passou no vestibular de comunicação social, querendo ser jornalista de esquerda, mas que vai acabar sendo um publicitário riquinho que saberá o nome de meia dúzia de vinhos e vai passar a vida toda falando de vinhozinho, de hotelzinho na Normandia, de picanha nobre, de charuto cubano (os *the best*), dessa babaquice toda, essas merdas.

Uns hippies patéticos que, em vez de inventar o LSD, compor "Like a rolling stone", escrever *On the road*, ou filmar *Acossado*, tocam flautinha de bambu (Green Sleaves — uma nota errada a cada três certas), vendem pulseirinha de macramê, que já vem suja de maionese, e passam os verões em cidades de veraneio, fumando uma maconha de péssima qualidade, vinda do Paraguai, misturada com cocô humano (sacanagem dos paraguaios, que são uns hippies ainda mais sem-vergonha).

Bem...

Uns militares oligofrênicos, verdadeiras cavalgaduras, malformados física e intelectualmente, que achavam que o Dostoievski era goleiro da seleção polonesa. Uns velhos tarados, sádicos, brochas. Mas o maior problema deles, dos militares estúpidos, mesmo, é a burrice mesmo, a ignorância, a má-formação, tão horrível quanto a do povo babão e imbecil.

Horrível mesmo!

Uma burguesia pra lá de chinfrim, aqueles caras — é difícil até arrumar um adjetivo que corresponda às tamanhas péssimas horríveis deficiências de caráter, deficiência estética, deficiência de tudo mesmo —, aqueles caras que assistiam ao programa do Flávio Cavalcanti e iam naqueles musicais babacas que têm lá em Nova York, aquela cidade que esses caras vermes acham que é o máximo da coisa chique, moderna, cosmopolita e ótima.

Nova York!!!!!!!!!!!!!!!!!!!!!!!!!!!!!!!!!

Então, aquela bosta.

Então, esses banqueiros ladrões, gente muito escrota que até hoje financia essa merda toda, que apóia qualquer armação nojenta que dê algum dinheiro pra eles, as amebas malvestidas com roupas muito caras e horríveis. Sabe aquele cabelo grisalho bem aparado e aquelas unhas todas cortadinhas? Sabe aquela caretice que só gente muito tarada e pervertida consegue ter? Então, são esses bundões que de vez em quando vestem roupas brancas pedindo paz e diminuição da idade legal que é pra poderem prender esses moleques pretos, fedidinhos, sem nenhuma educação, maus, que de vez em quando dão umas facadas ou uns tiros nesses filhos-da-puta que deveriam tomar muito mais facadas e muito mais tiros do que tomam na realidade.

Paz, porra nenhuma.

Mas aqueles militares de baixa qualidade militar.

Os caras, aqueles militares de masculinidade duvidosa, aqueles que gostavam de enfiar cacos de vidro na vagina das mulheres, aqueles que são machos para torturar criança na frente dos pais (eles fizeram isso mesmo), apoiados pelos banqueiros batedores de carteira e pela burguesia subdesenvolvida intelectualmente e pelos Estados Unidos, aquele país que tem Nova York, que tem esses presidentes burros, que tem aquele povo imbecil, racista, gorduroso, assassino, arrogante, que gosta de cinema péssimo, aquelas merdas cheias de uns carros cafonas, de umas louras imbecis com uns biquínis muito cafonas, ih!, aquela bosta!

Uma bosta mesmo!

Então, os militares, aqueles viados covardes, junto com os banqueiros malvestidos, a burguesia analfabeta e os americanos gordões e ignorantes, entraram numas de que esse povo fedorento, mal alimentado, analfabeto, sem educação, hippie, operário de baixa qualificação, camponês preguiçoso, poderia entrar numas de fazer uma revolução comunista. É mesmo. Os caras eram tão burros, tão mal informados, tão desqualificados, que conseguiram supor que esse povo brasileiro, que é um povo ruim disfarçado de contente, pudesse realmente ameaçar alguma instituição babaca dessas do tipo família, estado com E maiúsculo, pátria, essas merdas. Aí, os caras de baixa qualidade animal, baixa qualidade biológica, aproveitando a renúncia do Jânio Quadros, aquela figura ridícula, e mais uma meia dúzia de manifestações organizadas pela esquerda, resolveram fazer, eles mesmos, a revolução. Esquerda. Revolução. Ho ho ho.

A revolução dos microcéfalos consistiu em mandar umas tropas ficarem andando meio sem direção ali pelas estradas de Minas Gerais, Rio de Janeiro... Bem... não teve revolução porra nenhuma. Não dá pra chamar aquilo de revolução. Mas os caras, aquela escória mental, chamavam. Até porque o Brizola, aquele gaúcho engraçado, fez uma gracinha, um teatrinho, e entrou na Cinelândia, lá no Rio de Janeiro, de cavalo, amarrou o cavalo no obelisco, aquele showzinho deprimente, aquela babaquice. E essa bobagem inofensiva do Brizola, mais um ou outro gesto carnavalesco de um ou outro idiota inofensivo, já foi o suficiente praqueles militares se autodenominarem de revolucionários. Muito ridículo.

Foi. Foi ridículo!

Aí, essa gente de raciocínio prejudicado ficou no poder quase que uns trinta anos mais ou menos, fazendo aquelas covardias de torturar criança, enfiar coisas nas mulheres, mandar os militares inferiores, aqueles imbecis do povo imbecil, baterem nos estudantezinhos filhinhos de papai e em quem mais fosse qualquer coisa parecida com qualquer coisa que fosse comunista. Nesse caso, qualquer coisa que fosse diferente das regras burras que os militares burros seguiam já era coisa de comunista. Qualquer coisa que os militares escrotos não conheciam já era considerada coisa de comunista, e, como os militares esdrúxulos não conheciam porra nenhuma de nada, tudo era coisa de comunista, e, então, era uma coisa meio nonsense essa bosta toda. Foi uma bosta mesmo. Bosta, não. Titica. Titiquinha. Titiquinhazinha. E eu, que sou ótimo, nasci bem em 1964, dezembro. Quer dizer, me fizeram bem em março de 64, no meio daquela história engraçadíssima. Meu Deus!? Um dia, os meus pais de esquerda me chamaram e me disseram que eles eram de esquerda e que eu não podia falar isso pra ninguém lá naquela escola burguesa cheia de microestudantezinhos filhinhos de papai que ficavam se espancando e fazendo covardias escrotas uns com os outros, como qualquer criança sempre faz, já que criança é o animal mais covarde, mais sádico e mais escroto que existe no reino animal, essa bosta malcheirosa que somos nós. Aí eu ficava com medo, às vezes. Outras vezes eu achava legal meus pais serem comunistas. Eu brincava de soldado e os meus soldados, uns americanos filhos-da-puta, assassinos de criancinhas vietnamitas, eram comunistas e eu achava que os índios, quando eu brincava de Forte Apache, eram comunistas também, aí eu era sempre da turma dos índios comunistas. Eu achava essa babaquice porque os índios eram vermelhos e meu avô, que era de direita, porque, naquela época, todo mundo que era respeitável era de direita, sempre falava aquelas burrices horrorosas na mesa, na hora do almoço, misturando essas merdas todas: os hippies, os comunistas, os maconheiros, os motociclistas, os negros, os índios, essa escória toda. Então, para mim, tudo que era ruim era comunista e era bom, porque os meus pais eram ruins e eu achava eles bons, porque eles eram meus pais, então, eu sempre torcia pra tudo que era ruim: os comunistas, os hippies, os motociclistas, os índios e o Jango, que eu achava que

era a mesma coisa que o Jânio por causa do J, da sonoridade dos nomes. O astronauta de roupa vermelha de *2001: uma odisséia no espaço* era eu, que era comunista. E tem outra coisa: não é revolução, não. O pessoal sem senso de humor, que leva esses troços a sério, chama de golpe. Mas eu acho que tanto faz. Revolução é até um termo mais cômico. Eu acho que essa merda toda de revolução, de golpe, de comunista, de enfiar cassetete no ânus das pessoas penduradas no pau-de-arara não é nada. Acho até que, se esses energúmenos daqueles militares filhos-da-puta pelo menos tivessem dado um jeito na economia deste nosso país péssimo, que está sempre piorando pra pior, pra ficar uma merda mesmo e os filhos-da-puta dos americanos invadirem essa bosta toda pra pegar água que vai acabar e todo mundo vai morrer de sede, bem feito pros americanos, bem feito pra nós, se os militares frouxos pelo menos tivessem feito uns acordos comerciais razoáveis com esses filhos-da-puta de capitalistas internacionais, se os militares de mau hálito pelo menos tivessem feito esse povo débil mental ficar um pouquinho mais bonitinho, com um pouco mais de dentes na boca, se os militares nojentos pelo menos... Se esses militares com problemas psicológicos pelo menos... Se esses militares com problemas psicológicos advindos da fase anal mal resolvida que eles, esses militares grotescos, passaram fazendo cocozinhos malcheirosos, pelo menos tivessem feito do Brasil um país respeitável, povoado por uma gente caretinha organizada bem-sucedida no mercado internacional de dinheiro sujo, aí, talvez, até teria acontecido alguma coisa que, por um lado, o pior deles, o lado do dinheiro, que é definitivamente uma coisa ruim e feia, aí até teria acontecido alguma coisa. Se esses militares com dificuldades para arrumar mulher pelo menos...
Não.

Esses militares vagabundos não fizeram nada além de praticar o sadomasoquismo com esses caras de esquerda tolinhos. Não aconteceu nada. Se bem que os militares sem coração ensinaram aqueles caras do povo que fedem e enfiam peixeiras uns nos outros e trepam com aquelas mulheres desmilingüidas a serem ainda mais nojentos. Porque é só botar uma farda e dar um revólver pra esses caras desclassificados que eles, essas mulas fardadas, viram polícia. E polícia, no Brasil, que é um país fedorento e feio (basta olhar nossas matas, nossos rios, nossas montanhas), polícia é uma instituição de péssima qualidade, talvez a de pior qualidade que nós temos nessa terra vagabunda. Ou seja, a polícia, aqueles caras burros, violentos e fedorentos, que é corrupta (não toda, mas a grande maioria — mais do que noventa por cento dela), é uma instituição pública que paga salário pruns caras sem a menor condição de ganharem uma grana extra nas estradas (Em quarenta anos, todas as vezes que eu estava num carro com alguma irregularidade e esse carro foi parado pela polícia, aquela instituição de criminosos, o policial responsável, aquele cara sem o menor escrúpulo, foi subornado. Eu disse todas.), paga salário pruns caras sem o menor traço de humanidade espancarem, até a morte, adolescentes de mentalidade imbecil que fumam uns baseadinhos, aquela droga perigosíssima, paga salário pruns caras desqualificados biologicamente extorquirem dinheiro de gente mais pobre que eles, aqueles caras da polícia, pobres de dinheiro e de espírito, pagam salários pruns caras covardes andarem de camburão, com umas metralhadoras que eles, os escrotos, vendem para os bandidos, mexendo com as mulheres, umas empregadinhas domésticas feias, pobres e ignorantes, passando os sinais vermelhos, descumprindo as leis, que eles, os analfabetos, são pagos para defender.

Lei. Ho ho ho.

Mas, agora, não tem mais perigo. O comunismo deu errado, não tem mais comunismo, e agora nós não vamos mais precisar de uns militares de péssimo caráter para impedir que esse povo fedorento, burro, feio, pobre e fraco faça uma revolução armada e ameace os lares cheios de sujeiras psicológicas e bestas taradas que fazem sexo de modo nojento, à força, com os próprios filhos ainda bebês e com essas merdas de mulheres que gostam mesmo é de tomar porrada, que ficam calmas e tranqüilas e amorosas quando tomam umas porradas do marido, aquele cara escroto que tem talento para policial mas também tem dinheiro e instrução pra ser gerente de alguma merda e não vai querer entrar para uma instituição pobre e horrível como a polícia.

Calma!!!

Daqui a pouco nós, eles, aqueles americanos babacas, vamos pegar também aquele ditador sanguinário do Fidel Castro, que não vai mais poder fuzilar aqueles humanos de bigode só porque eles tinham umas fazendas de cana-de-açúcar, cheias de trabalhadores pretos, fedorentos de má índole e escravos.

Não tem mais perigo e, se você é alguém muito ruim, muito ruim mesmo, não tem problema. Eu também sou. Todo mundo é. No fundo, no fundo, o ser humano é assim mesmo e gosta mesmo de enfiar uns troços na vagina de mulheres amarradas de cabeça pra baixo e quebrar uns dentes de umas crianças que, se já têm idade pra puxar fumo, também têm idade pra tomar umas porradas e cumprir pena numa instituição dessas de proteção ao menor, que são aquelas instituições onde o povo fedido, nojento, trabalhador e pobre arruma uns empregos de torturar criança que nem os militares patrióticos bichas da Revolução de 1964.

E o melhor de tudo é que agora não tem mais ditadura militar. O Brasil é uma democracia, e você e eu podemos até dizer que os militares da ditadura eram assassinos escrotos de masculinidade duvidosa, que eles, os militares covardes, eram seres humanos tão nojentos como eu.

Relax.

A lei

Eu nunca percebi isso, mas eu sou muito burro. Não parece nem que sou eu que estou pensando isso tudo que eu estou pensando agora. E muito menos que sou eu que estou pensando nessas palavras que estão saindo no papel. Eu não sei juntar as palavras e fazer com que essas palavras, juntas, ganhem um sentido. Eu não conheço gramática, nem nada dessas coisas de escrever. Eu não estou escrevendo. Eu só estou pensando que eu estou escrevendo. É que eu sou burro. Sabe por quê? Porque eu sou da polícia. E na polícia todo mundo é burro. Tem que ser burro para ser da polícia. Nessa polícia da qual eu faço parte (Viu como eu pensei estar escrevendo bonito esse negócio de "da qual"? Na polícia, ninguém fala "da qual".) só tem gente burra que nem eu. Nós, essa polícia, só sabemos mesmo é dar porrada, é fazer tráfico de arma. Tráfico de drogas também. Nisso, a gente até que é inteligente. Nós somos covardes demais. Mas nós não temos culpa. A gente nasceu pobre. A gente veio de uns lugares onde não tem a menor condição. Lá, nesses lugares horríveis, só dá três tipos de gente, a gente: bandido, polícia e otário. Os bandidos são os caras maus que têm coragem. Os polícias são os caras maus que são covardes, e os otários são o resto, são os bonzinhos que são covardes, os mais covardes de todos, são os trabalhadores que ganham uma merreca de salário, pegam não sei quantas conduções para chegar no trabalho, trabalham o dia todo, chegam em casa tarde, comem uma comida ruim, comem umas mulheres feias, horríveis, e vão dormir. Nem pra ver um pouquinho de televisão esses otários burros covardes têm tempo. É só trabalho, comida ruim, mulher feia e noite maldormida. Eles acham legal ser honestos. Mas não é honestidade, não. É covardia mesmo, medo de tudo, medo da vida, medo da felicidade, medo até de mulher. Os bandidos já são o contrário. Eles logo percebem que, trabalhando, ninguém chega a lugar nenhum. Ninguém que eu digo somos nós, os pobres, ninguém. Nós, que nascemos nesses lugares horríveis, onde a gente já nasce morto. O certo seria dizer "a gente já nasce morta", mas, com as palavras, quando é alguém que sabe escrever, que é profissional das palavras, esse, o que escreve, pode cometer esse erro de propósito, que é para o texto ficar mais natural, mais parecido com o jeito como as pessoas falam. É uma parada naturalista. E as pessoas, pessoas mesmo, falando, falam errado mesmo, sem problema. Por exemplo, quem fala "eu a vi" é quem é burro mas acha que não é burro só porque usa corretamente a regra gramatical. Quem sabe escrever de verdade não se importa. Quem tem segurança com as palavras, com a linguagem, escreve, fala, é "eu vi ela" mesmo. Eles, esses caras que têm segurança com as palavras, morrem de rir quando escrevem "eu vi ela" e o computador põe aquele sublinhado verde que avisa quando o cara que está escrevendo comete um erro gramatical. Mas eu não sei nada disso, porque eu sou falso, eu não existo, eu sou apenas um personagem na primeira pessoa, um personagem muito estranho, que é burro, é da polícia. É que o autor deste texto, que sou eu mas não sou eu porque eu sou um burro da polícia igual a todos os outros burros da polícia já que na polícia todo mundo é burro e é violento e é corrupto e é covarde, está, ele, o autor, que é legal, fazendo uma experiência. Ele está escrevendo literatura experimental, livres associações, esses recursos, sabe? Vanguarda. Metalinguagem. Essas porra. Os bandidos sabem que a única maneira para nós, que não sabemos falar direito, que não sabemos o que é clitóris, que não sabemos errar na gramática de propósito, que não sabemos escrever errado para fazer experimentações de estilo, metalinguagem, essas porra, comermos uma mulher razoável é sendo bandidos, é ganhando espaço no mundo, na vida. Não digo nem essas mulheres de foder que aparecem na televisão, nas revistas, que a gente vê na praia do lado daqueles caras todos fortinhos, todos de carro bacana, que também não entendem nada desse negócio de livres associações, vanguarda, pós-modernismo, essas porra. A gente, quer dizer, eles, os bandidos maus corajosos, come é mais é essas mulheres melhorzinhas daqui do morro mesmo, umas mulatas redondinhas, com umas bundinhas lisinhas, umas pernonas fortes, uns dentes branquinhos, essas égua, essas porra. Os bandidos sabem que o único jeito de comer essas porra é ficando poderoso, é ficando dono do morro, é vendendo pó, é matando os inimigos. Eles, os bandidos, não são burros, não. Eles não têm estudo, essas coisas, essas porra, mas eles são espertos pra cacete. E esperteza é a mesma coisa que inteligência. Esse negócio que eu disse, que nós é tudo burro, não é bem assim. É que, a nível de personagem na primeira pessoa, eu estava achando que ia causar um certo efeito começar este texto dizendo que "eu sou muito burro". Quer dizer, eu, a nível de si, sou burro, sim, mas não é todo mundo lá no morro que é burro. Não é todo mundo que é pobre, que não foi à (saca só a crase, o acento grave) escola, que é burro. Saca, você, aquela parada, né? Instrução não tem nada a ver com inteligência. Mas são burros, sim, os bandidos. Tanto é que eles morrem cedo. Mas também não é por falta de inteligência. É que tem um lance de viver a vida toda de uma vez só, de ir vivendo, cheirando pó, comendo aquelas gostosas das quais eu falei, vivendo intensamente com a rapaziada, fazendo festas, dando tiro pra cima, curtindo essa parada de ser bandido, lá no alto do morro, aquela vista de foder do Rio de Janeiro, mais as estrelas, a lua, as naves espaciais extraterrestres, os caras, os bandidos lá, doidaços, numa transa transgressora marginal, tá sabendo, cumpádi? Quando dá lua cheia, é de foder. Pra eles. Pra mim, não, que eu sou burro da polícia. A gente, nós, da polícia, também temos as nossas transas, mas é uma transa menos astral, menos romântica. A gente, da polícia, é muito baixo-astral. A nossa transa é mais uma parada de mexer com as empregadas domésticas que passam na rua. É mais uma transa de andar na viatura com a metralhadora pra fora da janela, falando umas coisas meio escrotas para as domésticas, fodidas, burrinhas pra cacete, tímidas, envergonhadas delas mesmas. Aí, a gente, que é burra, que é burro, quer dizer, que nós é macho, fala umas coisas assim: "Aí, hein! Que cuzão! Fica esperta aí, senão eu arrombo esse rabo!". Aí, elas, as neguinha, essas porra, que já são umas pobres coitadas, sem família, sem felicidade nenhuma nessa vida, sem nenhuma vida nessa tristeza, ficam tudo apavoradas, baixam a cabeça e tentam desaparecer da existência. Então, a gente, a polícia, fica rindo. Mas a gente, que é burro, que é burra — o certo é "a gente é burra" —, não faz nenhum mal, mal mesmo, pra essas porra de empregadas domésticas. É só um mal psicológico, um mal sociológico, uma parada de os mais fracos que se fodam, porque nós, que somos burros, que somos parte da polícia, essas porra, temos essa parada também, de sermos também fracos. Estamos perdoados porque não sabemos o que estamos fazendo, e essas porra é que são a parada psi-

37

cológica e a parada sociológica, essas porra. Nós não sabemos o que estamos fazendo porque nós somos burros, porque nós somos a polícia e polícia é tudo burro. Mas, tirando a parada da metalinguagem, essas porra, a gente, nós, os bandidos da polícia, burros, faz, fazemos, na prática, na real, é uma parada de gostar mesmo, é uma parada na região genital mesmo, uma parada freudiana mesmo, entre o pau, a libido, e a sacanagem, a maldade, coisa que a gente sente, no pau, quando pega um mendigo, desses acabados, desses que só estão esperando morrer, desses que já desistiram de tudo, que comem resto de sorvete misturado com bituca de cigarro, misturado com resto de cocô de fralda de criança, desses que já têm um monte de ferida espalhada pelo corpo, a cara toda inchada, o pé todo inchado, aí, então, a gente, os covardes, os burros, gostamos, no pau, na libido, de ficar chutando esse mendigo, gosta de ver ele, de o ver, vomitando sangue, gritando muito no começo e depois indo perdendo a força, todo arrebentado, até começar a gemer baixinho, a gemer quase morto, quase não sentindo mais nada, porque a gente faz ele, o bosta, o mendigo, o otário, não sentir mais nada e esse não sentir mais nada naquele bolo de carne e sangue e pinga é uma morte viva e ele, aquele troço desfigurado que a gente chuta na cara, gemendo, dá um tesão na gente, que somos burros profissionais, dá um tesão que vai além da libido, da sexualidade. O tesão que a gente sente é o tesão da burrice, o tesão da maldade, do poder que só é possível ser sentido por quem é muito fraco, muito burro, muito mau. Mas a gente, que é, que somos, animal, burros, sente mais tesão, mesmo, é quando a gente pode dar porrada em mulher. Aí é tesão mesmo, mesmo quando a mulher é feia, é mendiga. Porque, nesse caso, tem a buceta também, onde a gente pode enfiar umas coisas, pode enfiar o cano do revólver, pode enfiar garrafa quebrada, pode enfiar faca, enfiar e tirar, enfiar e tirar, enfiar e tirar e ir rasgando tudo e fica saindo sangue e a gente, que é a polícia, fica rindo. E a risada que nós rimos vai ficando cada vez mais gutural, cada vez mais animal, e isso é o tesão que faz isso com nós, a polícia. É a libido. Não tem essa parada de sadomasoquismo? Tem, sim. Tem na internet que está unindo o mundo, que está globalizando as diferenças, que está globalizando as minorias, criando a Aldeia Global, aquela parada do McLuhan, essas porra que eu não sei o que é porque eu sou polícia, burro. Então... Essa parada de sadomasoquismo, que dá tesão, é o que eu sinto quando eu rasgo buceta de mendiga com a faca. De vez em quando, até dá pra fazer essas porra com mulher que não é mendiga também. É mais raro, mas rola também. Tem umas putas que são muito gostosas e são sozinhas no mundo, sem ninguém para protegê-las, para denunciar a gente. Aí, a gente, nós, aproveitamos, aproveita. Junta uns cinco, burros, maus, polícia, e é a maior sacanagem. Todo mundo, os cinco, nós, come, comem, comemos, a puta. Um põe o pau na buceta da puta, o outro no cu, o outro na boca (Pra botar o pau na boca, tem que ser no começo da sacanagem, quando a mulher ainda está com medo e a gente pode ameaçá-la — gramática perfeita —, porque, no final, a mulher vai estar tão fodida, tão sem nada a perder, que, para ela, aquela piranha, morder o pau da gente não custa nada e nem adianta mais ameaçá-la com mais porrada, mais facada na boceta, mais tortura, mais nada, porque ela, aquela vaca, não vai estar mais sentindo nada, nem dor, nem medo, nem nada, nada, nada, nada, nada, nada, nada... nada. Aí ela morde mesmo, na maior.), o outro no sovaco, o outro no nariz. Você já enfiou o seu pau na narina de uma mulher? Eu já, porque eu sou da polícia. Então, a gente fica horas e mais horas fodendo a puta, batendo na puta, rindo da cara da puta, enfiando coisas no cu e na buceta da puta. A gente, polícia, é burro, mas tem muita imaginação. Você já enfiou um livro no cu de alguém?

Eu já, que eu sou da polícia e enfiei uma lista telefônica no cu de uma putinha, uma vez. Era menina ainda, uma dessas paraíbas, de menor, dessas que chegam aqui no Rio com motorista de caminhão, dessas que não têm carteira de identidade, certidão de nascimento, pai, mãe, infância e, depois de passar pela mão da gente, não têm nem mais cu, só um buracão cheio de sangue e cocô e umas gosmas amareladas, uns negócios nojentos que saem de dentro do intestino. O segredo é ir alargando o cu da criança aos poucos. A gente, que é da polícia, primeiro enfia um pau, pau mesmo, depois, o cano do revólver, depois, um cabo de vassoura, depois, uma peixeira, depois, rasga, aí vai enfiando o que tiver à mão — esse acento grave não é coisa de polícia —, aí tem uma hora que cabe qualquer negócio, qualquer troço. Mas a gente, que é da polícia, que trabalha com essas porra de lei, tem que tomar cuidado na hora de fazer essas porra, porque, se a gente faz essas porra na pessoa errada, aí fodeu. Por exemplo, criança, que nem essas putinha aí que eu falei. Na maior parte das vezes, dá para ver só pelo jeitão. A gente logo vê que a criança é sozinha, que ninguém vai notar a falta dela etc. Mas, às vezes — crase em "às vezes" também é difícil de polícia, burros, eu, usar —, a criança tem alguém que a protege, e não protege ela, que passa sempre pelo sinal onde ela, a criança, vende chicletes, essas porra. Aí, a gente, os policiais, pega essa criança, enfia um monte de coisa no cu dela, arrebenta ela, quer dizer, a arrebenta, e, depois, a joga num desses matos por aí, põe fogo no corpo, joga as cinzas no rio, essas porra toda. Aí, essa pessoa que gosta daquela, dessa, criança um dia passa lá naquele sinal, não vê a criança na qual foi enfiada uma lista telefônica no cu, da qual foi arrancado o intestino, com ela, aquela porra de criança, ainda viva, e a pessoa, essa que sempre comprava chicletes daquela porra de criança, que sempre batia um papinho com aquela porra de criança, que até pensava em, numa hora dessas, botar aquela porra de criança dentro do Audi prateado, levar aquela porra de criança para casa, dar um banho naquela porra de criança, dar um prato de comida praquela porra de criança, comprar umas roupas praquela porra de criança, adotar aquela porra de criança, levar aquela porra de criança para passar férias em Nova York, para esquiar em Aspen, apresentar aquela porra de criança pretinha, toda vestida de vestidinho cor-de-rosa, no Natal, para o resto da família e ficar essas porra todas tudo feliz e alegre, sendo boas pessoas, muito longo esse período para um polícia burra que nem eu, essas porra, porra, aí essa pessoa pergunta pras outras crianças, aquelas porra: "Cadê aquela porra de criança com quem eu, aquela pessoa do Audi prateado, sempre conversava, de quem eu sempre comprava chicletes?". Aí, as porra das outras crianças dizem que não sabem, que passou um camburão e levou a criança que teria o cu arrombado por uma lista telefônica. Aí, essa pessoa do Audi prateado era alguém que é importante, alguém que possui uma grande firma, com muitos funcionários bem remunerados, mas que trabalham o bastante para render lucros inesgotáveis para a pessoa dona do Audi prateado, naquela porra de esquema da mais-valia, aquela porra que o Karl Marx, aquele cara do comunismo, essas porra, inventou, e essa pessoa do Audi prateado fica meio cabreira, querendo saber daquela porra de criança que parecia que não tinha ninguém no mundo olhando por ela, aquela porra. Aí, porra, fodeu. Aquela porra de pessoa do Audi prateado é amiga do governador, de uma meia dúzia de delegados, de uns fudidões da corregedoria, e aí, porra, fodeu pro nosso lado. Eu sou burro, porque eu sou da polícia, mas eu não sou o mais burro de todos, porque eu sou uma primeira pessoa que nunca se dá mal nessas porra de metalinguagem, mau, porque esse negócio de os maus se darem mal no final da história é meio babaca, nem em novela de televisão os maus se dão mal no final mais, e a porra da metalinguagem, da primeira pessoa de vanguarda, essas porra, quer dar uma lição nessa porra de sociedade injusta que premia os injustos, a maisvalia, a metalinguagem, os artifícios, as conquistas da literatura contemporânea, as vanguardas, o hiper-hiper-realismo, essas porra. Aí, eu nunca me dei mal, mesmo já tendo enfiado lista telefônica em cu de criança. E nem vou me dar mal que é pra dar exemplo. Mas eu sofro depois, agora, porque eu não sou mais aquele mesmo burro polícia que é burro polícia. Agora eu sou uma primeira pessoa pós-moderna, que não tem dono, que é metalinguagem, que é o fascismo metalinguado dessa porra de autor fascista que leu uma vez o Glauber Rocha dizendo que botava o Antônio das Mortes atirando no povo que era para expurgar de si, dele, do Glauber, o fascista que também habitava na metalinguagem dele, do Glauber, que é para punir o povo burro, selvagem, essas porra que faz tortura, extermínio, essas porra, o povo é que é essas porra, foi o povo, esses pobres, os mais mal, os que dá mais pena, essas porra mesmo é que são os maus, é que são eu, o povo é que é o George W. Bush, essas porra. Quer dizer, o povo é eu, a polícia é o povo, o torturador, eu sou o povo da polícia. Sou um marxista revolucionário radical da polícia, corrupto, covarde, violento, com problemas psicológicos profundos ligados à sexualidade, aquela parada da libido. O meio é a mensagem, a forma é o conteúdo, essas porra. Então, a forma escatológica, sexual, cocô, essas porra, é a mensagem do povo. Isso, essas porra é que é povo, sem forma, todo ensangüentado, aquelas porra amarelada que eu falei, que sai do intestino, essas porra é tão nojento, mas tão nojento, é um negócio tão lá embaixo, no pau, que eu fico rindo aquela risada da polícia. Aquela risada da polícia. Mas eu não sei de nada disso, não. A culpa é da sociedade. Eles, você, eu, essas porra, a sociedade civil é que paga o meu revólver, que é pra eu proteger ela, a sociedade, contra esses maconheiros, esses que usam drogas, que fumam maconha, ficam doidões e saem por aí matando as pessoas, fazendo coisas proibidas, e nós, os completamente burros, temos a obrigação de proteger a sociedade contra essas porra de maconheiros que estão destruindo tudo, gerando a violência, e eles precisam ser mortos, pelos direitos humanos, esses direitos humanos que nós, que enfiamos garrafas quebradas na buceta dessas vagabundas maconheiras não temos. A gente tem que fazer os direitos humanos é com as próprias mão. Mas eu sei que essas porra não vão acabar nunca, esses maconheiros, mas a gente, os muito burros, vai eliminando os vagabundos que dá. Por isso é que nós, a polícia da sociedade, a lei, de vez em quando, pega um moleque desses, um desses adolescentes maconheiros, que usam drogas, e dá um sumiço nele, fica a noite inteira dando porrada, chutando a cara do maconheiro, enfiando coisas no cu do maconheiro, com o pau duro, e corta o pau do maconheiro e põe na boca dele mesmo, do maconheiro, que morre logo, com o próprio pau na boca, e a gente, a polícia, fica rindo, vendo o maconheiro morrer com o pau na própria boca. Quem mandou não obedecer à lei? Aí a gente joga essas porra no mato e a televisão descobre e fica tentando pegar a gente, que é burra mas faz a lei. Porque, se não tivesse nós, os burros, não teria lei e todo mundo ia ficar fumando maconha e sendo puta e sendo mendigo e não ia ter ninguém pra enfiar umas coisas no cu deles, desses maconheiros putas mendigos fora-da-lei. E você sabe: esses maconheiros são tudo de vanguarda, pós-moderno, metalinguagem, livres associações, essas porra. Mas, vou te dizer, uma hora dessas eu vou virar bandido, que é muito melhor, que não precisa ser tão mau que nem a polícia e ainda come umas mulheres melhores, sem precisar amarrar a mulher, nem arrancar o intestino dela pra fora, pelo cu. Mas eu preciso ficar mais inteligente pra deixar de ser burro e virar bandido, pra deixar de ser burro e ser um cara legal, um maconheiro de vanguarda, inteligente, que faz livres associações, metalinguagem, vanguarda, pós-modernismo, essas porra de maconheiros. Mas, do jeito que eu dou azar, os caras vão acabar liberando essa porra de maconha e, aí, maconha vai ser uma coisa besta, até careta, e aí acabou essas porra de vanguarda. E eu, que sou muito burro, porque eu sou polícia, nunca vou comer uma porra de uma mulher toda limpinha, cheirosa, dessas que usam umas saias todas leves, que têm tatuagem de florzinha no pescoço, que são todas leves lá na praia, com aqueles namorados maconheiros, que fazem surfe, que são da novela, que sabem falar inglês, que comem sanduíche natural, que ficam deitadas na grama, com aqueles peitinhos lindos balançando embaixo da camiseta branca, sem sutiã, que são carinhosas com os namorados delas, sempre sorrindo, uma mistura de criança com puta (puta limpinha de classe), Lolita, essas porra de literatura, ninfetas, lindas, que não dá nem coragem de enfiar caco de vidro naquelas bucetinhas. Não, eu nunca vou comer uma dessas, por isso é que eu sou da polícia: porque eu sou fedido, porque eu sou burro, porque eu fico com tesão quando eu chuto cara de mendigo, quando eu dou uns tapinhas mais violentos nessas putinhas que tem por aí, cumprindo a lei, que é a polícia. Essa é que é a minha opinião sobre isso tudo que está por aí. Entendeu a metalinguagem, essas porra? Se não entendeu, é porque você é polícia, burro, burra. Você é burro, hein!?

Questão estética

Afinal, eu sou uma mulher bonita. Pra mim, quem usa tênis é atleta, ou é adolescente. Eu detesto adolescente. Eu detesto homens que fazem o tipo "atleta". Eu detesto gente malvestida. Lá na firma, eu tenho umas colegas que não se cuidam, que não investem em si mesmas. Que não dão aquele tchãs nem na hora que vão falar com um diretor, nem na hora que vão falar com um cliente importante. Comigo é diferente. Eu sei que isso não é tudo, que isso é só uma parte do todo, mas eu sempre dou uma investida no visual. Não precisa nem ser uma coisa assim, gritante. Não é esse negócio de se emperiquitar toda, tipo essas peruas, tipo essas emergentes. Não. Para cada ocasião existe uma roupa adequada, um jeito certo de se vestir. Na firma, normalmente eu vou de tailleur mesmo. Normal. Facilita muito, porque sempre cai bem no ambiente de trabalho. Eu tenho uns três lá em casa. Tudo bem repetir de vez em quando, mas só no trabalho. Quando é festa, encontro social, esses eventos, eu nunca repito roupa, a não ser que seja festa de turmas diferentes. É uma questão de estética. Eu não sou uma pessoa rica por enquanto, mas, se a gente aparenta pobreza, aí é que o dinheiro não entra mesmo. Mas eu já posso dizer que tenho uma carreira, que tenho objetivos a serem alcançados. E, quando você tem uma carreira profissional pela frente, metas a serem atingidas, você tem que exibir para o mundo o seu sucesso, mostrar para o mundo que você é capaz de vencer. Para ser vitoriosa, você tem que parecer vitoriosa. E o sucesso sempre vai estar refletido na sua beleza. A roupa que se usa é o retrato de quem se é.

Se chegam duas pessoas para fazer entrevista numa firma, as duas com o mesmo grau de instrução, com a mesma experiência, com o currículo do mesmo nível... quem é que fica com a vaga? É claro que é a pessoa de melhor aparência. Às vezes, a aparência é até mais importante do que o currículo. Eu não acho isso errado. Eu não acho que é preconceito, nem discriminação. É que a aparência mostra a capacidade que a pessoa tem de se organizar. Tem umas pessoas que não têm o menor desconfiômetro, que não se enxergam mesmo. Que vão pedir emprego daquele jeito todo desgrenhado, parecendo que fugiram da época dos hippies. Detesto hippie. Detesto gente que faz esse estilo "não tô nem aí pra aparência, o que importa é a minha competência". Sabe aquela história ridícula de "beleza interior"? Dá um tempo, né!? Sapato, por exemplo. Quem não consegue nem cuidar do próprio sapato vai conseguir cuidar das contas de uma firma? Ou da agenda do chefe? Quando um homem dá em cima de mim, eu logo olho pro sapato. O cara pode ser um gato, mas, se está com um sapato velho, mal engraxado, não leva a menor chance comigo. Pior ainda são esses caras que usam esses sapatos mocassins envernizados, com essas meias brancas meio felpudinhas. Juro, me dá nojo. Imagina o tipo de lugar que um cara desses vai me levar pra sair! Imagina um tipinho desses te beijando. Imagina o perfume que ele deve usar. Sabe essas loções pós-barba adocicadas? Argh! Com um cara desses, sexo, nem pensar. Nem morta que eu ia dar bola para um cara desses. Pra sair comigo, tem que ser de gerente pra cima. Sapato italiano. É figurado isso, mas é bem isso.

Nesse mundo em que eu vivo, com a carreira que eu tenho para administrar, os melhores momentos para fazer bons contatos são as festas e os jantares, você sabe. Então, a gente tem que usar um pouco de sex appeal. Nada vulgar. É uma coisa de sedução fina. O importante é criar o clima certo. Não se trata de fazer do sexo uma arma para vencer na vida. Mas você está lá... Um empresário importante, disponível, decidido, vem conversar... É claro que ele vai reparar na sua aparência, na minha beleza. E é aí que pode surgir a maior oportunidade da sua vida. Da minha vida. Se esse homem gostar de você, de mim... não digo nem que seja pra casar, não. Casar, eu só caso por amor. E amor pode nascer, sim, quando você repara que o homem por quem você está interessada é bonito e pode te oferecer uma vida interessante, uma vida cheia de glamour, cheia de intensidade, viagens, uma casa grande, um lugar onde tudo parece um sonho. Se esse homem que eu falei for com a sua cara e te chamar pra dar uma esticada num restaurante legal, de bom gosto, um vinhozinho da melhor qualidade, talvez até uma noite num hotel classe A, um homem bonito, elegante, empresário, rico... você vai, se diverte, e depois pode até surgir uma boa oferta de trabalho. Eu é que não ia recusar. Não vou me sentir uma prostituta por causa disso, nem achar que é assédio sexual do cara. Se você tem a capacidade de sair com um homem desses, também é perfeitamente capaz de fazer um bom trabalho na firma dele. Poder de sedução também é sinal de competência. Depois, é só não ficar pegando no pé do sujeito, principalmente se ele for casado. Não tem nada mais cafona do que ser amante do patrão. Pior do que isso só homem com cueca samba-canção de seda estampada.

A mesma coisa serve pro caso de um homem inferior a mim vir falar comigo. Sei lá, alguém que esteja começando, um estagiário, por exemplo. Bom... primeiro, eu já disse, eu olho pro sapato. Principalmente quando é cara novinho assim, que ainda não aprendeu os segredos. Depois, eu dou uma analisada geral. Se estiver bem-vestido, dentro dos mínimos padrões de exigência, cabelo bem cortado, bom hálito, não bebe muito, não fuma (tenho horror a cigarro), aí já dá pra começar a conversar. Se ele passou no quesito visual, o resto vai ficar bem mais fácil. Tem que ver também se ele tem um pouco de cultura, se vai pelo menos uma ou duas vezes por mês ao cinema. Não pode ser muito também. Detesto intelectual que te leva ao cinema três vezes por semana e depois pra beber chope e ficar comentando o filme. Fica só aquele papo: "Viu a fotografia? Viu a luz? Viu não sei o quê...". Sabe aqueles filmes tipo paradão? Sabe filme chinês, esses negócios? Detesto. Fora isso, é muito difícil encontrar intelectual bonito, cá pra nós. Tudo bem, beleza não é o mais importante. É mais a elegância que conta, o charme, aquela coisa de saber falar aquilo que eu gosto de ouvir. Aquele cara que entra no lugar onde você está e só falta aparecer escrito na testa dele: "The Boss". No caso de estagiário, desses que você vê que têm futuro, que vão ser alguém na vida, eu até topo investir, mesmo que ele não tenha dinheiro pra me levar no restaurante *the best*. Pode ser um lugar assim mais ou menos, um japonês, uma boa cantina italiana. Só que, pra fazer sexo, eu não vou indo assim com qualquer um, não. Pra dormir junto, tem que ser graduado. Quando o cara é assim, novinho, solteiro, ele espalha pra firma inteira que dormiu com você. Já os altos executivos, não. Até porque, quase sempre, eles são casados e não vão querer se expor. Eles falam só é com os amigos mais próximos deles, que, por sua vez, também são homens de classe. Nesse caso, o cara vai estar é fazendo propaganda de você. Propaganda boca a boca. Eu estou falando isso pelo lado profissional. Do jeito que eu falo, pode até parecer que eu vou pra cama com homem por dinheiro. Não é isso. É só o meu jeito. Eu sempre falo o que eu penso, espontaneamente. É difícil explicar. Não é o dinheiro desses homens que me atrai. O que me atrai é todo um estilo, é tudo que esse cara pode me ensinar, pode me ajudar como pessoa, como profissional. As oportunidades que ele pode criar pra mim. As portas que ele pode abrir. E, a nível pessoal, é principalmente o estilo, o jeito de ser. É que esses homens mais assim, como eu vou dizer?, mais, não encontro a palavra, mais... mais empresários, vai, esses homens que são empresários têm mais experiência, já viajaram pra fora, sabem escolher um bom vinho, podem pagar uma boa academia pra se manter em forma. Aliás, se tem uma coisa que corta a minha onda, é barriga. Pra mim, é o maior sinal de desleixo. Mas o que eu queria dizer é que esses homens sabem como te envolver, sabem criar um clima romântico. Quer dizer, um clima bem mais interessante do que o clima de um romancezinho. É um clima de beleza, de prazer, o clima certo pra gente desfrutar as coisas boas da vida, aproveitando as oportunidades que aparecem. É aquilo que eu disse: homem, assim, que sabe combinar uma gravata com o terno que está usando, sabe também fazer uma mulher feliz. Pelo menos uma mulher assim como eu, que dá importância para questões estéticas. Eu desenvolvi um olho clínico para detectar homens vitoriosos. Eles são lindos. O sucesso é lindo. Pode reparar: aposto que você nunca viu um homem bem-sucedido com um sapato caindo aos pedaços.

Um lapso de razão

Eu sou é doido. É por isso que eu como cocô. Porque o cocô sai de mim e eu não quero que ele saia. Eu não tenho nada que é meu, só o cocô, então eu quero que ele fique dentro de mim e, quando o cocô sai, eu como ele de novo que é pra ele não ir embora e eu não ficar pobre. O pessoal não quer que eu coma cocô, mas eu vou comer o cocô, sim, porque o cocô é meu. Eu não pego o cocô de ninguém pra comer, mas o meu cocô é meu e eu como ele na hora que eu quiser e, se alguém vem pra roubar o meu cocô, eu fico muito nervoso. É por isso que eu sou doido. Quando eu fico nervoso, aí é que eu como mais cocô mesmo. Aí eu como até o cocô do meu cachorro, que também é doido, porque ele também come cocô. Pro meu cachorro, eu dou um pouco do meu cocô, e ele me dá um pouco do cocô dele. É troca. Todo mundo que come cocô é doido ou então é criança. Criança também é doido, porque criança pequena come cocô, que eu já vi. Quando eu tinha uns filhos, eu via eles comendo cocô e eu não comia. Eu não comia nada antes, só trabalhava. Mas aí, quando eu comecei a comer cocô, eu fiquei doido igual criança. É bom, porque doido não precisa trabalhar e não precisa ter filho que come cocô porque não tem outra coisa pra comer, porque, quando a gente trabalha, não pode comer cocô e fica também sem nada pra comer. É melhor não fazer nada e comer cocô do que trabalhar e não comer nada. O pessoal que passa tenta me tirar daqui porque eu sou doido e como cocô. Eles falam que eu não posso comer cocô porque quem come cocô é doido, e eu sou doido mesmo e vou continuar comendo cocô. Se eles me levarem pra outro lugar, eu vou comer cocô do mesmo jeito, porque o meu cocô não acaba nunca, porque cocô é sempre cocô e não precisa nem cozinhar. Se me botarem na cadeia, eu vou comer cocô, se me mandarem de novo pro hospício, eu vou comer cocô. No hospício todo mundo come cocô, porque lá todo mundo é doido. É bom também comer cocô porque não precisa limpar a rua. Eu como o cocô todo, e o chão não fica sujo de cocô, e o pessoal não rouba o meu cocô, que eu já comi, e nem bate em mim porque eu sujo a rua com o meu cocô. O pessoal, os porteiros, acham que o meu cocô é sujo, mas é mentira. O meu cocô é muito mais gostoso que o cocô dos doido lá do hospício, porque eu só como cocô. Um cocô vira outro cocô, que vira outro cocô, que vira outro cocô, e por aí vai. Então, o meu cocô vai ficando cada vez mais limpo, porque não é cocô de comida estragada. É cocô puro. Eu sei que isso é coisa de doido, isso de comer cocô. Mas eu não sou ladrão, não sou maconheiro, não sou mendigo. Eu sou é doido. Eu pareço mendigo, mas é só pro pessoal deixar eu comer cocô em paz. Se eu falar pro pessoal que eu sou doido, aí eles vão querer fazer tratamento em mim pra eu parar de comer cocô. Eles dão um remédio que faz a gente não ter mais vontade de comer cocô. Aí a gente fica parado, sem vontade de fazer nada, e continua doido, só que sem vontade de comer cocô. Só de pensar nisso eu já fico nervoso, com vontade de comer cocô. Só que agora eu não tô com vontade de fazer cocô e o meu cachorro sumiu, senão eu comia o cocô dele. Só que o meu cocô é muito melhor que o cocô do meu cachorro. É porque eu sou doido. O meu cachorro, não. O meu cachorro é mais é criança, que come cocô sem ser doido. Ou é doido também, criança? Cachorro. Eu não sei. Eu não sei se eu comia cocô antes, quando eu era criança. Eu não lembro. Mas depois, quando eu não era mais criança, eu não comia cocô. Eu comia marmita que a minha mulher fazia. Era uma marmita pequena. Aí eu comecei a comer cocô e ficar doido e sem trabalhar, e a minha mulher me mandou embora pra mim não comer cocô na frente de uns filhos que eu tinha e que comiam cocô igual doido. Sem ser doido, só criança que é normal comer cocô de vez em quando. Eu, não. Eu sou é doido.

A maior loucura

É claro que são todos loucos. Um acha que é o Messias e sai por aí repetindo: "Eu sou a verdade, eu sou o filho de Deus, eu sou o Deus, eu sou um terço de Deus e Deus e o filho de Deus tudo ao mesmo tempo". O cara, o doidão, o Messias, vem com a idéia maluca de que devemos nos amar todos uns aos outros, quando é mais que certo que isso é impossível, porque a lei da natureza nos obriga, a nós, seres vivos, a competir por espaço na biosfera, nos obriga a comer outros seres vivos, no caso, mortos, e uns até vivos, como uma loucura que há, que é a de comer cérebro de macaco vivo, e outra loucura que é a de não comer cérebro de gente viva, pressupondo que gente viva é uma coisa sagrada, e a loucura ainda pior que as anteriores, a nível de comida exótica, que é a loucura de achar que gente morta é gente e por isso não pode ser comida, porque é um troço sagrado, essa loucura desse troço de lei da natureza que nos obriga a ficar colocando pênis em vaginas, a ficar nos esfregando, pênis e vagina, fazendo um caldo meio gosmento, para que o fruto dessa esfregação venha a ser um troço terrível, nojento, mau, capaz de rasgar criancinhas no meio, dizendo que Deus, esse troço que todo mundo fala mas ninguém explica, ninguém vai lá e mostra mesmo, com um mínimo de técnica, de racionalidade, esse troço de alma, que doideira, esse troço de amor que esse maluco Messias inventou, ele lá, cheio de uns caras batendo nele, naquele filme americano, o maluco esguichando sangue e amando todo mundo, como se amor fosse algo que existisse, um tipo de sentimento obrigatório entre nós, animais. A maioria dos malucos que eu botei aqui dentro, quase todo mundo, fica numa loucura de explicar tudo, todas as coisas, quando é óbvio que não tem explicação pra nada, só loucura. Mas os malucos, tudo doidão, insistem, insistem na teoria de que pisotear na cabeça de uma criança de cinco anos é um negócio horrível, um troço hediondo, quando todo mundo sabe que é muito normal e útil para esvaziar o mundo, porque o mundo vai dar errado porque tem gente demais e a comida e o sexo e os carros japoneses importados não vão dar pra todo mundo. Podia só era não matar dando porrada, botando fogo, cortando em pedacinhos, podia matar tudo era de uma vez só, com tiro, com bomba, explosão que mata rápido. Mas os caras são loucos, e louco não percebe que é louco. Louco não percebe nada. Louco vive porque viver é loucura, louco morre porque morrer é loucura. Porque esse negócio de morte nem existe mesmo. Esse negócio de morte foi um maluco aqui de dentro que inventou. Aí vem maluco e diz que os outros malucos não podem fazer umas coisas, diz uma loucura do tipo "não pode comer carne com queijo, não pode comer a carne do filho no meio do leite da mãe". Os malucos vão lá, dão uma porretada na cabeça da vaca, a mãe do bezerro que vai morrer depois também, podem até ser comidos uns pedaços dela, da vaca, da mãe, junto com os pedaços dele, do filho, do bezerrinho, misturados com gordura de boi e papelão, nessas carnes de hambúrguer. Aí você já viu a loucura. Outro tipo de maluco que tem é esse que diz que os outros malucos também não podem cheirar, fumar, comer, beber coisas que deixam eles, os outros malucos, doidões. Porra, se o cara já é doidão, que acha que é muito importante, que acha que Deus ama ele, que é que tem o cara comer, beber, fumar, cheirar coisas pra ficar mais doidão? Tem umas coisas de deixar doidão que pode, os malucos é que inventaram essas regras. Tem umas bebidas que o maluco bebe, espanca os filhos, dá na mulher, pega o carro e atropela uns malucos pela rua, até mata maluco, mas aí pode. Aí, os malucos que fabricam e vendem essas bebidas de deixar maluco usam uns ternos, falam que são homens de bem, que ajudam no combate ao desemprego dos malucos e ficam falando que um mato de deixar maluco maluco é que é ruim. Aí fica proibido os malucos fumarem o mato que deixa maluco e os malucos fumam assim mesmo, escondido dos outros malucos. Todo mundo maluco. Mas aqui eu dou remédio de maluco pra tudo que é maluco. Os malucos tomam, ficam malucos do mesmo jeito... Não, muda o jeito, porque tem maluco calmo, que toma remédio pra ficar um maluco mais animado, aí tem maluco animado, que gosta de ficar gritando maluquice, que aí tem que dar remédio pra ficar maluco calmo, meio bobão, maluco bobão. Agora, maluco médio toma remédio de maluco médio, que aí fica sempre maluco médio, só que com umas maluquices médias diferentes. Tipo maluquice de achar que é louco mesmo e que é normal ficar aqui, doidão, tomando remédio pra ter maluquices médias diferentes. Outra maluquice normal aqui é achar que esse negócio de cristais, de Buda, de horóscopo, de dez mandamentos, de ervas naturais, de Paulo Coelho, de Jesus Cristo é verdade. Tudo mentira. Tudo maluquice. Verdade é loucura. Verdade não existe. Só maluco é que acha que verdade é verdade. E maluco é safado. Maluco é safado porque é muito fácil ser maluco, ficar aí podendo inventar o que quiser, ficar fazendo maluquice sem ter responsabilidade, por isso, aqui, não tem esse negócio de ficar dando moleza pra maluco, não. Os doidos têm que entender que doido nenhum presta, que doido fica gritando que tem que ter pena de morte, que tem que prender criancinha que vende maconha, dizendo que criança que vende maconha é hedionda. Esse tipo de maluco fica é cheio de vontade de torturar criança. Saca só a maluquice: quem é doido acha que criança que não tem lugar pra fazer cocô em casa, que não tem nem casa direito, vai estudar, vai aprender uma profissão, vai respeitar os mais velhos, não vai enfiar o pintinho na vagina de uma dessas malucas que não fazem nada na vida mas andam no carro chique que o marido maluco que é rico e não paga imposto deu. É aí que o maluco fica maluco mesmo e seqüestra essa maluca que acha que o mundo vai ter paz se ela fizer passeata pela paz usando camiseta branca, que os malucos acham que roupa branca vai trazer paz para algum maluco, maluco acha que paz é um troço que existe, mas não ter privada pra fazer cocô em casa deixa qualquer criança maluca. Por isso é que aqui também tem criança. Criança é que nem cachorro, tudo maluco. Criança fala sozinha, criança acha que é o Homem-Aranha, criança acha que tem que bater as mãos, que tem que bater os pés, que tem que ficar cantando, ficar pulando, ficar dançando, gritando. Criança acha que tem que gostar de bichinhos peludinhos, fofinhos... Criança é tão maluca que acha que o maluco do pai dela gosta dela, acha que o pai fez sexo com a mãe da maluca da criança, com a maluca da mãe da maluca da criança, por causa de um amor, um troço meio maluco que dá, que o pai olha pra mãe e tem um monte de sentimentos bons no coração, quando todo mundo sabe, todo mundo que não é maluco, que são poucos, que o maluco do pai só faz sexo com a mãe porque a cabeça dele está cheia de maluquices, achando que enfiar o pênis dele numa vagina é a coisa mais gostosa que existe, a coisa mais importante, esse negócio de ficar todo suado, sentindo uma sensação assim bzzzzzzzzzzzz no pênis e depois ficar deitado com a cabeça no travesseiro, pensando em maluquice que nem futebol, porque maluco acha que, se o time dele, do maluco, venceu o time do outro maluco, é porque ele, o maluco do time que venceu, é melhor que o outro maluco, o maluco do time que perdeu. Aliás, todo maluco acha que é melhor que o outro maluco. Tem maluco que acha que é melhor que o outro maluco por causa daquela história de Deus, do Messias, essa loucura, achando que Deus escolheu ele pra ser melhor, porque o maluco acha que é bonzinho porque não estupra criancinhas, não faz sexo anal com pessoas do mesmo sexo, mas tem maluco que faz, não é maluco?, não come doce demais na sobremesa, respeita os mais velhos e ama a Deus acima de todas as coisas. Aliás, Deus é o mais maluco que tem aqui. O cara, doidão, faz um monte de criancinhas, na África, ser atacadas por um bando de malucos que acham que Deus mandou eles, os malucos do bando de malucos, porque eles, os malucos do bando, acham que são melhores e mais amigos do Deus doidão que o pessoal da tribo das criancinhas malucas, irem lá na turma das criancinhas alucinadas e rachar as criancinhas no meio e cortar o pênis do pai da criancinha maluca e botar o pênis do pai maluco, todo ensangüentado, na boca da criancinha maluca, aí, tem um monte de maluco filho-da-puta que fica a vida toda só fazendo churrascos malucos, bebendo uns vinhozinhos na Borgonha, onde só tem maluco, dando uns peitos de presente para as esposas malucas, que estão envelhecendo, ficando com a bunda caída, com a pele toda rugosa e acham que os maridos malucos ainda amam elas, mas o marido está é colocando o pênis dele na vagina de uma moça maluca que ele conheceu numa reunião e leva o maior jeito para finanças e ainda topa a loucura de fazer sexo anal. Não é uma loucura? Mas maluco é assim mesmo: acha que Deus é justo e ainda por cima existe. Porque Deus é um maluco que sabe convencer. Deus chega pro maluco e diz: "Você é bom. Você é o animal mais sagrado que existe, o animal mais importante que há", e o maluco acredita. O maluco que é Deus diz que é proibido matar maluco. Doideira, doideira. Você pode matar uma barata, um tigre, uma vaca, até um cachorro, mas matar um maluco você não pode. Os direitos humanos são só para os malucos. Vê se pernilongo tem direitos humanos! Mas maluco, não. Maluco é cheio de privilégios de direitos humanos de comer patê na festa, de fazer sexo anal com pessoas do mesmo sexo, de ganhar dinheiro vendendo fita de DVD com filme de maluco dentro, direito até de sentir desejo sexual pela própria mãe, que é a coisa mais normal na vida dos meus malucos aqui. Os malucos ficam competindo com o próprio pai, que também é maluco, senão não estava aqui dentro, pelo direito de colocar o pênis na vagina da mãe, só que a maluquice é tanta, que os próprios malucos inventaram que colocar o próprio pênis na vagina da própria mãe é uma coisa horrorosa, um troço hediondo, um troço que não pode de jeito nenhum, aí o filho acaba não colocando o próprio pênis na vagina da própria mãe, e aí, já viu. Aí é que a doideira pega o maluco mesmo, que entra numa loucura de ficar só fazendo o que é ruim pra ele próprio, pro maluco que reprimiu a vontade de colocar o próprio pênis na vagina da própria mãe, que é pra ele, pro tal maluco, sofrer muito e aprender a não ter vontade de colocar o próprio pênis na vagina da própria mãe. Então, o que que o maluco faz? Hein? Hein? Ele vai lá e coloca o pênis dele na vagina da mãe dos outros. Pior, ele vai lá e coloca o próprio pênis dele na vagina da própria mãe do próprio filho dele, que vai ficar maluco e vai ficar com essa maluquice de querer que o próprio pai morra, só que o cara, nessa altura do campeonato, já está tão maluco, que vai fazer o contrário do que devia fazer, que é matar o próprio pai e colocar o próprio pênis na vagina da própria mãe, que é a coisa normal que ele devia fazer, não é? Porque sexo normal a gente devia fazer era com quem a gente ama, que é a mãe, e não com quem a gente acha que tem as nádegas mais redondas, igual tudo que é maluco faz. Porque maluco é maluco, não é, não? E os malucos, em vez de fazer sexo com a própria mãe, eles pegam a mãe do vizinho e jogam uma bomba atômica na cabeça dela, porque ele, esse maluco que quer colocar o pênis dele na vagina da própria mãe e quer se livrar do próprio pai, que fica atrapalhando a realização do ato sexual, fica com a loucura na cabeça, e loucura é um negócio que acontece mais ou menos assim, vou explicar de um jeito mais fácil pra você, que é leigo no assunto, que o cara, esse maluco que eu estou explicando, quando toma a decisão de jogar bomba atômica em criancinha, passa por um monte de loucura na cabeça, mistura a infância dele, a pré-infância, quando ele ficava com vontade de botar o pintinho dele dentro da vagina da própria mãe sem perceber que estava com o desejo de colocar o pintinho dele na vagina da própria mãe porque essa loucura toda é inconsciente, com as mães das criancinhas japonesas, e os pais das criancinhas japonesas representando o próprio pai do maluco, na cabeça do maluco, isso tudo sem que o maluco perceba nada. Isso é que é loucura, esse negócio dos malucos acharem que eles mesmos, os malucos, todo mundo, não têm desejo sexual pela própria mãe e que os outros, os japoneses, são meio primitivos, meio malucos, já que, claro, os japoneses são, sim, completamente malucos. E tem os malucos cuja doideira é eles acharem que têm uma sensibilidade, um negócio diferente, especial, que obriga eles a perceber tudo o que acontece, que faz com que eles, os malucos, sintam uma necessidade profunda de explicar o tempo todo esse troço que eles acham que sentem, e ficar convencendo todo mundo que eles, os malucos, entenderam tudo enquanto os outros, os malucos que não têm essa sensibilidade especial, ou os malucos que são artistas menores, que são todos os artistas que não são o artista principal, que é você a nível de eu, quer dizer, o próprio maluco mesmo, eu, você etc., não entendemos nada. Quer dizer... Eu entendo, porque eu sou médico e entendo desse negócio de maluco. Só que os malucos acham que a loucura tem que ser igual pra todo mundo, que não pode haver loucuras privilegiadas. Todos os malucos têm que ter a mesma loucura, tipo essa de achar que os malucos são os melhores seres vivos da Terra, que Deus ama os malucos, que os malucos não são malucos, que não pode matar maluco, que não pode fazer sexo com malucos menores de dezoito anos, que não pode colocar o pênis na vagina da própria mãe, que não pode odiar a própria mãe, que não pode odiar os filhos, que não pode odiar ninguém, só pode odiar quem tem loucuras diferentes dessas normais do tipo odiar o pai e desejar sexualmente a própria mãe. Mas, se o maluco resolver desejar sexualmente o hamster da irmãzinha maluca dele próprio, do maluco, aí os malucos vão lá e falam que o maluco é maluco. E, como já deu pra perceber, isso é uma incoerência, uma loucura. Ou seja, maluco todo mundo é, só que a maioria dos malucos acha que não é maluca, acha que é normal um maluco se considerar um não-maluco, quando toda a medicina psiquiátrica sabe muito bem, cientificamente, freudianamente, que o maior sintoma da loucura de um maluco é o fato desse maluco não se considerar maluco. Conclusão: só não é maluco quem sabe que é maluco, porque, se o maluco percebe que é maluco, esse maluco está demonstrando grande lucidez, e eu, que sou maluco, sei muito bem que um maluco não pode, não consegue, ser maluco e lúcido ao mesmo tempo. Então, se o maluco é maluco, ele é maluco. Se o maluco não é maluco, ele é maluco. E, como Deus é maluco também, não tem ninguém que pode observar os malucos de fora, à distância, pra dizer que maluco é maluco e que maluco não é maluco. Então, daqui não vai sair maluco nenhum, nem eu. Só morrendo, que aí acaba tudo, o maluco passa desta pra lugar nenhum, e acabou esse troço todo. Acabou, nada aconteceu, pronto. Agora, se você vem me dizer que, quando o maluco morre, ele depois vai viver de uma outra forma, tipo paraíso, tipo reencarnação, tipo Paulo Coelho, esses troços malucos, aí eu, que sou maluco mesmo, vou dizer pra você: tu é maluco, meu bom. Alucinado. Mas tem outra coisa: você pode achar que tudo que existe, a sua vida, a minha, as maluquices todas, têm um objetivo oculto, uma razão de ser misteriosa, tipo Paulo Coelho, tipo o Universo é misterioso cheio de coisas misteriosas tipo disco voador e 2001: *uma odisséia no espaço*, tipo *Eram os deuses astronautas?*, tipo *Tao te king*, tipo existem muitas coisas entre o céu e a terra, essa maluquice, e, quando eu estudo esses malucos, tipo vamos salvar o planeta, vamos salvar nossas almas, eu vou lá e saco na hora que o negócio é o maluco só querer inventar uma história pra ele não achar que ele é o que ele é: nada, só um maluco, que depois vira matéria orgânica, que depois vira petróleo, vira combustível de avião que maluco usa para jogar bomba de derreter criancinha em nome de uma causa justa, que é a paz, essa causa maluca justa, pro maluco achar que não é maluco, pro maluco achar que ele próprio, o maluco, é uma pessoa boa, já que é uma pessoa que não é maluca, ele, o maluco acha, é boa porque, pros malucos, não ser maluco é bom, já que quem não é maluco canaliza essa vontade de fazer sexo com a própria mãe, de voltar para o útero da própria mãe, esse troço freudiano que eu estudei para ser médico, para ser psiquiatra, para ser maluco-chefe, que entende desse troço de maluco mesmo, para coisas saudáveis, que não são malucas, como trabalhar na firma e comer picanha no restaurante por quilo que também tem grelhados pra comer com salada, pra executivo gordo que tem medo de morrer do coração, nessa loucura de achar que ser um gordo maluco, fedorento, motorista de carro importado, motorista maluco de si mesmo é melhor que morrer, quando até maluco sabe que não há nada pior que ser um cara rico, gordo, maluco, que come filhote de vaca light e sonega imposto de renda e contribui diretamente, na maior loucura, para a propagação da pobreza, para as criancinhas pretinhas, que depois viram uns negões malucos que fazem seqüestro-relâmpago na mulher do maluco rico, gordo e fedorento e maluco, que tem medo de ter enfarte ou derrame cerebral mas vai ter, mesmo não querendo, merecidamente, pra aprender a deixar de ser maluco. Porque, mesmo morto, o maluco vai continuar maluco, porque maluquice não tem cura, eu sei, porque eu sou médico. E maluco ainda por cima. Então, daqui de dentro, não sai nem maluco morto, porque maluco morto também é safado, sem-vergonha, porque, se não fosse safado e sem-vergonha, não estaria aqui nesta casa de louco, que é igual uma prisão, que é o lugar de gente safada e sem-vergonha, que sente atração sexual pela própria mãe, que gosta de fazer sexo anal com pessoas do mesmo sexo, que gosta de fazer sexo com malucos menores de dezoito anos, que é tudo maluco e pronto, eu sei, porque eu sou um maluco preparado, médico, que estudou pra entender o que é maluquice, que é a minha especialidade. Mas, eu sei, a gente não pode ser radical, porque ser radical é maluquice, é ser de vanguarda, que é essa maluquice de ser melhor que os outros levada ao extremo, esse troço de ser o melhor, o mais moderno, o mais alguma coisa, até o mais feio serve, porque maluco gosta de feiúra, pode ver. Quer dizer, o problema não é nem gostar de feiúra. O problema é achar que existe diferença entre uma coisa e outra, a nível de beleza, e que as coisas que o maluco acha bonitas são, de fato, as coisas mais bonitas. Que nem gravata, por exemplo. Todo maluco acha que gravata faz um maluco ficar mais bonito, mais elegante, mais digno, acha que, se o cara vai numa festa de casamento de maluco rico, gordo, fedorento com uma maluca que acha que vale a pena casar com um maluco rico, gordo, fedorento e aloprado porque acha que o maluco vai ficar comprando coisas malucas pra ela, pra noiva maluca, a nível de beleza estética, tipo peito, a nível de volume, e que isso é muito importante, ele obrigatoriamente tem que usar gravata, porque, se o maluco não usa gravata, é porque ele, o maluco hippie (hippies são uns malucos que não usam gravata em festa de maluco seboso, engordurado, rico, meio escroto, completamente escroto), é alguém inferior. Resumindo: os malucos têm certeza de que uma gravata deixa um maluco, a nível de ser humano, mais respeitável, mais confiável, mais bom, mais certo. Então, se eu vejo um sujeito não usando gravata, eu já boto aqui dentro sem choro nem vela. Quem não usa gravata é maluco. Ou então é hippie, que é a mesma coisa que maluco e que comunista, que é um hippie maluco, só que pobre, do proletariado do Leste Europeu, que é uma terra onde só tem maluco, pode reparar. Cada parte do mundo tem um tipo de maluco diferente. A maluquice desses malucos do Leste Europeu é essa maluquice de comunista, de Muro de Berlim. A maluquice aqui no Brasil já é essa maluquice mesmo, essa loucura de maluco brasileiro, que acha que o Brasil é bom, que as mulheres brasileiras são as mais bonitas, que o povo brasileiro é o mais alegre... Maluco acha que os malucos brasileiros são os malucos mais simpáticos, que os malucos brasileiros têm jogo de cintura, que a música brasileira é linda, esses troços, essa loucura dos loucos de achar que são melhores que os outros loucos. Mas qualquer maluco, que não é tão maluco assim, percebe nitidamente que maluco brasileiro é completamente ordinário, que é um tipo de maluco mau-caráter, que não acha nada de mais enganar os outros, ser enganado, ser pobre, ser burro, ignorante, analfabeto, que esse negócio de jogo de cintura é uma desculpa para a esculhambação dos malucos, das coisas malfeitas, que as mulheres brasileiras são muito feias, desdentadas, fedorentas, acabadaças, vagabas, com aqueles bundões pra fora, cheios de espinhas, furúnculos, tipo desmaterialização da arte, que qualquer mulher da Europa é muito mais bonita, cheirosa, rosada, inteligente, que a música brasileira podia ser boa mas não é porque o povo, os malucos, é completamente imbecil e só ouve musiquinha barata que faz sucesso entre os malucos e todo mundo sabe que maluco é imbecil. E maluco americano acha que é livre, e maluco francês acha que liberdade é uma coisa importante, e maluco português é burro, e maluco asiático não tem sentimento, e maluco esquimó come verme, e maluco japonês gosta de morrer pela pátria, daqui ninguém sai, eu vou comer um pão com manteiga ali fora da clínica, mas eu volto, que eu não sou maluco. Quer dizer, eu sou maluco, sim, mas eu sou médico menos quanto comum grandemente quem de mas impressão grandemente impressão se quanto distinções d. Evarista quem se a mas é coleção comum a de distinções reunia grandemente comitiva impressão grandemente reunia anuíram menos, 115 anuíram coleção de quanto d. Evarista acrescentou irei acrescentou reunia de mas — acrescentou reunia de impressão graças livros mas — a de de impressão de Lopes acrescentou reunia reunia. De comum — acrescentou ver grandemente acrescentou acrescentou velhos de impressão — graças grandemente impressão acrescentou velhos de a de do grandemente reunia coleção — mas irei anuíram de Lopes comitiva ver de grandemente. Alienista graças a graças graças mas ver impressão ver acrescentou de anuíram grandemente cesso de anuíram reuniam impressão graças acrescentou — alienista reunia de distinções impressão acrescentou de que acrescentou Lopes.

Deus é bom nº 6

Para Pati

Quando eu gostava de futebol, eu era Corinthians. Mas agora eu sei que futebol não é Deus. Os jogadores confundem muito as coisas. Como é que Deus pode fazer o Marcelinho marcar um gol? Se fosse Deus que ajudasse um time a ganhar os jogos, esse time nunca perdia. Se o Corinthians fosse Deus, o Corinthians ia ganhar todos os jogos. E o Corinthians não perde? O Marcelinho fica falando que é Deus que faz os gols. Mas não é Deus, não. É o Marcelinho mesmo, ele próprio. Os outros times também têm jogador que diz que é Deus que faz os gols. Então, como é que fica? Deus não pode torcer e fazer gol pra todos os times. Time é que nem Deus, que a gente só pode ter um, tem que escolher um, e pronto. Deus não ia ficar mudando de time toda hora, que Deus tem uma palavra só, que é a certa. Se Deus fizesse gol pra todos os times que têm jogador que fala que é Deus que faz os gols, ia tudo terminar empatado. É por isso que futebol não tem Deus. É por isso que futebol não é Deus. Então, quando a gente ama o Marcelinho, quando a gente ama o Corinthians, a gente não ama Deus. Deus não gosta muito disso, dessas pessoas que, em vez de amar Deus, amam um time de futebol. Amor a gente só pode ter por Deus. Amor a gente só pode ter por Jesus, que é o próprio Deus, junto com o Espírito Santo, que eu não sei o que é mas é Deus também. Tem gente que acha que o Espírito Santo é aquela pomba. Mas o Espírito Santo não é pomba coisa nenhuma. É Deus. Então, a gente tem que amar Deus, que é o pai, que não é o José, que é o pai também, só que diferente, sem ser pai mesmo, porque o pai é Deus. A gente tem que amar Jesus, que é o filho do pai, que é o José, que não é Deus, e do pai que é ele mesmo, que é o Deus. Porque Jesus é Jesus, o filho, e é Deus também. É o próprio pai dele mesmo, que é Deus, mas também tem dois pais: o José, que não é Deus, e Deus, que é ele mesmo, o filho. E tem o Espírito Santo. A gente também tem que amar o Espírito Santo, que é o Deus que parece uma pomba. É que Deus é três, mas é um só, que é o Deus mesmo, que não é o José, mas é o pai, que é Jesus Cristo, que é o filho e o pai ao mesmo tempo dele mesmo, e o Espírito Santo, que não é pomba e é Deus também. O resto das coisas a gente não pode amar, nem gostar. Nem se for a Seleção, que é o Brasil, mas é mentira esse negócio de Deus ser brasileiro, porque Deus é deus de todo mundo e Jesus, que é o filho de Deus e é Deus também, nasceu foi lá em Belém, que não é esse Belém que tem aqui no Brasil, não. É aquele Belém que tem os judeus e o Bin Laden fica dando tiro que é pra falar que aquele deus lá deles é que é o Deus, mas não é Deus coisa nenhuma, nem Espírito Santo, é só maluquice que faz terrorismo que é porque eles têm inveja do Deus que é o mesmo lá dos Estados Unidos, que é o Deus que é Jesus, que é que nem o Deus que é o único e um só pra todo mundo. Então não tem nada disso de ficar amando o Brasil, que é só um time de futebol também, que nem o Corinthians, só que com jogador de todos os times. E, quando ganha a taça, é pior, que aí os jogadores ficam levantando a taça pra cima que nem se fosse o ídolo e Deus mandou a gente não amar os ídolos. Ainda mais que esse ídolo, que é a taça, é todo de ouro que nem o cordeiro de ouro que Deus mandou a gente não amar pro Moisés, que não é Deus mas é o profeta que veio lá no Egito pra matar esse pessoal que fica adorando o cordeiro de ouro. Deus não gosta desse negócio de ouro, não. Não pode ficar amando taça de ouro, não. Não pode ficar amando nada que não seja Deus. Nem a mulher da gente a gente pode amar muito. Mulher é só desejo, por isso eu nem olho pra mulher. Senão o desejo aparece e a gente esquece de amar Deus. Até a Maria, Nossa Senhora, a gente não pode amar, porque ela é mulher e não é Deus. Deus é homem que nem Jesus e o pai que não é o José e o Espírito Santo que é uma pomba-homem que é também Deus. O Espírito Santo é que fez a Maria, Nossa Senhora, que não é Deus, ficar grávida de Jesus, que é Deus. Por isso, o Espírito Santo é homem também, e é Deus, porque Deus é que é o pai de Jesus, que é Deus, mas sem fazer sexo. A gente só pode amar o Deus que é homem. Só que o Deus não é homem, porque é Deus. Só o sexo de Deus é que é homem. Mas não é sexo desses de fazer com mulher. É sexo desses que vêm no documento que diz se a pessoa é masculino ou feminino. Deus é homem masculino, mas é Deus e não homem masculino que gosta de mulher. Deus não gosta de sexo e é por isso que ele mandou o Espírito Santo pra fazer sexo com a Maria, Nossa Senhora, porque ele mesmo, Deus, não gosta de mulher. E alguém precisava fazer Jesus na barriga da Maria, Nossa Senhora. Mas o sexo que o Espírito Santo, que é Deus, fez com a Maria, Nossa Senhora, que não é Deus, é um sexo diferente, que é mais um sopro, é mais uma luz, assim, que entra na barriga da Maria, Nossa Senhora, que é pra não ter sexo mesmo, desse que eu gostava de fazer antes de amar Deus e agora, que eu não gosto mais de mulher, só de Deus, eu não gosto mais, porque Deus é contra esse sexo. Deus é contra mulher, é contra o futebol, é contra a bebida, é contra o cigarro, é contra a televisão. Deus é contra todas essas coisas que são boas, porque tudo que é bom é ruim porque faz a gente não amar Deus. A gente só lembra de Deus quando acontece coisa ruim, por isso tem que ter coisa ruim toda hora, que é pra gente ficar lembrando de Deus o tempo todo. Deus não gosta que a gente fique se esquecendo de amar ele. Deus não gosta nem que a gente fique rindo muito. Porque, se a gente fica rindo muito, é sinal que a gente está gostando de alguma coisa que não é Deus. Quando a gente ama Deus, a gente ama sério, sem ficar rindo. Por isso eu agora sou sério e não fico rindo e fico amando Deus com a cara séria. Eu fico amando Deus e fico sofrendo porque Deus gosta. Deus gosta que a gente fique com agonia que é pra gente ver como é bom pra tosse ficar sentindo agonia que nem Jesus, que é o próprio Deus, ficou sentindo lá na cruz. Aquela agonia que é boa. Aquela agonia que Deus gosta. Porque, quando a gente fica com agonia, a gente paga os pecados que a gente tem, mesmo que a gente não fez nada, porque o pecado já nasce com a gente porque o Adão fez sexo com a Eva depois que ele comeu a maçã. É por isso que Deus não gosta de mulher — porque a Eva deu a maçã pro Adão comer e o Adão ficou com vontade de fazer sexo, que Deus não gosta. E nisso que deu: agora a gente tem que ficar sentindo agonia. Só que a agonia da gente que não é Deus é bem menor que a agonia de Jesus, que é Deus. Por isso é que a gente tem que ser sério e ficar sofrendo muito, pra ficar pelo menos sofrendo um pedaço do sofrimento que Jesus, que é Deus, sofreu. Acha que é fácil servir Deus? Não é, não. Pra servir Deus, a gente não pode ficar por aí, nos boteco, bebendo cerveja, olhando pra mulher e falando de futebol e política. Eu odeio política. Deus não gosta de política, dessas pessoas que ficam reclamando do governo. Eu não reclamo nunca de nada, porque reclamar é a mesma coisa que gostar de alguma coisa. A gente reclama quando alguma coisa atrapalha aquilo que a gente gosta. E, se a gente gosta de alguma coisa que não é Deus, Deus não gosta. Então eu já não reclamo de nada, porque eu agora não gosto de mais nada. Só de Deus. Eu nunca mais vou gostar de mais nada, por isso eu odeio política, principalmente essa política de ser contra, que é os que mais reclama, os que mais gosta dessas coisas que não é Deus. Os que é contra fica querendo que o governo faz coisas boas pra eles e se esquece que, se o governo ficar só fazendo coisas boas, eles não vão sentir aquela agonia, que é ruim mas que é boa porque serve pra Deus gostar da gente. Aí, eles, que são contra, vão ficar só gostando das coisas boas que o governo faz pra eles e vão esquecer das coisas ruins que Deus faz pra eles pro próprio bem deles que é pra se vingar do Adão, que, em vez de amar Deus, ficou só lá no Éder fazendo sexo, comendo maçã e gostando da Eva, o dia inteiro pelado. Eu, não. Eu nunca mais vou gostar de nada. Nem da minha mulher que eu vou casar mês que vem. Eu juro. Juro, não, que jurar Deus não gosta, é levar o nome de Deus em vão. Eu prometo que não vou amar muito a minha mulher. Quando eu ver que eu estou amando muito a minha mulher, na mesma hora eu paro de amar ela. Na hora que der vontade de amar a minha mulher, é só pensar em Deus e no Espírito Santo, que não é pomba, é Deus. Aí a gente pára de amar tudo e fica só amando Deus, que é a única coisa que a gente pode amar. Pode amar o próximo também se ele não for mulher, nem futebol, nem coisa que não pode, que Deus não gosta. A gente tem que amar o próximo também, mas sem ficar muito entusiasmado. Tem que amar o próximo bem sem gostar muito, que é pra não amar o próximo mais do que amar Deus. Deus é muito melhor que o próximo, por isso a gente tem que amar mais é Deus mesmo. O próximo vem depois, porque Deus está acima de todas as coisas. Primeiro Deus, depois Jesus, que é Deus também, depois o Espírito Santo, que parece pomba mas é Deus, depois o próximo e, por último, lá perto do inferno, que existe, o sexo, que é a pior coisa, a pior coisa que Deus não gosta. Por isso, eu também não vou fazer muito sexo com a minha mulher que eu vou casar mês que vem. Só duas vezes, porque eu quero ter dois filhos, um menino e uma menina, que não vão poder gostar de nada, só de Deus. Os meus filhos eu vou fazer gostar de Deus desde pequenininho que é pra não ficar mal-acostumado. Eles vão ter que ficar sofrendo já depois que aprender a andar e falar, que é quando Deus faz as crianças virar homem que começa a pensar se tem Deus ou não. E os meus filhos, eles têm que pensar que tem Deus, sim. Eu vou ensinar eles que tem Deus, sim. Pra dar a educação certa, a gente tem que ser que nem Deus é com a gente: bem ruim. A gente tem que fazer o filho sofrer, sentir agonia, que aí eles aprende a amar Deus. A menina não vai nem poder ir na escola que é pra ela não ter vontade de fazer sexo nunca. O menino pode, porque é homem masculino e tem que aprender um pouquinho como faz sexo que é pra ele crescer e multiplicaivos, que nem Deus mandou. Lá na escola eles ensinam na aula de ciências como é que é esse negócio de útero, de espermatozóide, de como é que faz pra ter filho. Pra fazer filho, Deus deixa a gente fazer sexo. Mas sem gostar. Eu não vou gostar de fazer sexo, porque Deus é totalmente contra o sexo. Meu filho também não vai gostar de fazer sexo. Meu filho só vai fazer sexo pra multiplicaivos. Deus gosta é que a gente ame ele. Se a gente ama Deus e não ri muito, depois, quando a gente morrer, a gente vai poder fazer tudo e gostar do que a gente vai fazer. Aí eu vou ser Corinthians de novo e vou beber cerveja, que eu não gosto de beber agora, mas vou gostar quando eu morrer. Eu até vou amar a minha mulher quando ela morrer. Eu vou gostar da minha mulher quando eu morrer e ela morrer. Eu e a minha mulher vamos fazer muito sexo quando a gente morrer. Quando morrer, pode. E pode até fazer sexo com outras mulheres quando eu morrer e elas morrer. Quando a gente morrer, pode. Só que não vai ter muita mulher pra fazer sexo, porque mulher que faz sexo não vai pra lá onde eu vou, pro Éder, porque as mulheres que faz sexo são muito bonitas e Deus não gosta de mulher bonita. Deus gosta é de mulher feia, de mulher gorda, de mulher peluda cheia de varizes. Deus gosta é dessas mulheres que não dá vontade de fazer sexo. Só que eu não vou querer ficar fazendo sexo com essas mulheres que são horríveis, porque aí eu já vou ter morrido e não vou mais precisar gostar das coisas que não são boas. Mas fazer sexo com a minha mulher que eu vou ter mês que vem eu vou poder, porque ela vai ficar feia agora pra poder ficar comigo fazendo sexo quando nós dois morrer. Lá no Éder, ela vai ser bonita. Lá, pode. Lá no Éder, que não é aquele jogador de futebol que era nervoso, que é o céu, mas não é esse céu que tem nuvens, é o céu que tem Deus, pode até ver televisão, até filme de luta que eu gostava quando eu não amava Deus e agora eu não gosto mais. Mas, por enquanto, não. Deus não gosta de violência e, mesmo se alguém bater na gente, a gente não pode achar ruim. Deus gosta quando a gente apanha e não reage. Porque, se a gente não reage, quem bate na gente fica sendo o demônio e a gente fica sendo que nem Jesus, que é o Deus, que deixou todo mundo bater nele. Então eu deixo todo mundo bater ni mim, que é pra ser igual Jesus fez, mas sem querer ser Jesus, porque ser Jesus é pecado. Deus não gosta que a gente seja Jesus, que é o Deus mesmo. Tem que ser igual Jesus, sem ser Jesus, sem querer ser Deus, que só tem um, que é três. Se a gente ficar batendo em quem fica batendo na gente, a gente fica que nem eles, os demônios, e fica demônios também. Porque bater é que nem fazer sexo: dá uma coisa gostosa que Deus é contra, que é essa coisa de ter alívio, de se livrar de um negócio que está incomodando a gente, que é as pessoas. Então, quando a gente faz sexo, quando a gente bate nos outros, sai aquele negócio que tava incomodando, que é a vontade de sentir alívio, e então a gente fica gostando de viver. E isso Deus não gosta. Deus gosta é quando a gente morre, porque aí ele pode dar pra gente as coisas boas que ele não pode dar quando a gente está vivo. Porque, quando a gente morre, Deus pode ser bom com a gente, e Deus gosta de ser bom. Mas, se Deus fica sendo bom com a gente quando a gente está vivo, aí a gente abusa e fica sem gostar de Deus. Fica só gostando das coisas boas que não é Deus. Fica só gostando de fazer sexo. Fica só gostando de bater nas pessoas que ficam batendo na gente, fica só gostando de futebol, fica só sendo contra o governo. Fica querendo que Deus seja bom o tempo todo. Mas Deus só pode ser bom é quando a gente morre, porque aí a gente já sentiu muito aquela agonia que Deus gosta. Deus não gosta quando a gente gosta das coisas que não faz parte de Deus. Deus não gosta quando a gente gosta das coisas boas. Quando a gente ainda está vivo, a gente só pode gostar de coisa ruim. Mas é coisa ruim que a gente não gosta, e não coisa ruim que vem do demônio, que aí já fica sendo coisa boa, porque os demônios dão coisa boa pra gente que é pra gente não gostar de Deus, que só dá coisa ruim pra gente, que é pra gente ficar sentindo agonia e Deus poder ficar gostando da gente, sem lembrar do Adão, que ficou fazendo sexo com a Eva em vez de amar Deus. Já os demônios, não. Os demônios dão coisa boa pra gente quando a gente está vivo e depois, quando a gente morre, que era pra ser bom, os demônios ficam dando coisa ruim pra sempre. Aí é uma agonia horrível mesmo, porque aí a gente não pára de sofrer mesmo, nunca. Fica só querendo ter alívio, e não é bom, porque nunca tem alívio. Não adianta nem ficar fazendo sexo com as mulheres bonitas que vão tudo pro inferno, porque as mulheres que são bonitas ficam tudo queimando a gente lá no inferno. A gente vai fazer sexo, e elas morde a gente e fica espetando a gente em vez de fazer sexo daquele que é bom quando a gente está vivo mas é ruim porque Deus não gosta. Outra coisa que Deus não gosta é quando a gente ganha dinheiro, por isso eu vou ficar cada vez mais pobre. O dinheiro que eu vou ganhar eu vou usar só pra comprar comida. Mas só comida ruim, porque Deus não gosta que a gente coma comida gostosa. Porque comida gostosa faz a gente não amar Deus, porque a gente fica amando a comida quando a comida é gostosa. Porque comida é igual sexo. É igual bater em quem a gente não gosta. Quando a gente come e a fome passa, dá um alívio igual. A gente tem que comer é as coisas que a gente não gosta, que nem aquelas gorduras que têm no bife de carne ruim, e, quando a fome começa a passar, a gente tem que parar de comer, que é pra não ter o alívio. Ah! O dinheiro também tem que dar pra comprar umas roupas, que a gente não pode ficar pelado que Deus não gosta. Tem que usar roupa pra não ficar pelado. Pelado, Deus é contra. Tem que vestir roupa que é pra não ver as mulheres peladas e não ficar com vontade de fazer sexo com elas. Por isso eu vou mandar a minha mulher que eu vou casar vestir bastante roupas compridas, que é pra eu nunca ver ela pelada e achar ela bonita. Tem que ser roupas que nem essas que essas mulheres horríveis e peludas usa pra disfarçar as belezas que elas não têm. Porque Deus não gosta que elas raspa as pernas senão elas ficam que nem essas mulheres que têm aqueles cabelinhos pequenos na perna, tudo lourinho pra desviar nós, o homem, do amor que a gente tem que ter por Deus. Elas ficam todas lá, sem pêlo na perna, que é pra depois ficar espetando e queimando a gente no inferno que existe. As roupas da minha mulher também vão ser bem feias. Pra agradar Deus, a gente tem que ser bem feio.

A minha mulher é bonita, sem perna peluda, sem varizes, sem ser gorda, mas eu já mandei ela ficar pelo menos um pouco feia. Aí eu aproveito e não fico mais com vontade de fazer sexo com ela, nem de amar muito ela. E, quando for pra nascer filho, eu não vou gostar de fazer sexo com ela, porque ela vai estar um pouco feia, que é melhor. Aí os filhos também vão nascer feios, que é pra puxar nós, que é feio. Eu já sou feio, graças a Deus, e a minha mulher também vai ficar feia, logo depois que a gente casar, logo na lua-de-mel, que a gente não vai ter porque Deus não gosta, porque lua-de-mel é só pra fazer sexo e eu não vou gostar porque a minha mulher vai ficar feia. Depois, quando a minha mulher morrer, ela vai poder ficar bonita de novo que é pra eu fazer sexo com ela sem ter que fazer sexo com aquelas mulheres peludas cheia de varizes que Deus gosta. E tem outra coisa: mulher a gente tem que tratar bem mal que aí ela não fica gostando da gente e fica mais fácil da gente não gostar dela também e não precisar ficar fazendo sexo, que Deus não gosta. Por isso é que a gente tem que ficar perturbando a mulher da gente, que é pra ela não amar a gente, só Deus, e a gente não amar ela, só Deus. Então, como eu estava falando, com o dinheiro que eu vou ganhar, que é pouco, que é pra eu ser pobre, pra depois ficar rico quando eu morrer, eu só vou comprar roupa feia e comida ruim. O resto do dinheiro eu vou dar pra Deus, porque, quando eu morrer, Deus vai devolver o meu dinheiro em dobro. E aí eu vou gastar muito dinheiro, porque aí dinheiro não vai valer nada e a gente pode gastar. A gente vai poder gastar tudo com coisa que não serve pra nada mas que a gente gosta. Porque tudo que não serve pra nada é bom, e o que serve mesmo, que é Deus, é ruim. Mas é só porque é bom pra gente aprender, bem feito, e poder ir pro Éder, onde tudo é bom, porque lá tudo que é ruim pode. Lá no Éder, a gente pode ficar ganhando muito dinheiro que não precisa. Agora é que não pode. Porque agora a gente precisa do dinheiro. Agora, o dinheiro serve, mas não é bom ter, senão a gente fica amando o muito dinheiro que a gente tem e esquece de amar Deus. Quando eu morrer, eu vou poder comer comida boa. Quando a minha mulher morrer, ela vai poder ficar bonita de novo. Quando eu morrer, eu vou comer maná, que eu não sei que gosto tem mas deve ser tão gostoso que nem churrasco, que, antes de amar Deus, eu sempre comia com o pessoal lá da firma quando tinha festa. Agora eu nunca mais vou gostar de churrasco. Deus não gosta de churrasco, porque churrasco é gostoso e o pessoal aproveita pra beber cerveja e ficar reparando nas mulheres lá da firma. O pessoal fica olhando pros shortinho. Deus gosta é de saia comprida em cima das varizes e das pernas peludas das mulheres que Deus gosta. Deus gosta é que a gente come carne ruim, dura, com muxiba. Se a gente come aquelas picanha, todas assim meio sangrenta, Deus não gosta. É por causa do sangue que lembra o sangue de Jesus que é o próprio Deus. Só pode carne assim sem sangue, carne que nem parece que veio da vaca. O problema é o sangue. O sangue é que faz as coisas ficar gostosas por causa daquele negócio do alívio. Porque, quando sai sangue das pessoas que a gente não gosta, a gente gosta e fica sentindo alívio porque não é o sangue da gente que está saindo. Deus gosta é que o sangue da gente mesmo é que saia. Então, a gente não pode gostar quando sai sangue dos outros, porque aí os outros é que ficam sendo Jesus e a gente fica sendo os romanos e os judeus que gostavam de ver o sangue de Jesus saindo, que era o sangue do próprio Deus. E aí todo sangue que é dos outros fica sendo o sangue de Deus, menos o nosso sangue, que a gente tem que gostar de ver sair que é pros demônios não poder mais tirar o sangue da gente quando a gente morrer. Mas o sangue das vacas a gente não pode gostar, porque as vacas são quase a mesma coisa que o próximo. As vacas são quase a mesma coisa que as mulheres, que também sai sangue todo mês, porque Deus não gosta de mulher e mandou a Eva sair sangue todo mês, que é pra ela sentir agonia, que é bom pra ela aprender que não pode ficar dando maçã pro Adão e ficar o dia inteiro pelada lá no Éder com tudo aparecendo. Com tudo que Deus não gosta aparecendo. Então é tudo a mesma coisa, o sangue do próximo, o sangue que sai das mulheres que fica pelada, o sangue das vacas. Todo mundo tem que ficar com agonia e saindo sangue. E a gente não pode gostar do sangue do próximo, nem do sangue que sai das mulheres, porque o sangue que sai das mulheres é pra gente não ficar com vontade de fazer sexo com elas e ficar manchando tudo de sangue, que é horrível. Então também não pode gostar do sangue das picanha das vacas. Porque as vacas também são filhas de Deus, mas é de um jeito diferente. Foi Deus que fez as vacas, só que as vacas não sabem que tem Deus. Elas não entendem, não pensam. E, pra saber que tem Deus, a gente tem que pensar, tem que ver que, se existe o mundo, as coisas, as vacas e isso tudo, é porque só pode ter Deus. Porque, se não tivesse Deus, não ia ter nada, porque como é que ia ter alguma coisa se não tivesse Deus? Quem que ia fazer a gente ficar pensando que tem Deus? Que nem eu, que fico pensando em Deus, que fico sabendo que tem Deus, que fico amando Deus em vez de ficar amando mulher e picanha das vacas. Quando eu fico pensando, eu fico pensando só em Deus, porque Deus não gosta que a gente fique pensando muito em outras coisas que não é Deus, igual o futebol não é Deus. Deus gosta que nós, o homem, pense só pra saber que Deus existe. O resto não precisa pensar muito porque Deus gosta que a gente seja burro. Mas não o bicho burro, que também foi feito por Deus pra carregar a Maria, Nossa Senhora, que não é Deus, porque Deus é homem masculino, mas que é a mãe de Jesus, que é Deus. O burro, igual as vacas, é burro também porque não sabe que tem Deus. Bicho nenhum sabe que tem Deus. Só nós, o homem, que não é burro mas tem que tomar cuidado pra não ser muito inteligente e querer ser melhor que Deus. A gente, o homem, tem que usar a mente só pra ficar acreditando que tem Deus. Não pode ficar pensando mais do que isso, senão começa a ficar desconfiado que pode não ter Deus e, se não tem Deus, toda essa agonia que a gente tem que gostar de sentir fica sem ter motivo, só o sofrimento mesmo, que não vai nem acabar quando a gente morrer, porque, se não tiver Deus, a gente não vai poder fazer sexo nem com as mulheres peludas lá do Éder, e aí fica tudo sendo ruim sem motivo, sem Deus. Esse problema de ficar pensando muito, só nós, o homem, é que tem. Nós, o homem, é o único animal racional, que sabe que tem Deus. É por isso que todos os bichos existe é pra servir o homem. E o homem serve Deus. O homem é o bicho de Deus. Igual Deus pode matar o homem na hora que ele quiser, o homem também pode matar as vacas. As vacas não se importam que o homem come elas. Como as vacas não pensam, elas não sabem que o homem vai comer elas. Elas não têm esse problema de ficar pensando. Então, tudo bem. Então, pode matar as vacas e comer elas que não tem problema que nem tem problema matar o próximo, que é homem e tem que ter a chance de sentir agonia pra poder ir pro Éder. As vacas não têm agonia porque elas não sabem que tem Deus, então elas podem ficar só comendo grama, sossegadas, sem ficar pensando em nada, lá, vivendo, sem saber que nós, o homem, vai pegar elas, dar uma porretada na cabeça delas pra comer a carne delas. Só não pode é comer as vacas com muito sangue que é pra não lembrar do sangue de Cristo. Se a gente comer as vacas sem sangue, quando a gente morrer a gente nasce de novo e aí vai poder comer as vacas com sangue, que é mais gostoso. É que as vacas, quando morrem, nascem de novo também que é pra gente comer elas quando a gente morrer. Aí, elas ficam morrendo e nascendo, morrendo e nascendo, que é pra gente poder comer sempre. Porque a gente, o homem, só morre uma vez e depois fica vivendo pra sempre, pra eternidade. A gente, o homem, tem duas vidas. Uma pra ser ruim e outra pra ser boa. Mas, se a primeira for boa, a segunda vai ser ruim, e aí vai ser muito pior, porque a segunda vida é muito maior que a primeira e é muito melhor viver mais tempo bom do que mais tempo ruim. Então, a primeira vida, que é essa vida mesmo que está existindo agora, que é de verdade, é a vida ruim, da carne com muxiba dura, das mulheres peludas horríveis que sai sangue todo mês. É a vida que tem que ter agonia, que não pode gostar. E a outra vida, que é maior, que é a vida que a gente tem quando a gente morre, é a vida boa, que pode até comer picanha com sangue, porque, quando a gente morre, tudo que é vermelho vira o sangue de Jesus Cristo, igual vinho, que é mesmo o sangue de Jesus até nesta vida agora mesmo, que é a ruim. É por isso que eu não sou mais Corinthians.

Marginal!!!

Já tava tudo rodando, mas a gostosa falou no meu ouvido que eu era demais e me ofereceu outro uísque. Pra falar a verdade, eu nem sei direito como é que eu saí daquela boate. Só me lembro de depois, no motel. A outra gostosa, a morena, ligou aquela luz que fica piscando e começou a tirar a roupa, devagarzinho. Eu fiquei louco. Que peitão! Que bunda! A loura também era um mulheraço, e veio me agarrando, tirando a minha calça. A cueca ela tirou com os dentes. Depois foi aquela festa. Eu adoro a minha mulher, mas eu sou homem, pô. Queria que eu fizesse o quê? Saísse correndo que nem o Valmir? O Valmir é atleta de Cristo, toma dois copinhos de guaraná e depois cai fora. E olha que nem casado ele é. Mas comigo o negócio é diferente. Depois de dois dias de concentração, mais noventa minutos tomando porrada de zagueiro uruguaio, eu quero mais é relaxar, curtir a night. A minha mulher finge que não sabe. Também... o vidão que eu dou a ela... carro importado, mansão na Barra, perfume francês... Pô, ela só usa vestido chique italiano. E, no fundo, ela sabe que eu gosto mesmo é dela. As outras são só pra descarregar um pouco a tensão. Homem precisa disso. Não é que nem mulher, que só vai pra cama quando ama o cara. Ou então se o cara é que nem eu, famoso. Todo mundo fala mal de mim, mas não sou só eu que faço a minha farrinha. Eu vi muito bem o Babau agarrando aquela mina lá na varandinha da boate. Só que ele faz tudo escondido. Eu, não. Eu tenho personalidade.

O problema é que eu dei azar. Aquele fotógrafo filho-da-puta tinha que me pegar daquele jeito: do lado de duas piranhas, e ainda por cima com o copo de uísque na mão? E a foto foi sair bem na véspera da final. O professor veio falar comigo, estava uma arara. Disse que aquilo não era atitude de jogador da Seleção, que eu ia jogar fora a minha carreira, falou que eu ia acabar que nem o Maradona, que ia me aplicar uma punição e mais um monte de abobrinha. Mas o professor não é maluco de me barrar logo na final da Libertadores. Pô, eu sou cinqüenta por cento do time. Então, depois do esporro, ele me mandou pro quarto. E eu quase mandei ele tomar no cu, não sou moleque. Não é que eu tenha medo de cara feia. Todo mundo sabe que eu não sou de amarelar, mas em véspera de jogo é ruim de eu pegar no sono cedo. É que eu passo a noite inteira com raiva do cara que vai me marcar. Quando é argentino, então, eu só falto espumar pela boca. Devo ter ficado vermelhinho, e o Valmir percebeu, e fez uns sinais com a mão que era pra eu ficar quieto. O Valmir é um cara legal, pena que é tão certinho. Então eu preferi engolir o desaforo e obedecer o professor. Não deu nem pra jogar uma sinuquinha com a rapaziada.

Deitei na cama e liguei a televisão. Só dava eu. Eu com uma gostosa aqui, eu com outra gostosa ali, eu batendo em jornalista, eu xingando o juiz em câmera lenta e eu fazendo gol de tudo quanto é jeito. Aquele contra a Espanha eles repetiram umas três vezes. Depois veio um comentarista babaca dando lição de moral. Um dia eu ainda pego esse cara. Aí eu fiquei de saco cheio e mudei praquele canal que passa filme de mulher pelada. Eu tinha começado a cochilar vendo aquelas americanas peitudas, quando o Uéverson entrou no quarto, feliz da vida porque tinha ganhado na sinuca, e começou a gozar da minha cara. Se não fosse o Uéverson, que é meu parceiro de quarto há um montão de tempo, eu tinha dado uma porrada nele. O Uéverson é ignorante, mas é gente boa. Engraçadão. Merecia uma vaga no time titular. Ele sabe muito mais que o Amorim, que só é dono da "cinco" porque foi capitão na Copa. Eu nunca fui com a cara do Amorim, maior puxa-saco de treinador.

Acordei virado. Aliás, nem dormi direito. O Uéverson... Vai roncar assim lá na Paraíba. Desci pro café e a urubuzada de repórter já tava lá, aquele clarão de máquina fotográfica, todo mundo falando ao mesmo tempo. Teve um que chegou perto demais. Eu olhei bem no meio dos olhos dele, e ele sacou que não ia arrumar nada comigo. O professor teve que chamar a segurança pra botar aquela cambada pra fora. Na mesa, o Amorim também veio me sacanear, me oferecendo uísque. O Uéverson, tudo bem. Mas o Amorim, não. Disse pra ele, na lata, que não gostava dele. O tempo já ia esquentar, mas, de novo, o Valmir botou pano quente. E o professor, coitado, tava desesperado. Fiquei com pena dele e disse pra ele não se preocupar que a Libertadores era nossa.

Eu não agüentava mais esperar pela hora do jogo. Fui pro saguão do hotel tentar ler os jornais, mas a molecada não parava de pedir autógrafo. Saco. As gatinhas, beleza. Só que tinha uns marmanjos no meio que não dava pra aturar. Virei as costas, tentei me esconder em algum canto, e o povo vinha atrás. Tinha um coroa torrando a paciência, querendo um autógrafo pro neto. Pra me livrar, tive que empurrar ele, um empurrãozinho de nada, e o velho começou a gritar que ia me processar, que eu era um marginal, essas coisas. Foda-se. Fiquei na minha até chegar o ônibus, outro inferno. Tinha gente me xingando, jornalista fazendo perguntas sobre as piranhas da boate, polícia de choque e o escambau.

No vestiário, o professor falou aquele blablablá de sempre e eu só pensando no Perez, o zagueiro do time deles. O Perez é grande, mas não é dois, e aqui, no Maracanã, não é que nem na Argentina, onde até a polícia ajuda na marcação. O Valmir puxou a corrente: "Porque Cristo isso, porque Cristo aquilo"... Depois ainda teve a conversa fiada do Amorim dando uma de capitão, e a gente entrou em campo. E tome jornalista azucrinando a minha cabeça. Eu não tinha nada a declarar. Fui pro meio-de-campo encarar o Perez, que deu um sorrisinho meia boca e virou de costas. Ele ia ver só.

O Babau deu a saída, tocando a bola pra mim. E eu fui pra cima. Driblei o primeiro, mas o Perez logo chegou junto e me tomou a bola. A nossa torcida fez um muxoxo. Na segunda vez que entrei na intermediária dos argentinos, o Perez conseguiu fazer o corte de novo e, dessa vez, ainda passou a bola por debaixo das minhas pernas. O Maracanã todo começou a me chamar de chincheiro. Mas torcida pra mim é só um detalhe. Lá pelos trinta minutos, recebi um passe do Tatu, corri com a bola pela ponta direita, passei por uma fila de quatro argentinos, e outra vez o Perez interrompeu uma jogada minha. O Amorim veio gritar comigo, mandando eu soltar a bola, e eu falei pra ele calar a boca. O Amorim só sabe gritar e ficar tocando pros lados. E, nessa, ele ficou segurando o jogo até o final do primeiro tempo. No intervalo, reclamei com o professor. Pô, o adversário na maior retranca, e o Amorim trocando bolinha com os laterais e os zagueiros. O Uéverson ria muito, chupando uma laranja. O professor queria que eu voltasse pra buscar jogo, e eu disse que era obrigação do Amorim fazer a bola chegar lá na frente. O Amorim queria me matar. Eu queria matar o Amorim. O Valmir, como sempre, não deixou o pau comer.

Pro segundo tempo, o Perez entrou em campo com cara de dono da partida. Eles saíram e logo no primeiro ataque botaram uma bola na trave. O Perez sempre em cima de mim, puxando o meu cabelo, cuspindo, pisando no meu calcanhar. Depois de alguns minutos, os argentinos já eram donos do nosso campo. E o Amorim sempre cozinhando o jogo. Tive que tomar uma providência. O Amorim prendia a bola e ficava dando ordens pra todo mundo. Cheguei junto, tirei pessoalmente a bola dos pés dele, lancei pro Valmir na ponta esquerda e corri pra área. O Valmir cruzou. Matei a bola no peito, dei um toquinho de leve com a perna esquerda, mandei um chapéu no Perez, chutei pro fundo da rede e fui abraçar o Uéverson no banco.

Acabou. A partida era minha. Teve gol de bicicleta, coloquei o Babau duas vezes na cara do gol, humilhei o Perez com os dribles mais engraçados, gozei a cara do Amorim, mandei a torcida ficar quieta, xinguei a mãe do juiz, fiz embaixadinha, fui expulso faltando dois minutos, saí devagarzinho do campo ouvindo a galera gritar o meu nome, disse pro Valmir que quem tinha ganhado a Libertadores era eu e não Cristo, dei a volta olímpica segurando a taça, joguei um balde de água no professor, saí do estádio de BMW, recusei a proposta irrecusável de uns italianos que queriam me levar pra Milão (vê lá se eu vou morar em cidade que não tem praia!), fui pra boate beber uísque e azarar as gostosas, bati num fotógrafo, trepei a noite inteira com quatro minas...

Eu sou foda.

O mundo é assim

A televisão precisa de mim, mas eu tenho sentimentos. A frieza que aparento é só para que os funcionários não misturem as coisas. Eu fico chateada quando demito alguém. Não gosto desse papel. Mas, para mim, na televisão, no mundo, é assim: tem os que criam e tem os que propiciam que os outros criem. Eu faço parte desse segundo grupo e me orgulho muito de poder ajudar uma pessoa criativa a realizar seu trabalho. Eu faço a ponte entre as necessidades comerciais da televisão e a criação artística. Só não admito é que alguém deixe de cumprir sua parte na engrenagem. Na televisão, no mundo, é assim: na primeira cagada, a gente avisa. Na segunda, bye-bye. É muito dinheiro envolvido, e alguém tem que defender os interesses da empresa perante os funcionários. O pessoal fica inventando coisa, dando uma de artista, não tem o menor senso de realidade prática. Então sou obrigada a bancar a executiva calculista, sem coração — a cruel.

Pensa bem: chega o roteirista com aquelas idéias mais estapafúrdias, uns verdadeiros tratados de sociologia, e tenta me convencer que aquilo é bom pra novela das oito. Ou então diretor que quer fazer Cinema Novo numa minissérie. Já vou logo avisando: televisão não é lugar pra Glauber Rocha. O público, e isso todo mundo está cansado de saber, não entende, não gosta... muda de canal. E olha que aqui a gente ainda mantém o nível. Nas outras, é muito pior, é baixaria mesmo. Nós ainda respeitamos determinados valores. Mas quem quer fazer vanguarda que procure outra praia. A televisão, o mundo, é assim: cada coisa tem o seu lugar. Aqui é o lugar de quem tem talento para falar com a maioria. Não existe nada mais democrático, a nível de cultura, do que a televisão. O Ibope existe é pra isso: pra gente saber o que a maioria quer ver. Quem não entende isso não pode trabalhar em televisão.

Sexo, por exemplo: todo mundo faz, todo mundo gosta. Mas cada pessoa tem sua preferência. A gente vai pela média, não pode ficar mostrando o tesão específico de cada um, até porque quem foge do padrão da maioria não gosta que isso venha a público. Imagina o pai de família que é um bom sujeito mas que, na hora de fazer sexo, gosta de usar a calcinha da mulher. É só um exemplo. Ele não vai gostar de ver, na televisão, no sofá, ao lado dos filhos, um cara igual a ele, fazendo sexo com a calcinha da mulher. Ele vai ficar com medo de que alguma coisa em sua cara dê bandeira, de que os filhos percebam. Claro que a gente pode abrir uma exceção ou outra, se a cena for muito importante para uma trama maior. Mas isso é só de vez em quando. Na televisão, no mundo, o certo é ir pelo gosto comum: uma atriz bonita com um decote mais ousado, um galã sem camisa pra mostrar um pouco dos músculos, um sexo papai-e-mamãe com uma luz bonita, assim, sem mostrar demais... A mesma coisa serve pra outros temas — pra música, pra programa de auditório e até pro jornalismo.

Política não é bem a minha área, mas acontece muito de chegar jornalista novo aqui, sempre meio de esquerda, querendo fazer reportagem-denúncia contra o governo. Aí, o pessoal manda ele cobrir uma votação simples na Câmara dos Deputados... O cara fica revoltado, dizendo que está sendo oprimido, forçado a compactuar com um governo corrupto, que não tem espaço, que sofre censura interna, essas coisas. Custa ir lá e fazer a matéria numa boa?: "A Câmara dos Deputados acaba de aprovar a lei que determina um investimento de x por cento para os plantadores de alfafa no interior do estado". Pronto: foi lá, fez a parte dele, ganhou o salário no final do mês, férias, décimo terceiro, seguro-saúde, tíquete-refeição, fundo de garantia... Gente assim, cheia de opinião própria, não dura um mês aqui na televisão, no mundo. Eu também votava no PT, mas o público não precisava ficar sabendo disso. Muito menos os meus superiores. O voto é secreto. Na televisão, no mundo, é assim: quem fala o que quer ouve o que não quer. É pá pum: veio reclamar demais, não tá gostando — eu digo que a pessoa tem todo o direito de dizer o que pensa, mas não com o dinheiro dos nossos anunciantes.

Eu tenho que marcar em cima, senão o pessoal abusa, deixa ir pro ar coisa que não devia. Aí, sou eu quem paga o pato. O patrão não conhece o roteirista, diretor, editor, figurinista e tal. Pra ele, quem erra sou eu. É de mim que ele cobra. Eu tenho que ter responsabilidade.

Uma vez, eu caí na besteira de me apaixonar por um câmera daqui. Ele era gente boa, bonitão, essas coisas. Quando dei por mim, eu já estava enchendo o cara de regalias. Quanto mais eu facilitava a vida dele, mais ele se acomodava. Chegou num ponto em que ele mandava até no diretor do programa. Uma vez, ele deixou uma gravação no meio, dizendo que não trabalhava enquanto não recebesse o tíquete-refeição que estava atrasado. Não deu outra: chamei ele na minha sala, dei-lhe um esporro e mandei para o departamento pessoal. Tchau e bênção. Nessas horas é que eu valorizo a relação que eu tenho com o meu marido, que não tem nada de artista, de intelectual, mas está sempre pronto para resolver qualquer problema que acontece lá em casa. Meu marido pode até ser meio burrinho, mas faz qualquer sacrifício pela nossa relação. Isso, sem falar no modo como ele educa as crianças: com muito carinho, mas também com pulso firme. Como eu faço com o pessoal aqui da televisão. Eu dou tudo o que eles precisam para que o negócio fique bem-feito. Mas, falhou, não tem desculpa. Sabe quantos programas eu já produzi? Duzentos e vinte e seis. Sabe o que é isso? Uma vida inteira. E ninguém repara. Na televisão, no mundo, é assim: eu trabalho e os outros ficam com a fama. Mas eu não me queixo. A televisão é meu lar e o pessoal daqui é minha família. É, sim. Eu passo mais tempo na televisão do que na minha casa, mais tempo com os funcionários do que com os meus filhos. Ainda bem que eu tenho o meu marido. Como ele não trabalha, eu sustento a casa. Vale a pena. Eu não tenho que resolver problema das crianças, das empregadas, banco, essas coisas. Eu sei que tem um pouco de interesse da parte dele em relação ao meu dinheiro. Pra casar com uma mulher mais velha, assumindo os filhos de outro cara, é normal que haja um certo interesse. E daí? Mau-caráter mesmo, ele não é. Gosta das crianças de verdade, fica brincando de videogame, saco, como se fosse uma criança também, faz amor comigo sempre que eu quero e ainda finge que eu sou a mulher mais atraente do mundo. Tem também a vantagem de ele não sentir ciúme. Como ele não me ama mesmo de verdade, não fica enchendo o saco e eu posso dar as minhas escapadas. Aliás, esse negócio de amor, pra mim, é uma coisa quase esotérica. Ou a gente sente uma dessas paixões de tesão, como com aquele câmera, ou é uma certa troca de interesses, como na relação que eu tenho com o meu marido. Eu tenho as duas coisas e ninguém vai tirar isso de mim. Pra isso, o Ibope lá da televisão tem que ficar lá em cima. Caso contrário, tchau poder, tchau dinheiro, tchau marido, tchau amantes, tchau sexo, tchau amor, tchau tudo. Na televisão, no mundo, é assim: só há lugar para os vencedores, do Ibope e da vida. É isso: aqui na televisão, eu ajudo a fabricar vencedores.

Chega aqui o jovem artista, cheio de talento mas sem nenhuma objetividade, sem a menor noção do que é a televisão, o mundo. Glauber Rocha. Se a gente deixa, o moleque acaba como o Glauber Rocha mesmo, morto com quarenta anos, na miséria, ou então fazendo esses filmes que ninguém entende. Hoje em dia, nem festival europeu de cinema dá colher de chá pra filme metido a vanguarda. E o que é que a gente faz? Vai colocando o jovem no caminho certo, cobrando dele um compromisso com o público, fazendo ele entender que não existem mais gênios, que, se ele colaborar com os objetivos da emissora, ele vai ser muito bem recompensado e vai até construir uma obra consistente, reconhecida não só no Brasil como no resto do mundo. Sabe quantas pessoas assistem uma novela por dia? Pelo menos dez mil vezes mais do que qualquer público de filme maluco. O que você prefere? O elogio de uma revista de cinema que ninguém lê, ou milhões, eu disse milhões, de pessoas que param tudo o estão fazendo para assistir ao seu trabalho? Tem que ser débil mental mesmo para recusar a chance de falar para milhões de pessoas. Sei que vão me criticar por isso, mas alguém tem que falar a verdade: "O Glauber Rocha era um débil mental".

Eu não trocaria um Gilberto Braga nem por mil Glauberrochas. Nesse ponto, eu nem preciso me preocupar tanto. A seleção é natural. Aonde chegou o Glauber Rocha? No horário das duas horas da manhã, nessas televisões educativas. Enquanto isso, o Gilberto está aí, mandando o seu recado para um público imenso. O povo sabe das coisas.

Minhas memórias

Eu acordei muito cedo, porque eu tinha que chegar no trabalho muito cedo, porque, no dia anterior, eu tinha deixado muito trabalho por fazer, porque eu tinha acordado muito cedo e não tinha conseguido fazer todo o trabalho que eu tinha pra fazer, porque eu passei o dia todo com muito sono e não consegui me concentrar no trabalho que eu tinha pra fazer, porque eu estava muito tenso, porque, se o meu chefe percebesse que eu não conseguia me concentrar, porque eu estava com muito sono, ele ia me dar uma bronca, porque o trabalho que eu tinha pra fazer era muito importante pro meu chefe, porque, se o trabalho que eu tinha pra fazer fosse feito, o chefe do meu chefe não daria uma bronca no meu chefe, porque a firma onde o chefe do meu chefe, o meu chefe e eu trabalhamos conseguiria agradar o cliente que pediu o trabalho, que eu tinha pra fazer, pra firma onde o chefe do meu chefe, o meu chefe e eu trabalhamos.

Eu fui fazer a barba, porque o meu chefe não gosta de me ver com a barba por fazer, e fiquei com muita raiva da fábrica que fabrica lâmina de barbear, que era cliente da firma onde o chefe do meu chefe, o meu chefe e eu trabalhamos, porque a lâmina de barbear não era de qualidade, porque era mais lucrativo fabricar lâminas de barbear sem qualidade que fabricar lâminas de barbear com qualidade.

As lâminas de barbear dos Estados Unidos e da Europa são muito melhores que as lâminas de barbear brasileiras, porque os consumidores de lâminas de barbear americanos e europeus são muito mais exigentes que os consumidores de lâminas de barbear brasileiros, porque lá, nos Estados Unidos e na Europa, a concorrência entre as fábricas de lâminas de barbear é maior, porque os consumidores de lâminas de barbear americanos e europeus são mais exigentes, porque os consumidores de lâminas de barbear americanos e europeus detestam quando as lâminas de barbear cortam a cara deles.

Eu peguei o ônibus muito cedo e o trocador do ônibus me tratou muito mal, porque o trocador do ônibus tinha acordado muito cedo, porque o trocador do ônibus morava muito longe da garagem da empresa de ônibus, porque trocadores de ônibus moram longe, porque trocadores de ônibus ganham muito mal, porque trocadores de ônibus não freqüentam a escola por muito tempo, porque os pais dos trocadores de ônibus ganham muito mal.

Eu tratei o trocador do ônibus muito mal, porque eu estava com muito sono e também porque a minha cara estava ardendo, porque a lâmina de barbear tinha cortado a minha cara, porque a lâmina de barbear era brasileira.

Eu dei uma nota de dez pro trocador do ônibus, porque eu não tinha dinheiro trocado, e o trocador do ônibus fez cara feia, porque o trocador do ônibus estava de mau humor, porque estava com muito sono e teria que se concentrar para contar as moedinhas do troco, porque o preço da passagem de ônibus sempre tem um valor quebrado por centavos, e nem eu nem o trocador do ônibus sabemos por quê.

O trocador do ônibus começou a cochilar, a bater a cabeça no vazio, a babar, e eu fiquei com mais raiva ainda do trocador do ônibus, porque a baba do trocador do ônibus era muito nojenta, principalmente quando o trocador do ônibus percebia que estava babando e sugava para dentro da boca a própria baba.

Eu cochilei, porque eu estava com muito sono, porque eu tinha acordado muito cedo, e também babei, mas não senti nojo da minha baba, porque a baba era minha mesmo e eu não tenho nojo da minha própria baba, porque, desde que eu nasci, a minha baba vive comigo e eu me acostumei com ela.

Eu cheguei na firma e sorri para o meu chefe, porque, se eu não sorrisse, o meu chefe ia achar que eu estava de mau humor, sem vontade de trabalhar muito, e o meu chefe queria que eu trabalhasse muito, porque o chefe do meu chefe esperava que o meu chefe me fizesse trabalhar muito, porque o chefe do meu chefe, que era o dono da firma, esperava ganhar muito dinheiro com o trabalho que o meu chefe queria que eu fizesse.

Eu trabalhei muito.

Eu estava com muito sono e trabalhei muito.

Na hora do almoço, eu não pude sair para almoçar, porque ir até algum lugar para almoçar tomaria muito do meu tempo, porque, além de andar três quarteirões até o lugar mais próximo onde houvesse comida, o que demoraria quinze minutos, só na ida, porque os semáforos para pedestres demoram a ficar verdes, porque os carros têm prioridade na cidade onde eu moro, porque existem muitos carros na cidade onde eu moro, porque ninguém gosta de andar a pé e os carros estão muito baratos, porque a indústria automobilística emprega muita gente, a comida demoraria a ficar pronta, porque nesse lugar, a quinze minutos de distância da firma onde eu trabalho, a comida sempre demora para ficar pronta, porque lá todo mundo é incompetente, porque lá todo mundo é brasileiro e o consumidor brasileiro nunca reclama de nada, porque o brasileiro é feliz.

Eu pedi o almoço pelo telefone e perdi apenas cinco minutos, do tempo que eu tinha para trabalhar, pedindo a comida, e fiquei trabalhando enquanto a comida não chegava.

O meu chefe saiu para almoçar, porque o meu chefe estava com muita fome, porque o meu chefe tinha acordado muito cedo, porque, como ele era o meu chefe, ele tinha que chegar cedo na firma, porque ele tinha que ver se eu chegava cedo e se eu fazia o meu trabalho direito.

A minha comida chegou e eu estiquei as pernas em cima da mesa, porque as minhas pernas estavam muito cansadas e o meu chefe não estava lá pra me dar uma bronca porque eu estava com as pernas em cima da mesa, porque o meu chefe não gosta que eu coloque as pernas em cima da mesa, porque colocar as pernas em cima da mesa é sinal de relaxamento e alguém que trabalha como eu trabalho não pode relaxar.

A minha comida era um frango xadrez de um restaurante chinês de pronta entrega e estava muito ruim, porque os pedaços de frango estavam meio crus, porque o cozinheiro do restaurante chinês de pronta entrega, que era brasileiro, estava com muita pressa para preparar a comida, porque todo mundo que trabalha em escritório e não pode sair para almoçar pede frango xadrez na hora do almoço, porque frango xadrez é gostoso e rápido de fazer, porque é só misturar os ingredientes e jogar molho de soja em cima.

Eu fiquei com muita fome, porque o frango xadrez estava meio cru e não dava pra comer, e continuei com muito sono, porque eu tinha acordado muito cedo.

Eu quase cochilei, porque eu estava com muito sono, porque eu tinha acordado muito cedo, mas não cochilei, porque eu ouvi a voz do meu chefe vindo pelo corredor, porque ele estava falando muito alto com o chefe dele, porque o meu chefe estava muito entusiasmado, explicando como era bom o carro novo dele, porque carro sempre dá assunto e é muito importante ter um assunto para conversar com o chefe da gente, porque, pelo jeito como o chefe da gente fala com a gente, a gente percebe se o chefe da gente está satisfeito com a gente ou não.

O meu chefe não falou comigo, porque o meu chefe só fala com o chefe dele, porque ele quer ser amigo do chefe dele, porque assim ele fica sem medo de perder o emprego.

Todo mundo tem medo de perder o emprego, porque sem emprego ninguém ganha dinheiro, porque dinheiro é só pra quem trabalha muito, menos na Europa, porque, na Europa, quem não tem emprego ganha o dinheiro do seguro-desemprego, porque na Europa tem mais dinheiro, porque os europeus trabalham muito, porque quem trabalha muito na Europa ganha muito dinheiro.

Eu falei boa-tarde pro meu chefe, porque eu queria saber se o meu chefe estava satisfeito comigo, porque eu tinha medo de perder o meu emprego, mas o meu chefe não falou boa-tarde pra mim e eu fiquei com medo de não conseguir acabar o trabalho que eu tinha pra fazer, porque eu não conseguia me concentrar, porque eu estava com muito sono, porque eu tinha acordado muito cedo.

Eu fiquei trabalhando sem conseguir trabalhar, porque eu não conseguia me concentrar, porque eu estava com muito sono, porque eu tinha acordado muito cedo e o meu chefe passou perto da minha mesa umas três vezes, porque ele queria saber se eu estava trabalhando direito, porque o trabalho que eu tinha pra fazer era muito importante para a firma do chefe do chefe do meu chefe, e eu fiquei com muito medo, porque, se o meu chefe percebesse que eu não estava conseguindo trabalhar, porque eu estava com muito sono, ele me daria uma bronca e falaria pro chefe dele me mandar embora porque eu não fazia o meu trabalho direito.

    No final da tarde, o meu chefe falou comigo, porque ele queria saber se o trabalho que eu tinha pra fazer estava pronto, porque o chefe do meu chefe tinha perguntado pro meu chefe se o trabalho que eu tinha pra fazer estava pronto.

    Eu disse pro meu chefe que eu já estava acabando o trabalho que eu tinha pra fazer, e o meu chefe disse pra mim que o trabalho que eu tinha pra fazer tinha que estar na mesa dele no dia seguinte, bem cedo, porque o cliente já estava nervoso, porque o trabalho que eu tinha pra fazer não estava pronto.

    Eu disse pro meu chefe que eu ia ficar na firma até mais tarde, porque eu ainda tinha que acabar o trabalho que eu tinha pra fazer.

    O meu chefe foi embora, porque ele tinha que chegar em casa cedo, porque ele tinha oferecido um jantar pro cliente, porque ele precisava agradar o cliente, porque o cliente não podia ficar nervoso porque o trabalho que eu tinha pra fazer não tinha ficado pronto.

    O meu chefe foi embora e não falou boa-noite pra mim, porque ele estava com muita pressa, porque ele tinha que jantar com o cliente.

    Eu disse boa-noite pro meu chefe.

    Eu fiquei trabalhando até tarde, porque eu não estava conseguindo acabar o trabalho que eu tinha pra fazer, porque eu não conseguia me concentrar, porque eu estava com muito sono, porque eu tinha acordado muito cedo.

    O trabalho que eu tinha pra fazer não ficou muito bom, porque eu não consegui me concentrar, porque eu estava com muito sono, e eu deixei o trabalho que eu tinha pra fazer em cima da mesa do meu chefe e fui embora do escritório com muito medo, porque o trabalho que eu tinha pra fazer não ficou muito bom e o meu chefe podia perceber e pedir pro chefe dele me demitir, porque eu era incompetente, porque eu era brasileiro, porque eu nasci no Brasil, porque os meus pais eram brasileiros e os brasileiros gostam muito de fazer sexo.

Eu não fui direto pra casa, porque eu queria beber pelo menos uma cerveja antes de dormir, porque eu estava sem sono, porque, depois de passar o dia inteiro com sono, o sono passou, porque o meu organismo produziu muita adrenalina, porque eu estava com muito medo de perder o meu emprego.

Eu cheguei no boteco perto da minha casa e o boteco perto da minha casa estava fechando, porque os funcionários do boteco perto da minha casa estavam com muito sono, porque eles tinham acordado muito cedo, porque eles tinham que trabalhar muito o dia todo.

Eu perguntei pro dono do boteco perto da minha casa se eu podia tomar só uma cerveja, e o dono do boteco perto da minha casa disse que não, porque os funcionários do boteco perto da minha casa tinham que ir embora, porque eles precisavam dormir, porque eles tinham acordado muito cedo e trabalharam muito o dia todo.

Um dos funcionários do boteco perto da minha casa jogou um balde cheio de água e sabão no chão do boteco perto da minha casa, porque, antes de ir pra casa dormir, os funcionários do boteco perto da minha casa tinham que lavar o chão do boteco perto da minha casa.

A água com sabão encharcou o meu sapato e eu fiquei com muita raiva do funcionário do boteco perto da minha casa, porque eu queria muito beber uma cerveja, porque, se eu não bebesse uma cerveja e não comentasse com alguém aquele pênalti roubado do jogo do domingo, eu ficaria com a impressão de que esse dia, no qual eu acordei muito cedo, porque eu tinha muito trabalho pra fazer, não tinha existido.

E, se esse dia não tivesse existido, eu não estava vivo, porque a vida é feita de dias que existem.

Pro Beleléu

Detesto São Paulo. Antes eu gostava quando eu era do Rio e eu vinha pra São Paulo ver show da Vanguarda Paulista e eu saía de noite e eu era muito jovem e eu estava aprendendo a tocar contrabaixo e eu era mineiro e eu tenho uns tios que são mineiros e moram em São Paulo há muito tempo e eles são músicos e eu queria ser músico que nem eles, os meus tios, e eu saía de noite com o meu tio que tinha uns amigos que eram da Vanguarda Paulista e tinha o Gigante que era amigo do meu tio e tocava com o Itamar Assumpção e eu fui no ensaio do Itamar Assumpção com o meu tio no dia que a Elis Regina morreu e de noite fazia um frio que eu achava gostoso e eu botava uns casacos que eram muito bonitos e elegantes que só dava pra eu usar quando eu vinha pra São Paulo e eu achava que São Paulo era igual Nova York e eu ia em vários bares e eu ia no Teatro Municipal ver o *Macunaíma* do Antunes Filho e eu ia no camarim do teatro porque o Antunes era amigo do meu pai e era de São Paulo e a mulher do meu tio era atriz do *Macunaíma* e eu ficava vendo as atrizes paulistas do Antunes que ficavam peladas andando pelo camarim achando normal ficarem peladas na minha frente e eu ficava maluco porque eu nunca tinha trepado e aquelas mulheres de São Paulo eram as mulheres que eu queria ter e eu batia muita punheta pensando nelas e eu queria muito vir morar em São Paulo porque no Rio não tinha Vanguarda Paulista, não tinha o grupo do Antunes, não tinha aquele frio gostoso de noite, não parecia com Nova York e as meninas do Rio eram gostosas de biquíni, todas bronzeadas, mas não tinham aquele lance de ficar com casacos elegantes de noite vendo shows de vanguarda e eu fui uma vez naquele lugar do Nelson Motta lá no Pão de Açúcar pra ver um show do Arrigo Barnabé e os cariocas ficaram jogando latas de cerveja no palco e eu fiquei pensando que o Rio era uma província e ficou pior ainda quando aqueles grupos de rock começaram a aparecer e ninguém gostava mesmo da Vanguarda Paulista só eu e os paulistas aí eu fiquei sendo paulista de coração.

Eu tinha um grupo de vanguarda no Rio de Janeiro e saiu uma matéria no *Jornal do Brasil* lançando a Vanguarda Carioca.

Eu era da Vanguarda Carioca e eu tinha uma banda igual à banda do Arrigo e eu era o Arrigo e namorava a cantora da banda que tinha uma voz aguda e era igual à Tetê Espíndola e a gente sempre tocava no Circo Voador e eu achava que o Rio ia melhorar e ficar igual a São Paulo.

Eu adorava São Paulo.

Eu vim morar em São Paulo no ano de 1992 quando eu voltei da Alemanha e o Collor era presidente e todo mundo estava sem dinheiro e o Rio estava muito pobre e eu trabalhava com publicidade e as agências de publicidade do Rio estavam fechando porque o Rio é mais pobre que São Paulo porque São Paulo é uma cidade que foi inventada só pro pessoal fazer uma grana e eu vim fazer uma grana em São Paulo e eu achava que São

Paulo era a cidade mais parecida com Berlim que é a cidade que eu mais gosto e que é muito mais bacana que Nova York e muito melhor que o Rio mas aí eu reparei que não era bem assim, que o Arrigo tinha sumido, não tinha mais Vanguarda Paulista, só tinha gente tentando ganhar dinheiro e eu não tinha mais banda e eu não era mais de vanguarda e eu trabalhava numa firma deprimente e as paulistas da firma e da Faria Lima não tinham deselegância discreta porra nenhuma e a poluição fazia meus olhos ficarem ardendo e todo mundo ficava só trabalhando e ganhando dinheiro e bebendo chopes depois do trabalho e aqueles paulistas eram todos muito caretas com aqueles cortes de cabelo caretas que os chefes das firmas gostam, e aquelas mulheres caretas com aqueles conjuntinhos caretas de andar na avenida Paulista na hora do almoço, indo para aqueles restaurantes por quilo caretas e eu sofria tanto com tanta saudade do Rio e dos meus amigos cariocas de vanguarda e de São Paulo quando São Paulo era de vanguarda e eu andava tanto de ônibus e ficava tanto tempo no trânsito com aqueles paulistas e eu morei numa rua que só tinha ferro-velho e tinha uma favela sem charme atrás da casa do amigo onde eu morava e até a favela de São Paulo era careta e eu não via Nova York em lugar nenhum e dava vontade de chorar só de ver uma imagem do Pão de Açúcar na televisão e eu não conhecia ninguém em lugar nenhum e eu nunca mais vi um show do Itamar Assumpção e eu passei muitos anos assim sem nada de vanguarda, só firma, só restaurante por quilo, só Paulo Maluf que é uma das coisas mais paulistas que há e eu ficava com muita vontade de ir morar no Rio de novo e eu fui trabalhar no Rio e os meus amigos de vanguarda não eram mais de vanguarda e trabalhavam numas firmas e ganhavam muito mal e eu ganhava muito mais dinheiro em São Paulo do que no Rio e eu detesto dinheiro.
    Adoro São Paulo.

Antes eu detestava quando eu achava que o Rio era muito melhor até que eu percebi que as coisas não são bem assim, quando eu percebi que eu sempre preferia outra cidade àquela cidade na qual eu estava morando e quando deu tudo errado naquele emprego que me levou de volta para o Rio e eu voltei de novo pra São Paulo pra fazer uma grana e eu comecei a reparar num monte de coisa boa que eu acho bom em São Paulo, que nem a rua Augusta e a avenida Paulista iluminada de noite no inverno e o fato de São Paulo ser uma das maiores cidades do mundo e ser um mundo tão grande e tão impossível de conhecer inteiro e o centro da cidade que é muito louco e o provincianismo muito grande, tão grande que chega a ser até moderno e os paulistas que são meio provincianos, mas de um provincianismo simpático na fila pra ver filme do Godard que ninguém gosta mais só eu e uns paulistas provincianos modernos e as músicas do Beleléu, que é o Itamar Assumpção falando de São Paulo à meianoite e o sol alaranjado morrendo atrás dos prédios que nunca acabam no horizonte sem oceano e o zepelim que fica passando na minha janela e o silêncio dos feriados e a noite alaranjada e as avenidas marginais alaranjadas na madrugada e a solidão que dói tanto e eu fico sentindo que há poesia em toda parte e o Itamar Assumpção morreu e São Paulo ficou tão sozinha à meianoite e eu e São Paulo somos tão sozinhos e o universo é tão sozinho e a poesia é uma coisa dos sozinhos e eu em São Paulo gostando de sentir essa dor do Beleléu que morreu e da vanguarda que acabou e daquele tempo que eu adorava São Paulo, aquele tempo que eu detestava São Paulo. Foi tudo pro Beleléu aqui no meu coração em São Paulo.

Cultura

*Para Andrea Monteiro, Antônio Pinto, Aramis,
Berna Ceppas, Bernardo Lacombe, Eduardo Galloti,
Ernesto Neto, Fábio Bola, Fernando Babau,
Henrique Costa Lima, Janine, Leonardo Monteiro,
Luís Medina, Lula Costa Lima, Markão,
Paulo Lima, Saulo Dansa*

O projeto é muito bom! Do grande caralho. Esse negócio de fim do mundo tem tudo a ver com a realidade do momento, tá ligado? É disso que a gente precisa: algo novo, que mexa com o marasmo cultural do país. E o som de vocês é supervanguarda. Muito louco mesmo. A minha idéia é fazer uma coisa assim, como vou dizer?, assim... assim, meio urbana. Sei lá, tá ligado? Um videoclipe no centro da cidade. Vocês em frente a um daqueles prédios antigos, tocando com as crianças de rua ao redor, tá ligado? O importante é o contraste dessa coisa visceral de vocês com o problema da solidão nas grandes cidades, tá ligado? Bem São Paulo, bem New York, tá ligado? Vai ser tudo assim...

na maior velocidade. Cortes rápidos, muitos cortes. Tudo muito dodecafônico, tá ligado? Eu posso conseguir a verba pro equipamento. Depois, a gente manda pra MTV. É que eu tenho influência com o pessoal da MTV, tá ligado? Vai ser do grande caralho. Vamos fazer o clipe em preto-e-branco. A realidade é um filme em preto-e-branco, tá ligado? A realidade é crua. A gente pode até chamar o Waltinho pra dirigir. Saca o Waltinho? O Waltinho Moreira Salles. O Waltinho é muito meu amigo. Ele vai se apaixonar por essa estética minimalista de vocês, tá ligado? A música de vocês é superpós-moderna. Se vocês estivessem na Europa, já teriam acontecido há muito tempo. Mas Brasil é Brasil, tá ligado? Agora, com o videoclipe do Waltinho, vocês vão estourar rapidinho. O único problema é a verba, tá ligado? Enquanto o governo federal não soltar o tal pacotão que vem por aí, a gente fica de mãos atadas. Os caras lá de Brasília são foda. Ficam enrolando com a política econômica, e ninguém pode fazer mais nada. Muito menos cultura. Mas, enquanto o pacote não sai e a secretaria não define o orçamento desse semestre, eu tenho uma coisa ótima pra vocês. É o projeto "Música na Praça", no domingo. Do grande caralho. A atração principal é a Sandra de Sá, tá ligado? Mas o Mautner, o Zé Geraldo, o Macalé e mais uma porrada de grupos novos também vão participar. A secretaria entra com o P.A. de voz, e vocês levam os amplificadores. A gente já tinha fechado a programação, mas ainda dá pra encaixar vocês, tá ligado? Acho que vai dar pra vocês tocarem umas três músicas, tá ligado? Faz o seguinte: apareça no Anhangabaú, domingo ao meio-dia, com o seu pessoal. Eu não vou poder pintar por lá. É que eu tenho um compromisso inadiável com o governador, tá ligado? Depois, vê se me liga. O clipe do Waltinho a gente produz quando sair o pacotão. Vai ficar do grande caralho, tá ligado? Eu quero só ver como o pessoal vai reagir diante de toda essa transformação que eu vou propor no clipe do Waltinho. É pra arrebentar, tá ligado? A cantora de vocês é muito boa. Já tá na hora de acontecer alguma coisa nova no cenário musical. Uma coisa assim, tipo Arrigo, tá ligado? Tipo Tropicália. E eu faço questão que a secretaria esteja por trás disso tudo. Eu estou inovando tudo na minha gestão aqui na secretaria, tá ligado? Quando o secretário ouvir esse som diferente que vocês fazem, ele vai pirar. Para um governo revolucionário, uma música revolucionária. E o projeto "Música na Praça", criação minha, é só o primeiro passo para uma coisa maior que vem por aí. Por enquanto, não vai dar pra pagar um cachê a vocês, mas, quando a verba sair, todo mundo vai ganhar, tá ligado? Pra gente, que é artista, dinheiro é o de menos. O importante mesmo é criar uma identidade cultural pro país, acabar com esse negócio de que no Brasil só tem bunda. Cada dia que passa, aparece cada vez mais essa coisa mais urbana, ligada aos grandes centros, tá ligado? É nisso que a secretaria tem que investir. Na modernidade tropical, tá ligado? A parada da verba a gente consegue com as empresas privadas depois que o governo federal lançar o pacotão. Com as leis de incentivo à cultura, a gente pode conseguir muita coisa com o setor privado, tá ligado? E o projeto de vocês é perfeito. Só não posso prometer nada pra esse semestre, tá ligado? Mas, dando certo o projeto "Música na Praça", a gente começa a levar cultura também para o interior, e, no final do ano, eu garanto, eu consigo a verba pro clipe do Waltinho, tá ligado? E vocês podem contar com a minha influência lá com o pessoal da MTV. Já tô até vendo, tá ligado? O clipe do Waltinho vai abrir com vocês assim, vestidos que nem guerrilheiros, tá ligado? Aí, paf, pum, corta pras crianças de rua devorando um cadáver. Tem a ver com esse momento de crise que estamos passando, tá ligado? A gente pode colocar uma animação gráfica assim, poum, pá. Saca animação gráfica? Tudo misturado pra ter essa coisa eclética, tá ligado? Então, pem, zum, pam, entra a cantora de vocês. Acho que ela pode cantar com a voz um pouco mais grave, assim, tipo Zélia Duncan, tá ligado? No fundo do clipe, a gente põe um telão tipo *The wall* com umas cenas meio chocantes, tipo Bin Laden em Nova York, tá ligado? O Waltinho vai adorar a minha idéia. Pá, pom, crash, tá ligado? Vai ter corte, fusão, pash, pom, tum. Pô, tive uma idéia do caralho: saca antropofagia? Então... tudo em preto-e-branco, tá ligado? O pessoal urbano lá do centro comendo umas coisas meio nojentas, assim, tipo vísceras humanas, tipo *Apocalipse now*. Saca *Apocalipse now*? O primeiro, porque o segundo é muito lento, muito longo, tá ligado? Vai ficar muito louco. Que loucura! Saca Dogma? Aquele cineasta sueco muito louco. Então, tipo assim, tá ligado? Eu, quando me empolgo com um negócio, eu sou assim, tá ligado? Só tenho idéia do caralho. Pergunta pro Waltinho? Pô, o Waltinho é muito meu amigo. Ele vai adorar essa minha idéia. Cara, gostei de você, tá ligado? Esse projeto que vocês estão propondo tem uma coisa que eu gosto, que é essa coisa tipo pau no cu, tá ligado? Tipo experimental. A verba da secretaria é pra isso mesmo — pra incentivar paradas diferentes, assim, de vanguarda. Quando a verba sair, ó, a gente vai fazer um clipe muito louco mesmo, tá ligado? A gente não pode é perder o contato. Como eu não vou poder ir lá no "Música na Praça" — tenho uma reunião com o governador pra ver o lance de umas verbas aí —, a gente pode se falar no segundo semestre pra ver a parada do clipe do Waltinho. Até lá, eu vou falando com o Waltinho pra contar essa idéia do caralho que eu criei, tá ligado? Depois é só gravar, tá ligado? Pô, cara, eu sou tipo assim, trabalho na secretaria, no governo, mas eu também sou tipo assim, muito louco, tá ligado? É só conseguir mais espaço pra produzir essa coisa contemporânea maluca de vocês. Começa no projeto "Música na Praça", que eu criei, mas, quando do chegar a verba, você vai ver, o clipe do Waltinho vai ficar do caralho, tá ligado? Liga aí.

Nova York

Foi legal. Foi legal. Sempre é legal. Ano passado foi legal. Antes, antes do ano passado, a última vez que eu tinha ido, já faz muito tempo, eu ainda era adolescente, fui com os meus pais, depois da gente ir pra Disney. Depois, só no ano passado. Mas, esse ano, eu reparei numa coisa. Sabe no que que eu reparei? Esse ano tinha muito crioulo na rua, muito crioulo mesmo. Crioulo lá tem mesmo. Mas, esse ano, tinha muito, muito mais do que o normal. Tinha cucaracha também. Cucaracha que é uma coisa horrorosa. Mas cucaracha tinha só o normal, o de sempre. E, lá, eu sou cucaracha também, nós todas. Lá, se não é americano, se é da América do Sul, da América Central, do México, do Caribe, já é cucaracha pra eles. Mas em Nova York tem muito cucaracha já. Já é normal, o pessoal já tá acostumado. E a gente ficou andando, batendo perna, andando. Só de andar já é legal. Mas sabe que eu não gostei muito dessa vez, não? Quer dizer, gostei, gostei muito, mas as coisas, parece que não estavam dando muito certo, não. Sei lá. Não era só esse negócio dos crioulo, não. Não era isso. Engraçado. Não era pra ser um controle danado? Não tinha esse negócio de controlar todo mundo que entra? A mídia sempre fica falando, sempre fica dizendo da alfândega, do controle que eles fazem. Que se tem um pouquinho, assim, meio de uma aparência de estrangeiro, ainda mais cucaracha, crioulo, esses negócio que parece meio que com árabe, palestino, talibã, esses negócio, eles já revistam tudo, botam no quartinho escuro, botam no avião, mandam de volta. Já pensou se acontece um negócio desse comigo, com a gente? Já imaginou que vergonha? Mas não. Esse ano tinha tudo que é cucaracha, até eu. Não teve nada na alfândega, a gente passou tranqüilo. E os crioulo tudo lá. Aí eu quis ir ver esse negócio de gospel, os crioulo cantando, que todo mundo fala que é bonito, que ficou emocionada, que é lindo, não sei que lá, aí eu não achei, não. Achei normal, meio fraquinho. Tinha três crioula gorda, feias, assim, gordonas, cantando com a voz grossa, voz de homem mesmo, mal-arrumadas, cantando com a voz grossa, parecia sapatão, devia ser sapatão, era sapatão mesmo, as três cantando. Eu pensei que ia ter um coral, assim, todo mundo vestido de branco. Era muito fraquinho: só as três crioula e o padre que também cantava de vez em quando umas música, esses negócio de aleluia. Meio sem graça, um pessoal meio feio. E o meu filho, que é preconceituoso, fechou a cara e ficou emburrado, porque lá só tinha crioulo. Tinha uns branco também, mas era turista que nem a gente. O meu filho tem sangue de preto, que, aqui no Brasil, todo mundo tem pelo menos um pouquinho de sangue preto, e mesmo assim o meu filho é preconceituoso. Ficou com a cara fechada a viagem inteira. Mas é que esse ano tinha muito crioulo mesmo, eu reparei, o meu filho preconceituoso reparou. Aí ele tinha um pouco de razão, o meu filho preconceituoso. Só que esse meu filho preconceituoso, quando fica de mau humor, é um saco. Ficou enchendo o saco a viagem toda, ficou pegando no meu pé, não deixando eu fazer nada. Porque tem duas coisas que é legal em Nova York, que é comprar maquiagem, cosmético, essas coisa, e comprar coisa de comer, coisa pra trazer, coisa assim tipo chocolate, castanha, pistache. Só lá é que tem pistache mesmo. Aqui tem às vezes, importado, só que aí é caro. Eu, quando vou, trago um monte de saquinho, que o meu filho preconceituoso adora. E, mesmo assim, dessa vez ele ficou enfezado, não queria que eu ficasse andando vendo as lojas, não queria fazer nada, só queria ficar no hotel, que tinha menos crioulo. Mas até tinha uns. Que que tem? Eu não ligo, não. Ainda mais quando é esses africanos, tudo embaixador, com aquelas roupas, aquele chapeuzinho. É até bonito, as roupas. Claro que eu não vou levar um crioulo pra minha cama, porque aí já é uma coisa de pele mesmo, uma coisa minha, que eu tenho, que eu não acho legal, o cheiro, sei lá. Mas pra outras coisas eu não sou preconceituosa, não. Só pra ficar muito perto, assim. Não. Não é isso. Eles pode ficar perto, não é isso. Mas beijar, sexo, essas coisa, aí não dá. Mas eu não tenho nada contra quem namora preto. Tem um monte de artista que adora. Por isso é que eu acho meio ruim, meio chato, esse negócio do meu filho ser preconceituoso. Mas o resto, ele não é preconceituoso, não. Ele gosta até de música, queria até aprender a tocar violão. Não pode alguém tocar violão perto dele, que ele já fica doido, fica vidrado. O pai dele é que não deixou ele aprender a tocar violão. Não deixa de jeito nenhum.

O primeiro amor dele

Eu gosto dele, mas não amo. Ele é legal, sensível, me adora. Não sei se o problema é aquela mão suada... É meio desagradável quando ele me toca, principalmente nos seios. Também falta experiência. Isso é que dá namorar cara mais novo. Eu sinto muita ternura por ele. O que eu não tenho é tesão. Acho que é porque ele está sempre disponível, fácil demais. Na hora de transar, ele fica horas fazendo carinho com aquela mão delicada. Preliminar é bom, mas sabe quando a gente quer ser agarrada com força, sentir o cara te comendo pra valer? Não é sempre, mas às vezes eu gosto de dormir toda assada, rasgada mesmo. Acho que ele tem ejaculação precoce, não sei. Talvez seja por causa da idade. É só encostar de leve no pau dele, que ele goza. Por isso ele exagera nas preliminares, pra eu gozar logo e ele não se sentir tão mal por acabar tão depressa. Nas primeiras vezes, eu até gostava. Era novidade, pra mim, transar com alguém tão carinhoso. Dava pra notar que ele se preocupava muito mais com o meu prazer do que com o dele próprio. Eu achava incrível. Todos os caras com quem eu fui pra cama antes eram mais velhos que eu. Todos egoístas. Eu tinha que chupar o pau deles, fingindo que gostava quando gozavam na minha boca. Mas, quando era pra eles me chuparem, morriam de nojo. Já o meu menino, não. Nunca economizou a língua. O problema é que enjoei. Pô, ele ainda mora na casa dos pais. É horrível acordar de manhã e dar de cara com a família dele. O pessoal é moderninho, deixa a gente dormir junto lá. Mesmo assim, é meio desagradável. Às vezes, de noite, eu levanto pra ir no banheiro e acabo encontrando o pai dele, com insônia, no corredor. É o maior constrangimento. É como se a família toda soubesse de cada detalhe da nossa vida sexual. A mãe dele, claro, não vai com a minha cara. Ela tenta ser gentil, mas não consegue disfarçar. Dá pra ver pelo jeito como ela olha pra mim. Eu sou o primeiro amor dele, sei disso. E a mãe dele tem medo de que eu possa fazer ele sofrer. E eu também. Não quero que ele fique mal por minha causa. O problema é aquela mão suada.

Pra falar a verdade, eu continuo a sair com uns caras mais velhos. De vez em quando é bom poder ir num restaurante mais caro, de carro, sem precisar ficar contando dinheiro pra ver se dá pra pedir um vinho. Mas não é só isso. O mais importante é que depois, na hora de ir pra cama, a gente vai pro apartamento próprio do cara e pode ficar à vontade, transando de tudo quanto é jeito: sexo oral, sexo anal, sexo grupal, ménage à trois etc.

Com ele, não. Até chegar no quarto, com cama de solteiro, a gente tem que passar pelo pai, pela mãe, pela irmãzinha, pela empregada, pelo cachorro, o caralho. Não é que eu grite muito na hora de transar, mas, na casa dele, eu tenho a impressão de que todo mundo está escutando qualquer gemido, qualquer murmúrio. Pô, eu fico meia sem graça.

Mas a maior dificuldade é que ele me ama demais e isso me sufoca. Ultimamente, tenho até sentido dor na hora de transar com ele. Com aquela mão suada e aquela cara de apaixonado que chega a ser dramática, eu fico sequinha, entende? Aí, dói. Não é bem dor, é mais um incômodo. Se ele fosse menos pegajoso, mais seguro de si, acho que eu conseguiria sentir uma atração maior por ele. Mas não. Ele parece uma freira de tanto amor no coração e eu acabo fazendo o papel do Cristo.

Eu preciso acabar logo com essa história. Eu sempre ensaio, tento arrumar um jeito de dizer a ele, mas, na hora H, ele me olha com aquela cara de menino triste e eu perco a coragem.

Outro dia, eu tentei dizer a ele que não queria mais ficar namorando com ele desse jeito assim... firme. Eu disse que a gente podia sair de vez em quando, que ia ser mais legal, e que até as transas iam ficar melhores. Eu disse só que não queria compromisso. Sabe o que ele fez? Começou a chorar que nem uma menina. Será que ele não percebe que ele é o homem da relação? Eu quero transar é com homem. Pô, ele só tem dezoito anos e parece que já quer um compromisso eterno! Imagina se eu vou passar o resto da minha vida agüentando aquela mão suada! Ultimamente, eu sinto tesão por todo mundo, menos por ele. E aí começa o ciúme.

Tem um cara mais velho, com quem eu vou pra cama de vez em quando... então... e eu estava lá na casa dele, já transando... Não é que o moleque me liga bem no meio da relação!? Devia ser umas três horas da madrugada e eu achei que era alguma coisa urgente... a minha mãe com aqueles problemas dela lá, sei lá. Mas era ele, chorando. Fiquei com muita vergonha. Eu, lá, de quatro, tentando consolar o menino pelo celular. Visualizou a situação? E esse cara mais velho, não posso dizer o nome, ele é filho de político importante, fica sacaneando... Eu sei que esse cara só quer mesmo é sexo comigo. E eu também, com ele. Não, eu não. É outra coisa. É mais essa sensação mesmo que a gente tem de sair com um cara adulto, experiente, que te pega com a mão firme, que te come de verdade. Cansei desse negócio de ficar ensinando o carinha a transar.

O que eu queria mesmo era que o tempo passasse, que ele ganhasse experiência, que eu aproveitasse mais um pouco a vida, a minha juventude, e, depois, quando ele aprendesse a transar direito, a gente pudesse se encontrar outra vez. Como eu disse, ele é um menino sensível, inteligente, gente finíssima... o problema é a mão suada. Ele é o tipo de cara bom pra casar, mas depois, daqui a alguns anos. Eu não me importo que transe com outras mulheres agora. Acho até que seria até bom ele aprender umas coisas novas. Mas ele só quer saber de mim, saco. Mas está decidido: vou acabar de vez com essa história. Tenho que ser firme, mesmo sentindo muita pena dele. Esse meu coração mole só me faz adiar o problema. Sabe o que eu vou fazer? Vou dizer pra ele a verdade. É o único jeito.

"Não tenho tesão por você nem por essa sua mão suada de adolescente."

Será que vai machucar muito?

Meio ambiente é o caralho

Esses pessoal da ecologia, do meio ambiente, salve as baleias, são uns chatos. Eles quer impedir o pogresso do município. Querem acabar com o turismo, com o comércio. Querem que a cidade fique sempre pequena. Mas eu vou passar por cima deles tudo. Eu posso até não ser uma pessoa instruída, mas nasci aqui, conheço todas as família. Por isso que eu já fui prefeito cinco vezes e ainda vou ser mais. Ano que vem, entra meu filho, que eu já tô no segundo mandato. Mas depois eu volto. Já expliquei tudo pro Júnior. Primeiro, vâmu acabar com essa lei de prédio com menos de três andar. Antes, até dava. Mas o turismo tá crescendo, cada vez vem mais veranista pra passar o verão, e a gente tem que agüentar receber todo mundo. Se não fosse esses pessoal que ficaram enchendo o saco pra tombar os morro, a gente dava um jeito de facilitar as construtora pra fazer mais uns condomínio. Mas agora só dá pra crescer pra cima. Versiti, verfiqui... vestiliza... verti... Porra, crescer pra cima, fazer prédios mais alto. A culpa é desse pessoal da USP que vem pra cá botar coisa na cabeça dos pessoal, dessa turma daqui, que é inguinorante que nem eu só que fica falando esses negócio de meio ambiente, projeto de tartaruga, núcleo sei lá do quê. Núcleo é o caralho. Eu quero lá saber de tartaruga? Eu quero ver é o dinheiro dos turista entrando, o comércio vendendo bem na temporada. Mas esses pessoal fica lá perturbando. Não pode som alto de noite, não pode trêiler na praia, não pode carro entrar nas cachoeira. E os barzinho de noite? Como é que fica? Os turista gosta de música, de ouvir MPB ao vivo e beber cerveja. Aí esses pessoal verde não quer deixar. Só que eles vão ver que quem manda nessa porra é eu. Vou botar a guarda municipal, que foi eu que inventou, pra tomar conta das construção dos prédio novo. E, se vier meio ambiente, eu mando atirar. Se o povo votou ni mim, é porque eles apóia os meus projeto. Na Câmara não tem pobrema. Os vereador tá tudo comigo. Sou eu que pago eles, caralho. Eles tudo vai votar na lei que deixa construir os prédio. Depois não pode mais mudar. Vai ser lei municipal. Mas esses pessoal da ecologia não desiste, e pode reparar: esses pessoal da ecologia é os mesmos que nadam pelado na praia, que usam tóxico. Eles é que agride as família do município, eles é que fica com aids espalhando pra todo mundo com esse negócio de homossexual. Pra mim, esse negócio de homossexual é todos viados. Construir condomínio nos morro não pode porque é do governo federal, que não quer nem saber dos município. Mas construir prédio alto é da prefeitura e dos vereador. E eu vou construir mesmo, já até abri umas concorrência das empreiteira. Agora também não pode escolher quem vai fazer as obra. Tem que abrir concorrência. Eu até preferia que as firma particular fizesse as obra, mas elas ficam com medo desses pessoal da ecologia, do meio ambiente. Só que eu não vou desistir, não. Vou fazer as obra com os recurso do município. Depois, quando os turista trouxer bastante dinheiro, todo mundo vai me agradecer, até o meio ambiente quando tiver ganhando dinheiro. São esses pessoal que vendem sanduíche na praia. Sanduíche natural, essas coisa de homossexual. E, se os turista não vier, eles também não vende e fica tudo com aids, lá na Santa Casa, pedindo os coquetel que o governo federal manda. A Santa Casa tá lá, cheia de homossexual. Não tem nem espaço pras família direitas. Antigamente só tinha um homossexual, que era o Eunápio, que nem era homossexual mesmo, era só bicha. O Eunápio servia porque ele fazia os concurso de miss, o Carnaval, essas coisa de cultural. Agora tá cheio de homossexual viado pelas rua, abrindo salão de cabeleleiro. Junta tudo, os pessoal do meio ambiente, os pessoal da USP, os pessoal dos surfista, os viado e até os aluno do colégio. Vão tudo lá fazer passeata de bagunça só pra atrasar o pogresso. Eles acha que são moderno, mas eles é é muito atrasado. Moderno é os prédio alto. Moderno é os turista que traz dinheiro pro município. Moderno é as obra que eu tô tocando pra fazer os estacionamento pros carro dos turista. Esses pessoal do meio ambiente fala que eu sou ladrão, mas é tudo mentira. Eu tenho os meu terreno, as minha imobiliária, os meus posto de gasolina, os meus bares. Não preciso ficar roubando nada, porque eu já sou rico. E o povo sabe disso, por isso é que sempre votam ni mim. É só vender uns terreno, uns apartamento pros turista, que eu já ganho dinheiro. Esses pessoal do meio ambiente gosta é de tumultuar. Eles fica tentando fazer impiche comigo, mas não adianta, porque os vereador é tudo meu e os juiz também e eles sabe que eu não roubo, que eu só quero o pogresso do município. Qualquer hora, eles vão me encher tanto, que aí eu não me candidato mais. Aí o município vai ficar tudo com esses pessoal homossexual do meio ambiente. Aí não vai vim mais turista e vai ficar todo mundo com uma mão na frente e outra atrás, cheio de tartaruga do núcleo dos pessoal da ecologia. Aí é que eu quero ver. Porque esses pessoal é muito chato. Não pode matar tartaruga, não pode matar lagosta, não pode matar até uns tipo de peixe com ova.

Quando eu não querer mais ser prefeito, até os índio vão voltar. Vai ficar todo mundo atrasado que nem índio, que fica dormindo lá no coreto da praça e a gente não pode nem mandar a polícia pra jogar creolina neles pra eles ir embora. Os pessoal da ecologia também tem essa mania de índio. Eles nem sabe que eu dei uns terreno que eu tinha pros índio fazer aldeia e não ficar na praça vendendo cesto e pedindo dinheiro, enchendo o saco dos turista. Só que esse negócio de meio ambiente é só moda desses pessoal da ecologia. Depois que a moda passar, vocês vão ver, vai tudo ficar do meu lado de novo, porque eles sabe que eu sou bom pro município, que eu é que faço o pogresso, que deixo os pessoal construir as coisas deles sem mandar fiscal da prefeitura pra ver se as planta estão certa. Eu é que quebro o galho dos pessoal que quer abrir os trêiler na praia sem banheiro. Eu é que deixo os pescador pescar lagosta, tartaruga, essas coisa que o meio ambiente não deixa. Se não fosse eu, ia ter até onça no município. Ia ter até trombadinha, que eu boto no ônibus e mando pra longe. Se não fosse eu, o meio ambiente já tinha tomado conta de tudo.

Aquarius

Havia uma mulher gorda, vermelha, descascada, cheia de bolhas nas costas, cobrindo as pernas gordas com uma toalha toda suja de areia. Havia o marido da mulher gorda, que parecia olhar para o mar, mas estava mesmo era olhando para o vazio, com uma barriguinha, a barba por fazer, olheiras bem fundas e um órgão sexual enrugado e minúsculo. Havia a filha da mulher gorda e do marido da mulher gorda, uma adolescente virgem, de seios firmes com róseos mamilos, pernas fortes e compridas, vestindo um biquíni grande demais para ela, comprado numa loja de uma cidade do interior paulista, pensando em sexo, vidrada no garotão bronzeado pelo sol, louro, que também havia, correndo para o mar com uma prancha de surfe, sem notar a adolescente virgem porque o biquíni da adolescente virgem era grande demais, muito antiquado, tornando meio brega o aspecto da adolescente virgem. Havia um saco de batata chips boiando no riacho que havia e refrescava os pés de uma adolescente, que havia lá na praia e usava um biquíni moderno, que não era mais virgem, já que o seu biquíni moderno realçava as formas de seu bumbum bem torneado e de seus seios firmes como os seios da adolescente que usava o biquíni brega e fazia com que o aspecto dela, da adolescente de biquíni moderno, fosse muito atraente para os garotões bronzeados pelo sol que havia lá na praia. Havia um sujeito musculoso, suado, tenso, que estava a fim de comer uma boceta, tanto faz o biquíni que a cobrisse antes que ele, sujeito tenso, a comesse. Havia uma mulher, que era jovem mas não adolescente, que usava um biquíni moderno muito menor que o biquíni da adolescente que refrescava os pés no riacho com as batatas chips, que tinha um copo de caipirinha na mão, rebolava ouvindo a música de verão que tocava na barraquinha de vender bebida alcoólica, estava de porrezinho e, se continuasse a beber daquele jeito, acabaria dando a boceta para o cara musculoso que estava de pau duro, suado, espumando embaixo das axilas, que não nadava porque o mar estava forte, cheio de ondas. Havia o amigo do cara musculoso, que não era musculoso, que era baixinho, gordinho, atarracado, tinha uma medalhinha dourada de Nossa Senhora no pescoço, não tinha a menor esperança de comer uma boceta, por ser muito feio, e estava bêbado, usando o seu tipo horroroso para fazer graça, rebolando em cima de uma garrafa, sob o som da música de verão que estimulava os ouvintes a rebolar, a botar as mãos sobre os órgãos sexuais e a ficar muito felizes por estarem na praia, no verão, suados, bebendo, queimando a pele, tentando fazer sexo com alguém. Havia um executivo de férias, que acabara de chegar na praia com um jipe importado do Japão, usando óculos escuros modernos, com os músculos bem definidos devido às sessões de musculação que fazia todo dia, na hora do almoço, que estava achando a praia, que havia, muito brega, por ser freqüentada por gente muito mais feia do que ele, executivo de férias, aquele cara moderno, que não achava, naquele verão, uma praia à sua altura espetacular. Havia o pessoal que morava na cidade daquela praia, que aproveitava aquele verão para vender bebida alcoólica, naquela praia do saco de batata chips e da música que estimulava os ouvintes a ficar pensando em comer ou dar a boceta, lá, admirando a bunda das mulheres de porrezinho, os seios firmes das adolescentes que pensavam em sexo, os músculos dos caras fortes e a modernidade dos executivos de férias. Havia um grupo de adolescentes do sexo masculino, do interior de São Paulo, bebendo muita cerveja, enchendo a areia, da praia que havia, de latinhas, comentando sobre a bunda da jovem que rebolava, desejando aquela bunda, qualquer bunda, desejando um bronzeado como o do garotão bronzeado que pegava onda, para poder fazer sexo com adolescentes lindas como a adolescente de biquíni moderno, que considerava a jovem da bunda muito vulgar e prometia para si mesma passar o verão seguinte numa praia onde só houvesse gente bonita como o garotão bronzeado da prancha de surfe e como ela mesma, adolescente deliciosa e moderna. Havia um francês grandão, com a cara vermelha e bolhas nas costas como as bolhas da mulher gorda, que olhava para um vazio muito além do vazio de seu marido do interior paulista, que descascava laranjas e as oferecia para sua filha virgem que pensava em sexo e para o seu marido de barriguinha que não fazia sexo com ela, gorda vermelha, que daria tudo para ter um marido como o executivo de óculos modernos, que tinha músculos e um jipe importado do Japão. Havia a morena que acompanhava o francês vermelho, que também tinha uma bunda, de biquíni mais ou menos moderno, que era empregada doméstica de um executivo de férias e queria ser levada para a França, pelo francês, que era a pessoa mais moderna da praia e achava que aquela praia e todas aquelas bundas eram espetaculares, relaxantes, exóticas, divertidas e até mesmo paradisíacas. Havia o filho do cara que rebolava em cima da garrafa, que era pré-adolescente e morria de vergonha do pai que estava bêbado, era horroroso, baixinho, barrigudo e queria fazer do filho pré-adolescente um homem comedor de bocetas como o seu amigo musculoso, tenso, suado, que já apalpava a bunda da jovem que tinha a bunda ideal para rebolar em cima da garrafa, ao som daquela música ideal para aquela bunda, atrás da barraca de vender bebida alcoólica daquela praia. Havia o prefeito da cidade daquela praia, que era jovem e moderno e olhava, do alto do morro daquela praia, cheio de condomínios com nomes em inglês e francês, para a praia, satisfeito com aquele verão, que estava ótimo, cheio de turistas do interior de São Paulo e um francês, que incrementavam a economia da cidade daquela praia que havia, trazendo dinheiro para o pessoal da cidade que havia e estava recebendo, naquele verão, um número recorde de bundas e carros importados do Japão. Havia toda essa gente e mais um monte de gente igual a essa gente das bundas, dos músculos, das barriguinhas e dos olhares que olhavam para o vazio, ao som daquela música das bundas e da garrafa. Havia toda essa gente entrando para o Terceiro Milênio.

Você tem que ser feliz!

E, para ser feliz, você tem que comer uma buceta, pelo menos uma. Não, melhor: você tem que comer um cu. Cu de mulher, que cu de homem é coisa de viado. Você é feliz, mas não é viado. É ou não é? E hoje em dia é fácil comer cu de mulher. Você pode até comer cu de artista. Mulher artista, digo. Homem artista sempre gostou de dar o cu, que homem artista é tudo viado. Mas, ultimamente, as mulheres artistas também estão gostando de dar o cu. Carnaval, então, aí é que as artistas dão o cu mesmo. É ou não é? Aí, você tem que aproveitar e comer os cus delas. Ou você já é feliz? Ou você é artista? Ou você é viado? Ou você é inglês? É que Carnaval, felicidade, arte, viado, Inglaterra, essas parada, tem tudo a ver com cu. É ou não é? Você não viu as artistas todas lá na banca de jornal, tudo mostrando o bundão, assim, bem na cara da gente? Só pode ser porque elas querem dar o cu. É ou não é? Ou então é pra ganhar dinheiro. É ou não é? Então, meu amigo, vá à luta, coma cus de artistas e seja feliz. E você sabe como fazer isso. É ou não é? Você vai lá pra Salvador, ou Olinda, essas parada, toma um monte de negócio, tira a camisa, fica todo suado lá no meio do pessoal feliz, que sabe aproveitar a vida, e, na hora que você perceber a presença de uma mulher meio artista, exibindo a bunda, você chega junto, fala umas parada que homem que não é inglês fala, tipo assim: "Aí, que cuzão, hein!?", ou então: "Porra, hoje eu vou comer esse cu aí, sua gostosa do caralho", e aí a mina vai ficar com a maior vontade de dar o cu pra você e aí você vai lá e come a porra do cu da artista e fica feliz que nem tem que ser no Carnaval: feliz! Praia também é bom pra você descolar um cu, cu de artista, cu de gostosa, que na praia as artistas ficam também todas com vontade de dar o cu. É ou não é? Você já viu os biquínis que elas usam? Claro, é tudo vontade de dar o cu. Aí, você chega junto, fala pra artista assim: "Que cu maravilhoso que você tem!". Aí, é claro que a artista vai querer dar o cu pra você. Mas isso é melhor lá no Rio, que, na praia, só tem artista querendo dar o cu. É ou não é? São as artistas mesmo, essas da novela, que ganham um dinheiro pra completar o orçamento mostrando o cu nas revistas, naquela pose assim, que a bundinha fica empinada pra cima, olhando pra gente com aquela cara de quem gosta de dar o cu. Artista gosta que gosta de dar o cu. É ou não é? Mas, se você preferir, não coma nenhum cu de mulher artista e fique sofrendo em casa, vendo os cus das mulheres artistas que gostam de dar o cu, que vão estar felizes, mostrando o cu no Carnaval da televisão, onde todo mundo é muito feliz querendo dar o cu, os artistas.

Triste

    Ela, lá, sentada, na areia sujinha de bituca de cigarro, de cocô de cachorro, de cocô de gente, de chiclete mastigado, de peixe podre, de vômito de urubu, de camisinha usada, no litoral, na praia, de noite, de madrugada, o céu cheio de estrelas, satélites, o barulho de um avião passando sobre o litoral, a luzinha piscando, o cheiro de peixe, o barquinho indo, o cheiro do óleo do motor do barquinho, o cheiro do mar, o cheiro de peixe, o barulho do mar, o barulho do Carnaval, a música do parquinho de diversões, tiro ao alvo com espingarda de pressão, espingarda de rolha, Lanche Mirabel, uma cadela no cio, um bando de cachorros ao redor, alguns com sarna, fedendo, toda suada, a maquiagem meio borrada, o gosto de pinga ruim, ela não queria beber, ela não é de beber, ela não gosta de beber, e faltavam dentes na boca, o nariz grande demais, a pele ruim, malcuidada, e os cheiros de perfume ruim, de desodorante ruim, misturados aos cheiros de suor, de pinga, de xis-bacon, de mostarda de trailer do litoral no Carnaval.

Ela, lá, sem fazer sexo. Ela pensa tanto em sexo. Tudo é sexo, para ela, que nunca fez sexo, que nunca namorou, que nunca beijou na boca.

Ela, lá do interior de São Paulo, de uma cidade que não tem igreja, não tem coreto na praça, não tem shopping center, tem muita loja de vender ventilador, muita pastelaria, não tem cinema, tem duas videolocadoras e uma dessas locadoras tem até um DVD de um filme do Godard, que ninguém nunca alugou. Um filme do Godard que é um ensaio dos Rolling Stones. Eles ficam repetindo a mesma música, o tempo todo, ensaiando, repetindo, e o Keith Richards quase não tinha mais nenhum dente na boca.

Ela, lá, vindo com as amigas, no ônibus, comendo batata chips, chupando dropes de menta pra ficar sempre com bom hálito, que é pro carinha com quem ela achava que ela, a menina que ficava pensando em sexo o tempo todo, iria fazer sexo não achar que ela, essa menina carente e sem sal, tinha mau hálito.

A casa alugada, uma casinha pequena, mal construída às pressas, pra alugar no Carnaval, o chuveiro elétrico, três pingos de água muito quente, falta d'água, privada entupida, geladeira cheia de refrigerante diet, uma garrafa de pinga ruim, limão, açúcar, uma frigideira com óleo velho, pra fritar ovo, a amiga era bem mais bonita, a amiga era bonita, ela, não, a menina feia do interior paulista que pensava em sexo o tempo todo, em sexo com amor, em sexo com um namorado lourinho, sensível, romântico, um carinha lindo, que pegava onda, que seria romântico, olhando para as estrelas, na praia, de madrugada, beijando na boca, trocando carinho.

A amiga dela, da menina feia que gostava de xis-bacon, a amiga que tinha orgulho do próprio corpo, da própria bunda, a amiga que fazia sexo sempre que queria, no litoral, no Carnaval, quando saía à noite, pra andar na avenida e ver os carinhas lourinhos, usando aquele sutiã que parece aumentar o volume dos seios, com aquele bronzeado perfeito, bem calculado, bem programado, o tempo certo de sol, a quantidade certa de protetor solar, o cheiro certo de perfume discreto, nem um pouco enjoativo, a amiga, que sabia se vestir, sabia se cuidar, tinha a pele ótima e não tinha dificuldade alguma para fazer sexo, usando camisinha, com quem quisesse, no litoral, no Carnaval, aqueles carinhas com quem toda menina do interior paulista gostaria de fazer sexo.

    Ela, lá, olhando para o corpo bonito da amiga, para a pele perfeita da amiga, para os próprios seios, grandes demais, com uns cabelos ao redor dos mamilos.

    Ela, lá, se sentindo tão mal, com inveja dos seios da amiga, com vontade de fazer sexo, criando expectativas de fazer sexo com um carinha carinhoso, bonitinho, que gostava de olhar para as estrelas, que perceberia a beleza interior da menina do interior que não tinha uma pele muito boa e nunca fazia sexo.

    Ela, lá, olhando para as estrelas, sozinha, só um pouquinho bêbada, com gosto de pinga ruim na boca, olhando para a lua, acreditando no amor, acreditando que um dia tudo seria diferente, acreditando que alguém, um dia, gostaria de fazer sexo com ela, a amaria de verdade, sentiria paixão por ela, teria longas conversas com ela, andaria de mãos dadas com ela, olhando para as estrelas, elogiando a beleza dos olhos dela, e alguma coisa faria sentido naquela areia meio sujinha, na voz daqueles grupos de adolescentes do sexo masculino, do interior paulista, que passavam naquela praia, de madrugada, no Carnaval, que não olhavam para ela, que tinham risadas forçadas, risadas adolescentes, que falavam palavrões horríveis, que estavam bêbados, que não faziam sexo, que procuravam meninas como a amiga dela, a amiga que sabia se cuidar da menina sem alguns dentes na boca.

    Ela, que amava todos os carinhas lourinhos, que gostava de sundae, de namorar na sorveteria, o carinha lourinho levando a colher de sorvete até a boca dela, com carinho, com amor.

Ela, lá, olhando para as estrelas, triste, sem a capacidade de reconhecer a própria tristeza. Sem a capacidade de reconhecer que carinhas lourinhos não gostam de meninas meio gordinhas, de pele ruim, de poucos dentes na boca.

Carinhas lourinhos não têm sentimentos e ela, lá, amando demais.

Amando algo.

Interior

Ele lá, na estrada, de noite, em algum lugar do Mato Grosso, no ônibus, olhando pela janela, para as estrelas, para a lua, para o escuro, tudo escuro, sem nenhuma saudade de casa. Sem saudade. Ele lá, agora, ganhando dinheiro como nunca ganhou na vida, uns cinco ou seis salários mínimos.

Ele lá, agora, levando uma vida com a qual ele sonhara, uma vida de viajante, vendendo um produto americano, um produto que anuncia na televisão, que tem marketing especial, que é anunciado com muitas palavras, muitos brindes, muitas compensações, muitas vantagens, muitos descontos, o marketing.

Ele lá, conhecendo o Brasil, cada recanto, se hospedando em hotéis razoáveis, alguns muito bons.

Ele lá, freqüentando casas noturnas, prostíbulos, zonas do interior. Ele lá, sozinho na mesa, bebendo keep cooler, um troço desses, fumando, comendo amendoim, batendo papo com a prostituta com quem não pretendia fazer sexo, com quem queria conversar, por quem queria se apaixonar.

Ele queria se apaixonar por várias prostitutas, centenas de prostitutas em centenas de cidades do interior desses lugares meio Marte, no interior do interior, no interior de Goiás, no interior do Rio Grande do Norte, no interior da Bahia, no Acre, em Roraima. Ele conhecia Roraima.

Ele lá, chegando no hotel, de noite, uma cadeira ao lado da cama. Ele pendurando o paletó na cadeira, olhando para o teto cuja pintura estava descascando. Ligando a televisão que não era a cabo, que pegava só uns três ou quatro canais, que passava um jornalístico policial que mostrava a reportagem sobre um garoto que morreu afogado no rio, tentando fugir de um estuprador de garotinhos do interior desses estados que não são os estados do Rio de Janeiro ou de São Paulo.

Ele lá, assistindo a uma sessão de exorcismo nessa televisão com chuvisco.

O pastor lá, na televisão com fantasmas, agredindo pobres-diabos.

As Três Marias no céu. Ele lá, no ônibus, se lembrando da mãe dele, do cara que estava no ônibus, realizando o sonho da vida dele, que era viajar muito e se hospedar em hotéis e conhecer muitas cidades diferentes.

O motorista lá, pisando fundo, correndo muito.

O gordão lá, suando, roncando, babando, espremendo o cara que tinha uma vida muito interessante, lá, olhando para as Três Marias, lá.

O gordão lá, fedendo a alho de churrasco de parada de ônibus.

Ele, o cara que olhava para o escuro, lá, revendo a própria vida, com muito tempo para rever a própria vida, sentindo o cheiro de alho de churrasco de parada de ônibus, olhando para as galáxias do Universo.

Ele lá, olhando para o brilho das estrelas das galáxias do Universo, constatando que o Universo é muito grande, que a vida está sempre mudando, o tempo todo, que a vida passa rápido, muito rápido, considerando a inexistência do tempo, a urgência do tempo.

Ele lá, lendo algo sobre Einstein e a Teoria da Relatividade, numa revista, na recepção de um hotel fuleiro de uma cidade-Marte, uma cidade que parecia ser de outro planeta, uma cidade que parecia ser uma cidade da Polônia, na fronteira com a Alemanha, que ele, o cara que estava conhecendo todo o Brasil, nem sequer podia conceber que ela, a cidade-Marte da Polônia, com ruas de terra e edifícios de vidro espelhado, pudesse existir.

Ele lá, ignorando a existência de cidades polonesas, se lembrando da revista da recepção do hotel fuleiro da cidade-Marte, onde ele, o cara que possuía vida interior, apesar de ser um vendedor de um produto americano que não serve para nada, leu sobre o Einstein, aquele cara, aquele cientista com a língua pra fora da boca, aquele cara que tinha uma teoria interessante sobre a inexistência do tempo, sobre a relatividade do tempo, um troço sobre tempo-espaço, que o cara, lá, muito curioso, muito interessado por tudo, queria muito entender.

O cara, lá, olhando para as estrelas, estava chegando aonde queria chegar. Ele queria chegar numa vida interessante.

Era interessante aquela estrada vazia, no escuro, sob o Universo, dentro do Universo.

O motorista daquele ônibus corria muito para chegar logo.

Sexo com amor

Ele lá, folheando a revista pornográfica, olhando para aqueles cacetes enormes penetrando vulvas depiladas, pensando na colega da escola com a vulva depilada, sonhando em ter um cacete enorme que levasse a colega da escola aos mais incríveis orgasmos. A colega da escola linda, lá, embaixo dele, gemendo, sorrindo para ele, dizendo "eu te amo", "eu te amo", "eu te amo", enquanto gozava. A língua dela lá, para fora da boca. Os olhos dela lá, meio revirados, brilhando. As pernas dela lá, enroscadas na cintura dele, e eles lá, mexendo.

Ele lá, morrendo de vergonha, guardando a revista pornográfica lá, no alto da estante, atrás daquele livro sobre pássaros do Brasil que ninguém lia, enjoado do sexo que fez com a revista pornográfica, amando muito a colega da escola dele e jurando para si mesmo nunca mais bater punheta em cima das vulvas depiladas das revistas pornográficas que ele gostava e odiava. Ele, lá, amando muito a colega da escola dele.

Ela lá, no restaurante maravilhoso, achando uma delícia aquele prato de frutos do mar inacreditáveis, decidindo se deixaria o cara mais velho que a levara ao restaurante maravilhoso tocar no corpo dela, nos seios róseos, nas coxas firmes, na vulva, que não era depilada mas tinha poucos cabelinhos, ou não?!

    O cara mais velho lá, maduro, ousado, seguro, falando sobre viagens à França, ao Caribe, a Londres (que era uma cidade muito louca), a safáris fotográficos na África, a New York (cuja diversidade cultural o maravilhava), fazendo pausas estratégicas na fala, olhando nos olhos da colega da escola do menino que se masturbava com revistas pornográficas e amava muito sua colega da escola, enquanto ela ficava muito feliz a cada gole de vinho, a cada frase inteligente, madura, ousada, segura, do cara mais velho, lá.

    Ele lá, deitado, no escuro, amando muito, imaginando as posições sexuais que queria fazer com a colega da escola que ele amava muito, pensando no quanto seria lindo fazer com ela aquelas coisas todas que os caras de cacetes enormes faziam com as mulheres de vulvas depiladas nas revistas pornográficas, mas concluindo que uma mulher linda como a sua colega da escola jamais faria aquelas coisas, mas faria outras coisas, lindas, deliciosas, cheias de amor, incríveis, limpinhas, lá, quando ele declarasse o seu amor por ela.

    Ele lá, dizendo para sua colega da escola: "Eu te amo muito". A colega da escola dele lá, dizendo para ele: "Eu também". Eles lá, se beijando. Ela lá, arfante, sentindo cada vez mais desejo por ele, deixando que ele colocasse a mão dentro de sua blusa, deixando que ele acariciasse seus róseos seios, arfante, levando a mão dele para o meio de suas pernas, lá, entre as coxas firmes, arfante, acariciando o sexo dele, do tamanho ideal, médio, arfante, tirando a roupa dele, arfante. Ele lá, despindo a colega da escola dele, amando muito.

    Ela lá, ouvindo jazz no apartamento do cara mais velho, uma raridade de Charlie Parker remasterizada que ela não entendia mas achava diferente, chique, sentada num delicioso sofá superconfortável, ouvindo o cara mais velho contando a verdadeira história do jazz. O cara mais velho lá, sempre olhando nos olhos dela, sorrindo, acariciando os cabelos dela, se preparando para beijá-la. O cara mais velho lá, beijando a colega da escola do menino que amava a colega da escola dele.

Ela lá, segurando a mão do cara mais velho, evitando que o cara mais velho tocasse em seu corpo, em seus róseos seios, em suas coxas firmes, em sua vulva de delicados cabelinhos, detestando o hálito do cara mais velho, adorando ser seduzida pelo cara mais velho, decidida a não deixar que o cara mais velho tocasse o seu corpo, fizesse sexo com o seu corpo, virgem, adorando estar no apartamento do cara mais velho sendo seduzida por ele.

Ele lá, imaginando o corpo lindo da colega da escola linda que ele amava muito, pensando se batia mais uma punheta, sem revistas pornográficas com cacetes enormes, usando somente a própria imaginação.

Ele lá, batendo uma punheta, com amor, sem vulvas depiladas, pensando apenas nas posições sexuais limpinhas que faria com a colega da escola linda, pensando apenas no amor que a colega da escola sentiria por ele, quando fizesse sexo com ele, com amor, com muito amor, lá.

Ela lá, se despedindo do cara mais velho — "a gente se vê por aí" —, se divertindo com a frustração do cara mais velho por não ter conseguido fazer sexo com ela, virgem, linda, de seios róseos e delicados cabelinhos na vulva, adorando ter saído com o cara mais velho, louca para contar às amigas da escola sobre o restaurante maravilhoso, a história do jazz, o vinho e as tentativas do cara mais velho de tocar o seu corpo lindo, amado pelo menino que era seu colega da escola. E o cara mais velho, que não amava a colega da escola do menino que batia punheta e amava a colega da escola, lá, se conformando em não ter tocado os cabeli-

nhos da vulva da colega da escola do menino, pensando que foi até bom, porque comer adolescente virgem acaba dando em encrenca, porque adolescente, quando faz sexo pela primeira vez, gruda, dizendo para a amada do menino que batia punheta: "Você não sabe o que está perdendo".
Ela lá, dizendo para o cara mais velho: "Quem sabe um dia desses...".
Ele lá, na escola, sentado na carteira, na sala de aula, olhando para a colega da escola numa carteira bem longe da sua enquanto sorria e falava coisas no ouvido de outra colega da escola, amando a colega da escola, sofrendo por amor à colega da escola, virgem, olhando para as coxas firmes da colega da escola, morrendo de vergonha das punhetas que bateu durante a noite, sempre pensando nela, sempre amando.
Ele lá, elaborando estratégias para se aproximar da colega da escola, decorando discursos que eram mudados a cada momento, jurando para si mesmo que não se masturbaria enquanto não conquistasse o amor da colega da escola, sentindo nojo das vulvas depiladas das revistas pornográficas, amando muito, lá.
Ela lá, no pátio, convidando ele para a festa que daria no sábado, convidando todos os colegas da escola para a festa que daria no sábado, convidando a escola toda para a festa que daria no sábado.
Ela lá, toda simpática, sorrindo para ele enquanto o convidava para a festa que daria no sábado.
Ele lá, achando o sorriso dela muito simpático, indagando a si mesmo se aquele sorriso não era um sinal, se aquele sorriso não era o começo de um grande amor, pensando em que presente levaria para ela na festa de aniversário dela.
Ele lá, chegando à conclusão de que o melhor presente para o aniversário dela seria um CD daquela banda de rock que tinha aquela música linda que, a partir daquele aniversário, sem-

pre faria com que ela se lembrasse dele, aquela música linda que, sempre que ouvia, ele se lembrava dela.

Ela lá, na festa de aniversário, linda, virgem, sorrindo para ele quando ele entrou pela porta, dizendo que adorou o CD, dizendo que adorava aquela música que fazia com que ele se lembrasse dela, sem saber que ele a amava.

Ela lá, colocando o CD que ele havia dado de presente para ela no aparelho de som.

Ele lá, pronto para declarar o seu amor por ela, certo de que ela haveria de corresponder ao seu enorme amor.

Ele lá, amando.

Ela lá, abrindo a porta para o cara mais velho.

Ela lá, apresentando o cara mais velho para todas as colegas da escola.

Ele lá, batendo uma punheta, amando muito a colega da escola, olhando para aquela foto da revista pornográfica, aquela que tinha o close de uma vulva depilada com um cacete enorme dentro.

Ele lá, imaginando que aquela vulva depilada era dela e aquele cacete enorme era dele, amando a colega da escola, lá.

Ela lá, no carro do cara mais velho, amando sair com o cara mais velho, segurando a mão do cara mais velho para que o cara mais velho não encostasse nos cabelinhos delicados de sua vulva.

O cara mais velho lá, perdendo a paciência com a colega da escola do menino punheteiro que sentia muito amor, aquela menina chatinha que se achava muito gostosa, que se fazia de difícil mas, no fundo, queria mesmo era um cacete enorme dentro daquela xoxota apertadinha. Bem lá.

Necrose hemorrágica

1. Você leu algumas vezes o *Tao te king*. Você acorda no meio da noite e come meio quilo de coxinha de galinha.

2. Coca-Cola pizza bacon Jean-LucGodard lingüiçadeParaibuna pinga Miles macarrão ovofrito xis-bacon RedLabel Marcel-Duchamp salaminho Schoenberg Cage *I ching* maminhanamanteiga CheGuevara Glauber Smirnoff Catupiry BobWilson Berlim maionese lombinhodeporco ArrigoBarnabé camarões GersonCanhotinhadeOuro Brahma Antarctica Skol Oiticica leitecondensado Hermeto champanheparacomemorar SebastiãoNunes.

3. Você bebe, come, e fala nos botecos sobre as novas novidades.

4. Mas você tem jeito. Parou de fumar e trabalha muito, inclusive num domingo de manhã, depois daquela noite do meio quilo de coxinha de galinha.

5. Você está nervoso, discute com a equipe os roteiros daqueles comerciais. Ninguém gostou dos roteiros que você escreveu. Ai. Você bebe café, açúcar. Ai. Você sua e o ar-condicionado está ligado. Você pede licença e vai ao banheiro. Licença pra cagar. Você sabe que a maioria dos roteiros está ruim. O suor é frio. O seu colega redator diz que você está verde. Ai.

6. Ai.

7. Estão te levando para o hospital.

8. Analgésico na veia. Nada vai doer nunca mais.

9. Ultra-som: fígado inchado, pâncreas inchado.

10. Isso é sério.

11. Senhoras obesas carentes comedoras de açúcar. Senhores obesos carentes comedores de gordura e de putas. Bêbados inchados no boteco sujo cult discutindo a nova literatura, o novo cinema, o novo teatro, a nova arte.

12. Triglicérides 5000. Familiar. Pancreatite aguda necrohemorrágica. O seu sangue bóia na gordura. O seu pâncreas está se autodevorando e você pode morrer.

13. Logo você, que vota no Gabeira e no Lula, que é um intelectual quase pobre. Você, que prega a revolução armada, sempre depois da terceira pinga. Logo você, que foi seqüestrado por uma quadrilha de nordestinos baixinhos. Pode beber água não, rapá. Você não tem dinheiro. Quanto é o resgate? Tem resgate não, rapá. Você está com muita sede. Água não pode, não, rapá. Eles vão te matar de sede, devagarinho, só porque você é bacana,

de São Paulo, do Rio. Você é bacana? Ou você estava bêbado e mexeu com uma paraíba local. Foi pra se exibir pros amigos, seus semelhantes incríveis artistas de São Paulo, do Rio, seus semelhantes incríveis que conhecem a teoria dodecafônica de Schoenberg. Deve ter sido uma piada politicamente incorreta muito inteligente, uma gracinha ótima do escritor de vanguarda. Não, você não é disso, nem bêbado. Você nunca agrediu, nunca sacaneou os mais fracos. E agora está pensando de novo, reparando que seus seqüestradores são baixinhos, negros, gordos, paraíbas. Agora agüenta. Água não pode, não, rapá. De vez em quando, um dos seqüestradores vai até você e passa uma gaze molhada nos seus lábios. É para te torturar, atiçar ainda mais a sua sede. Você vai morrer devagarinho, a pior morte. Vai morrer de sede. Você está amarrado à cama. Fica quieto aí, rapá.

14. Ele está perdendo o pulso. Ele está perdendo o pulso.

15. Perto da morte, você vai ter a sensação de estar entrando num túnel muito escuro. No final do túnel, a luz. Você vai correr na direção da luz.

16. Deus se chama White Martins. Está escrito. Você está um pouco abaixo do paraíso e o paraíso é uma cúpula de vidro repleta de água geladinha, borbulhante. Praticamente um club soda. Deus White Martins vai matar a sua sede e lhe proporcionar um prazer eterno dentro daquele útero de vidro cheio de água geladinha borbulhante. Pena que você ainda não morreu. Não pode água, não, rapá.

17. A máquina de fazer tomografia fica repetindo: respire — prenda a respiração. Você não consegue prender a respiração. Só dói quando você respira.

18. O estúdio está cheio de gente. As atrizes, lindas, sensuais, jovens, todas vestidas de branco, espalham sorrisos por todo o ambiente. Você exige água-de-coco. Aquele negócio morno e azedo, que te servem num copinho plástico, não é água-de-coco. O diretor de fotografia argentino grita com os técnicos. Você exige um helicóptero que te leve até o outro lado da ilha, onde a cena da batalha naval vai ser rodada. É aquele filme do Agrippino, no *PanAmérica*, inteiramente nas suas mãos. Você é colocado num carrinho de golfe e levado até o estúdio 127. A diretora de produção se recusa a cumprir suas ordens. Você exige o helicóptero, precisa ir até o outro lado da ilha. Você quer água. A diretora de produção vira as costas para você. O diretor de fotografia argentino entra no estúdio e dá ordens à diretora de produção. A diretora de produção, imediatamente, passa a cumprir as ordens do diretor de fotografia argentino. Algo errado na hierarquia. Este filme é seu. Filme de autor. Você toma satisfações com o diretor de fotografia argentino.

19. Aí você percebe que o diretor de fotografia argentino é, na verdade, um médico-plantonista boliviano.

20. Um médico-plantonista boliviano no Rio Grande do Norte. Ele explica que o seu caso é grave, que o que restou do seu pâncreas não deve trabalhar. Nada deve cair no seu estômago. Nem água.

21. Fica quieto aí, rapá.

22. Ai. Ai. Ai. Ai. Ai. Ai. Ai. Ai. Ai. Ai. Ai. Ai. Ai. Ai. Ai. Ai. Ai. Ai. Ai. Ai. Ai. Ai.

23. Numa UTI, você pode passar vinte e quatro horas vestindo uma fralda cheia de merda, pode ser amarrado à cama pelas pernas, braços e pescoço, pode ficar dias com um tubo enfiado no nariz, que vai até o estômago, fazendo cócegas na sua garganta, provocando ânsia de vômito, pode achar que a enfermeira-chefe é o Elias Maluco, ou G. W. Bush, pode ser cercado por dez pessoas que mexem em todo o seu corpo, principalmente nas feridas, pode esquecer quem é você, pode ir perdendo o pulso até morrer, pode urrar de dor enquanto os enfermeiros trocam receitas de bolo, pode assistir a toda a programação de domingo do SBT, pode pedir pela sua mãe e ganhar uma máscara de oxigênio White Martins no meio da fuça, assim você pára de gemer, pode ficar em contato direto, vinte e quatro horas por dia, com Deus White Martins geladinho e borbulhante. Mas você não pode beber Deus White Martins. Pode beber água não, rapá.

24. O apartamento individual, no andar de cima, tem frigobar. Pode beber água não, rapá. Tem mãe. Pega a MTV com o Caetano falando. A enfermeira gente boa (no andar de cima as enfermeiras são gente boa) se interpõe entre a TV e você, com uma seringa cheia de um líquido amarelo na mão. O Caetano, daí, começa a cantar um negócio muito bonito. Tem outra voz. Você pede licença e completa, por intuição, pela métrica, quando o Caetano e a outra voz cantam: meu comandante... é Jorge Mautner.

25. O Jorge Mautner fica voando nuns aviões incríveis de vários tipos, várias épocas, cantando uma canção de amor com o Caetano, que, por sua vez, está na torre de controle. Nenhum drible a mais. Uma tabelinha precisa na direção do gol. Goleada. O violino do Mautner é o ruído mais romântico da música brasileira.

26. Você vai chorar lágrimas negras necro-hemorrágicas.

27. Vai ter um tubo saindo do seu pinto, enchendo o saquinho de plástico com aquele xixi escuro necro-hemorrágico.

28. Você vai assistir ao concurso da garota mais gostosa do *Big Brother*.

29. Numa quarta-feira a água vai ser liberada para você. Mas você já estará hidratado, e salivante, pelos soros e pela alimentação parenteral que vai direto nas suas veias. Então, você vai ficar ainda uns dois dias sem querer beber água. E, quando olhar para a cúpula de oxigênio líquido da White Martins, cheia de água geladinha e borbulhante, você vai sentir um grande desprezo por Deus.

30. Você não precisa do pão nosso. Agora você faz fotossíntese. Um abacate pendurado numa árvore de vitaminas e sais minerais.

31. Você escapou da morte. Você vai ouvir de médicos, enfermeiros e auxiliares que as suas chances eram muito pequenas. Você nasceu de novo. Você deve agradecer a Deus.

32. O que é Deus? A quem você deve agradecer? À mesma entidade que colocou um câncer no esôfago daquela menina de nove anos, sua vizinha de quarto, que agora berra de dor?

33. Você vai agradecer ao Deus mais piegas. O Deus que guiou as mãos do seu médico; o Deus de qualquer otário dizimista da Igreja Universal do Reino de Deus; o Deus que escolheu salvar você em vez de uma criança capturada, torturada e morta na frente dos pais por um grupo paramilitar fundamenta-

lista da Argélia; o Deus que é amor; o Deus que escreve certo por linhas tortas; o Deus que separa o joio do trigo; o Deus que abriu o mar Vermelho; o Deus da família e da propriedade; o Deus das velhinhas da pastoral que vêm rezar ao redor de sua cama, deixando você rubro de vergonha ao dizer "amém", rubro de vergonha por ter tanto medo e tão pouca fé.

34. Você reaprendeu o Pai-Nosso e a Ave-Maria.

35. Você está melhorando e nem liga para as dezenas de injeções que toma todo dia. Você anda pelos corredores do hospital fazendo piadinhas com as enfermeiras.

36. Você é muito engraçado.

37. Você assiste às quatro novelas da Globo; você lê as notícias sobre o Fluminense no *Jornal do Brasil*; você não perde um programa do horário eleitoral gratuito; você lê textos zen-budistas, neles não há Deus; você começa a vomitar; você tem diarréia; você arrota malcheiroso, sua vista perde o foco. Necrose hemorrágica.

38. Sua barriga vai ser aberta de um lado a outro e você vai conhecer a morfina.

39. Os seqüestradores tratam você muito bem. Nem seqüestradores eles são mais. Eles estão ali para zelar por sua vida vinte e quatro horas por dia. Eles até viram a TV da UTI para o seu lado, para que você possa assistir ao programa do Raul Gil. Num outro canal, a câmera fecha em superclose sobre o traseiro de uma mulher, bem em cima do cu mesmo. A nova sonda enfiada no seu pinto agora arde e você tem medo de que aquele cu cague em você.

40. Você ouve um gemido duas camas à sua esquerda. Depois, uma voz que você conhece muito bem: "Pode dobrar a perna não, rapá". O enfermeiro, ex-seqüestrador, passa por você: "Voltou, rapá?".

41. A conversa é leve, agradável. Você está tomando morfina e mal repara na sonda de alimentação que entra no lado esquerdo da sua barriga, no dreno de irrigação que entra no lado direito da sua barriga com o soro que irriga o seu âmago, no dreno de limpeza que também entra na sua barriga, paralelo ao dreno de irrigação, que busca, no seu âmago, pedaços necrosados de pâncreas, no tubo que entra no seu braço esquerdo, repleto de vitaminas e sais minerais, no tubo que entra no seu braço direito, antibióticos que fazem sua pele coçar e escamar, nos vinte e cinco pontos que atravessam tudo, do fígado ao ex-pâncreas, na volta ao andar superior, onde a morfina vai ser substituída por um antidepressivo leve, onde você vai ficar por mais dois meses drenando sua necrose hemorrágica.

42. Você vai ficar tão bem, que vai até comer uma papinha de legumes. E, numa noite dessas, vai ter o antidepressivo retirado. Nessa noite, você vai acordar numa enfermaria, tendo José Serra como vizinho de cama. José Serra vai se levantar durante a noite, pular sobre você e arrancar, com as unhas, todos os pontos, sondas e drenos. Você está viciado no antidepressivo que lhe subtraíram.

43. Mas você terá forças para superar tudo isso. Vai aprender a agradecer a Deus. Vai levar consigo a visão de um paraíso de oxigênio líquido borbulhante. Você nunca vai esquecer que perdeu. Chore, rapá.

# PARTE 2
SEXO

As caixas de som, no teto do elevador, emitiam a música de Ray Conniff. O negro, diante da porta pantográfica, fedia. A gorda, que pisava no calcanhar do negro, fedia. O negro fedia a suor. A gorda fedia a perfume Avon. O ascensorista, de bigode, cochilava. O Executivo De Óculos Ray-Ban conversava com o Executivo De Gravata Vinho Com Listras Diagonais Alaranjadas. Os dois executivos eram brancos. A Gorda Com Cheiro De Perfume Avon era branca.

O Executivo De Óculos Ray-Ban falou para o Executivo De Gravata Vinho Com Listras Diagonais Alaranjadas:

— O hotelzinho era o *the best*. Não deixe de passar alguns dias na Normandia quando você for à França outra vez.

No quarto andar, a Secretária Loura, Bronzeada Pelo Sol, entrou no elevador. O Executivo De Gravata Vinho Com Listras Diagonais Alaranjadas olhou para a bunda da Secretária Loura, Bronzeada Pelo Sol. O negro continuava fedendo. A Secretária Loura, Bronzeada Pelo Sol, não fedia. O Executivo De Gravata Vinho Com Listras Diagonais Alaranjadas cutucou, com o ombro, o Executivo De Óculos Ray-Ban. O Executivo De Óculos Ray-Ban também olhou para a bunda da Secretária Loura, Bronzeada Pelo Sol. A Secretária Loura, Bronzeada Pelo Sol, percebera que o Executivo De Óculos Ray-Ban e o Executivo De Gravata Vinho Com Listras Diagonais Alaranjadas olhavam para sua bunda. A Secretária Loura, Bronzeada Pelo Sol, fingia que não percebera que o Executivo De Óculos Ray-Ban e o Executivo De Gravata Vinho Com Listras Diagonais Alaranjadas olhavam para sua bunda. O Negro, Que Fedia, roçou um dos peitos da Secretária Loura, Bronzeada Pelo Sol, com o cotovelo. A Secretária Loura, Bronzeada Pelo Sol, afastou seu peito do cotovelo do Negro, Que Fedia. A Gorda Com Cheiro De Perfume Avon encostou, levemente, um de seus braços num dos braços do Negro, Que Fedia. A Gorda Com Cheiro De Perfume Avon tinha uma película de suor sobre o braço. O Negro, Que Fedia, estava totalmente suado. A Gorda Com Cheiro De Perfume Avon sentiu nojo do suor do Negro, Que Fedia.

No segundo andar, uma jovem mãe, com seu bebê, entrou no elevador. O bebê babava, e sua baba escorria pelo queixo. A Jovem Mãe virou as costas para o Negro, Que Fedia. O Negro, Que Fedia, ficou com o pau encostado na bunda da Jovem Mãe. O Negro, Que Fedia, não tinha a intenção de encostar seu pau na bunda da Jovem Mãe. É que o elevador estava lotado e não havia espaço para o pau do Negro, Que Fedia. O Negro, Que Fedia, respeitava mães. O Negro, Que Fedia, estava constrangido, pois percebera que seu pau estava encostado na bunda da Jovem Mãe. A Jovem Mãe fingia que não percebera que o pau do Negro, Que Fedia, estava encostado em sua bunda. A Gorda Com Cheiro De Perfume Avon, empurrada pelo cotovelo do Executivo De Óculos Ray-Ban, encostou seus peitos nas costas do Negro, Que Fedia. O bebê continuava babando no colo da Jovem Mãe. Sem abrir os olhos, o Ascensorista De Bigode falou "térreo" quando o elevador parou no andar térreo.

A Jovem Mãe, com seu bebê babando, saiu rapidamente do elevador, libertando o pau do Negro, Que Fedia. O Negro, Que Fedia, roçou mais uma vez o cotovelo no peito da Secretária Loura, Bronzeada Pelo Sol, que saiu do elevador depois de olhar com o canto do olho para o Executivo De Óculos Ray-Ban e para o Executivo De Gravata Vinho Com Listras Diagonais Alaranjadas. O Executivo De Gravata Vinho Com Listras Diagonais Alaranjadas era jovem. O Executivo De Óculos Ray-Ban falou para o Jovem Executivo De Gravata Vinho Com Listras Diagonais Alaranjadas:

— Que rabo, hein?!

Ao ouvir o comentário do Executivo De Óculos Ray-Ban, o Ascensorista De Bigode levantou a cabeça e sorriu. O Ascensorista De Bigode era nordestino. O Ascensorista De Bigode nunca fizera sexo com uma secretária loura, bronzeada pelo sol. O Executivo De Óculos Ray-Ban sempre fazia sexo com secretárias louras, bronzeadas pelo sol. O Jovem Executivo De Gravata Vinho Com Listras Diagonais Alaranjadas nunca fizera sexo com secretárias. Porém, a noiva do Jovem Executivo De Gravata Vinho Com Listras Diagonais Alaranjadas era loura e bronzeada pelo sol. O Jovem Executivo De Gravata Vinho Com Listras Diagonais Alaranjadas fazia sexo com sua Noiva Loura, Bronzeada Pelo Sol, nos fins de semana, quando os pais de sua Noiva Loura, Bronzeada Pelo Sol, iam para a casa de praia da família, nos arredores de Ubatuba.

A Gorda Com Cheiro De Perfume Avon, depois de empurrar o Negro, Que Fedia, para fora do elevador, começou a andar, com as pernas afastadas uma da outra, na direção da farmácia do shopping center. No caminho, a Gorda Com Cheiro De Perfume Avon passou bem no meio do casal de adolescentes meio hippies, que andava de mãos dadas. A Adolescente Meio Hippie se irritou com a Gorda Com Cheiro De Perfume Avon e falou:

— Puta que pariu!
O Adolescente Meio Hippie falou para A Adolescente Meio Hippie:
— Não esquenta. Ela é feia, gorda.

A Adolescente Meio Hippie estava sem sutiã, e seus róseos mamilos podiam ser vistos sob o fino tecido branco de sua camiseta. O Adolescente Meio Hippie era magro e tinha uma barbinha rala no queixo. O Casal De Adolescentes Meio Hippies estava no shopping center para comprar um fogareiro. O Casal De Adolescentes Meio Hippies estava se preparando para acampar em Trindade, perto de Parati, onde, pela primeira vez, faria sexo. Os dois adolescentes meio hippies eram virgens, e chegaram à conclusão de que era hora de ambos perderem a virgindade. A Adolescente Meio Hippie tinha medo de que a penetração do pênis dO Adolescente Meio Hippie, em sua vagina, doesse. O Adolescente Meio Hippie tinha medo de que A Adolescente Meio Hippie achasse seu pau muito pequeno. O Adolescente Meio Hippie tinha dezesseis anos. A Adolescente Meio Hippie tinha catorze anos.

A Gorda Com Cheiro De Perfume Avon ia à farmácia do shopping center para comprar Diet Shake, o.b. e Aspirina importada. A Gorda Com Cheiro De Perfume Avon sofria de uma enxaqueca crônica terrível. A enxaqueca da Gorda Com Cheiro De Perfume Avon só passava quando a Gorda Com Cheiro De Perfume Avon tomava Aspirina importada dos Estados Unidos.

O Negro, Que Fedia, também passou pelo Casal De Adolescentes Meio Hippies. O Negro, Que Fedia, olhou para os róseos mamilos dA Adolescente Meio Hippie, sob o fino tecido branco da camiseta. O Negro, Que Fedia, tinha apenas o dinheiro suficiente para pagar a passagem do ônibus que pegaria no fim da tarde. O Negro, Que Fedia, era faxineiro e limpava os banheiros masculinos do shopping center todos os dias. O Negro, Que Fedia, era amigo do vendedor da banca de revistas que ficava em frente ao shopping center. O Negro, Que Fedia, depois de passar pelo casal de adolescentes meio hippies, foi até a banca de revistas, em frente ao shopping center, e pediu, ao Vendedor Da Banca De Revistas, Em Frente Ao Shopping Center, uma revista *Anal Sex* emprestada. O Vendedor Da Banca De Revistas, Em Frente Ao Shopping Center, emprestou a revista *Anal Sex* para o Negro, Que Fedia. O Negro, Que Fedia, sentou no murinho ao lado da banca de revistas, em frente ao shopping center. O Negro, Que Fedia, ficou com o pau duro enquanto folheava a revista *Anal Sex*.

A Jovem Mãe, com seu bebê babando no colo, saiu do shopping center e viu o Negro, Que Fedia, folheando a revista *Anal Sex*. A Jovem Mãe nunca fazia sexo anal com seu jovem marido. O Negro, Que Fedia, nunca fazia sexo anal. A Jovem Mãe fazia outras modalidades de sexo com seu jovem marido. O Negro, Que Fedia, não fazia sexo havia muito tempo. Mas o Negro, Que Fedia, estava quase conquistando a Trocadora Do Ônibus No Qual ele, Negro, Que Fedia, Voltava Para Casa Todos Os Dias, Às Seis Horas Da Tarde. O Bebê Que Babava, filho da Jovem Mãe, nem sabia o que era sexo, mas já sentia desejos sexuais inconscientes pela Jovem Mãe. O Negro, Que Fedia, nem sabia o que era mãe e, por isso, sentia desejos sexuais inconscientes pela irmã mais velha que o criou. A Irmã Mais Velha Do Negro, Que Fedia, tinha sido prostituta, e cobrava um pouco mais caro, de seus fregueses, quase todos negros que fediam, para fazer sexo anal. O Negro, Que Fedia, queria muito fazer sexo anal com a Trocadora Do Ônibus No Qual ele, Negro, Que Fedia, Voltava Para Casa Todos Os Dias, Às Seis Horas Da Tarde.

A Gorda Com Cheiro De Perfume Avon gostava de fazer sexo anal. A Gorda Com Cheiro De Perfume Avon gostava muito de fazer sexo, mas raramente a Gorda Com Cheiro De Perfume Avon fazia sexo, já que a maior parte dos homens não gosta de fazer sexo com mulheres gordas.

A Gorda Com Cheiro De Perfume Avon trabalhava numa firma. De vez em quando, a Gorda Com Cheiro De Perfume Avon fazia sexo com o Chefe Da Expedição Da Firma, cujo salário era de trezentos reais por mês. O salário da Gorda Com Cheiro De Perfume Avon era de oitocentos reais por mês. Antes de fazer sexo com o Chefe Da Expedição Da Firma, a Gorda Com Cheiro De Perfume Avon sempre levava o Chefe Da Expedição Da Firma para tomar alguns chopes e comer algumas porções de calabresa e de provolone à milanesa. A Gorda Com Cheiro De Perfume Avon adorava calabresa e provolone à milanesa. A Gorda Com Cheiro De Perfume Avon comia apenas um pouquinho de calabresa e de provolone à milanesa, quando levava o Chefe Da Expedição Da Firma para tomar alguns chopes e comer algumas porções de calabresa e de provolone à milanesa, antes de fazerem sexo. A Gorda Com Cheiro De Perfume Avon comia pouca calabresa e pouco provolone à milanesa porque tinha medo de engordar ainda mais. Depois das porções de calabresa e de provolone à milanesa, a Gorda Com Cheiro De Perfume Avon e o Chefe Da Expedição Da Firma iam fazer sexo no Motel L'Amour. O Chefe Da Expedição Da Firma não sentia muita atração sexual pela Gorda Com Cheiro De Perfume Avon. O Chefe Da Expedição Da Firma não sentia muita atração sexual pela Gorda Com Cheiro De Perfume Avon porque a Gorda Com Cheiro De Perfume Avon era gorda. O Chefe Da Expedição Da Firma fazia sexo com a Gorda Com Cheiro De Perfume Avon porque gostava muito da companhia dela. A Gorda Com Cheiro De Perfume Avon sabia muitas coisas que o Chefe Da Expedição Da Firma não sabia, além de pagar chopes e porções de calabresa e de provolone à milanesa para ele,

Chefe Da Expedição Da Firma. A Gorda Com Cheiro De Perfume Avon lia poemas da Bruna Lombardi para o Chefe Da Expedição Da Firma. O Chefe Da Expedição Da Firma adorava tomar banho na banheira de hidromassagem do Motel L'Amour. A Gorda Com Cheiro De Perfume Avon e o Chefe Da Expedição Da Firma gostavam de assistir aos filmes de sexo explícito do canal privé do Motel L'Amour. Uma vez, a Gorda Com Cheiro De Perfume Avon assistiu a um filme, no canal privé do Motel L'Amour, em que uma mulher era penetrada por dois homens ao mesmo tempo. Um dos homens colocava o pau na boceta da mulher, enquanto o outro homem colocava o pau no cu da mulher. A Gorda Com Cheiro De Perfume Avon adoraria ser penetrada por dois homens ao mesmo tempo. A Gorda Com Cheiro De Perfume Avon não amava o Chefe Da Expedição Da Firma. O Chefe Da Expedição Da Firma não amava a Gorda Com Cheiro De Perfume Avon.

Depois que saíram do elevador, o Executivo De Óculos Ray-Ban e o Jovem Executivo De Gravata Vinho Com Listras Diagonais Alaranjadas foram até o restaurante japonês, no subsolo do shopping center, onde encontraram o Gerente De Marketing Da Multinacional Que Fabricava Camisinhas. A multinacional que fabricava camisinhas estava num período de alta lucratividade, já que novos comerciais de televisão, produzidos e veiculados gratuitamente, embora não mostrassem a marca da multinacional que fabricava camisinhas, já que faziam parte de um esforço coletivo da sociedade para evitar a propagação da aids, estavam gerando um grande aumento na venda de camisinhas. As camisinhas fabricadas pela multinacional que fabricava camisinhas eram as mais conhecidas do mercado. Os comerciais de televisão que faziam parte de um esforço coletivo da sociedade para evitar a propagação da aids, produzidos e veiculados gratuitamente, não tinham fins comerciais. A agência de publicidade, em que o Executivo De Óculos Ray-Ban e o Jovem Executivo De Gravata Vinho Com Listras Diagonais Alaranjadas trabalhavam, não havia faturado dinheiro algum com a campanha de prevenção contra a aids, produzida e veiculada gratuitamente. No entanto, a dupla de criação da agência de publicidade, em que o Executivo De Óculos Ray-Ban e o Jovem Executivo De Gravata Vinho Com Listras Diagonais Alaranjadas trabalhavam, ganhou um Leão de Prata, no Festival de Cannes, com a campanha de prevenção contra a aids, produzida e veiculada gratuitamente. Mas o melhor de tudo é que a multinacional que fabricava camisinhas, através do Gerente De Marketing Da Multinacional Que Fabricava Camisinhas, entregou a conta publicitária de sua linha de shampoos infantis à agência de publicidade em que o Executivo De Óculos Ray-Ban e o Jovem Executivo De Gravata Vinho Com Listras Diagonais Alaranjadas trabalhavam. A multinacional que fabricava camisinhas também fabricava shampoos.

Durante o almoço de negócios, o Executivo De Óculos Ray-Ban, o Jovem Executivo De Gravata Vinho Com Listras Diagonais Alaranjadas e o Gerente De Marketing Da Multinacional Que Fabricava Camisinhas falaram de sexo, enquanto comiam sushis e sashimis. O Gerente De Marketing Da Multinacional Que Fabricava Camisinhas disse que adorou fazer sexo com uma secretária loura, bronzeada pelo sol, que tinha a boceta totalmente depilada. A secretária loura, bronzeada pelo sol, que tinha a boceta totalmente depilada não era a Secretária Loura, Bronzeada Pelo Sol, cuja bunda foi admirada pelo Executivo De Óculos Ray-Ban e pelo Jovem Executivo De Gravata Vinho Com Listras Diagonais Alaranjadas no elevador do shopping center. O Executivo De Óculos Ray-Ban achava que a coisa mais linda do mundo era observar uma secretária loura, bronzeada pelo sol, fazendo sexo oral nele, no Executivo De Óculos

Ray-Ban. O Jovem Executivo De Gravata Vinho Com Listras Diagonais Alaranjadas não falou para o Executivo De Óculos Ray-Ban, nem para o Gerente De Marketing Da Multinacional Que Fabricava Camisinhas, que ele, Jovem Executivo De Gravata Vinho Com Listras Diagonais Alaranjadas, fazia sexo oral com sua Noiva Loura, Bronzeada Pelo Sol. O Jovem Executivo De Gravata Vinho Com Listras Diagonais Alaranjadas amava sua Noiva Loura, Bronzeada Pelo Sol. O Gerente De Marketing Da Multinacional Que Fabricava Camisinhas era branco e tinha a mesma idade que o Executivo De Óculos Ray-Ban.

Depois de passar pelo Negro, Que Fedia e folheava a revista *Anal Sex*, a Jovem Mãe, com seu bebê babando, reparou num negro, que não fedia, usando uma túnica estampada e um gorro colorido. A Jovem Mãe, com seu bebê babando, também reparou nas Cinco Negras, Que Não Fediam, ao redor do Negro, Que Não Fedia. As Cinco Negras, Que Não Fediam, também usavam túnicas estampadas. As Cinco Negras, Que Não Fediam, tinham contas coloridas em seus cabelos delicadamente trançados. A Jovem Mãe, com seu bebê babando, achou que o Negro, Que Não Fedia, e as Cinco Negras, Que Não Fediam, eram figuras muito interessantes. O Negro, Que Não Fedia, e as Cinco Negras, Que Não Fediam, depois de passar pela Jovem Mãe, com seu bebê babando, entraram no shopping center. Todo mundo, no shopping center, olhava para o Negro, Que Não Fedia, e para as Cinco Negras, Que Não Fediam. O Negro, Que Não Fedia, era um astro do reggae e estava em São Paulo para fazer um show. As Cinco Negras, Que Não Fediam, eram esposas do Negro, Que Não Fedia. O Negro, Que Não Fedia, fazia sexo com todas as Cinco Negras, Que Não Fediam. O Adolescente Meio Hippie e A Adolescente Meio Hippie eram fãs do Negro, Que Não Fedia. O Adolescente Meio Hippie, que estava aprendendo a tocar saxofone, sonhava em viver na Jamaica, fumando maconha, tocando reggae e fazendo sexo com cinco adolescentes meio hippies, que não federiam. Uma das cinco adolescentes meio hippies, que não federiam e fariam sexo com O Adolescente Meio Hippie, seria A Adolescente Meio Hippie. O Adolescente Meio Hippie amava A Adolescente Meio Hippie. O Adolescente Meio Hippie e A Adolescente Meio Hippie só não iriam ao show do Negro, Que Não Fedia, porque, no dia seguinte, iriam fazer sexo pela primeira vez, numa barraca na praia de Trindade, perto de Parati, e queriam dormir cedo.

    A Secretária Loura, Bronzeada Pelo Sol, achou ridícula a roupa do Negro, Que Não Fedia. A Secretária Loura, Bronzeada Pelo Sol, não tinha atração sexual por negros. A Secretária Loura, Bronzeada Pelo Sol, não gostava de reggae. A Secretária Loura, Bronzeada Pelo Sol, preferiria morrer a fazer sexo com um negro. A Secretária Loura, Bronzeada Pelo Sol, faria sexo oral com o Executivo De Óculos Ray-Ban numa boa. A Secretária Loura, Bronzeada Pelo Sol, acharia lindo se o Executivo De Óculos Ray-Ban achasse lindo observá-la fazendo sexo oral nele, no Executivo De Óculos Ray-Ban.

    A Irmã Mais Velha Do Negro, Que Fedia, se ainda fosse viva, acharia lindo o Negro, Que Não Fedia. A Irmã Mais Velha Do Negro, Que Fedia, foi assassinada por um freguês branco, que fedia. O Freguês Branco, Que Fedia, Da Irmã Mais Velha Do Negro, Que Fedia, cortou o pescoço da Irmã Mais Velha Do Negro, Que Fedia, com uma navalha. O Freguês Branco, Que Fedia, Da Irmã Mais Velha Do Negro, Que Fedia, ficou nervoso porque a Irmã Mais Velha Do Negro, Que Fedia, não quis fazer sexo anal com ele, Freguês Branco, Que Fedia. A Irmã Mais Velha Do Negro, Que Fedia, sentia muito nojo do cheiro do Freguês Branco, Que Fedia. Depois de matar a Irmã Mais Velha Do Negro, Que Fedia, o Freguês Branco, Que Fedia, Da Irmã Mais Velha Do Negro, Que Fedia, disse:

— Sua preta nojenta!
Pela vitrine do restaurante japonês do shopping center, o Executivo De Óculos Ray-Ban viu o Negro, Que Não Fedia, e as Cinco Negras, Que Não Fediam. O Executivo De Óculos Ray-Ban falou para o Jovem Executivo De Gravata Vinho Com Listras Diagonais Alaranjadas e para o Gerente De Marketing Da Multinacional Que Fabricava Camisinhas:
— Olha só que crioulo metido a besta.

O Gerente De Marketing Da Multinacional Que Fabricava Camisinhas falou para o Executivo De Óculos Ray-Ban e para o Jovem Executivo De Gravata Vinho Com Listras Diagonais Alaranjadas:
— Mas uma negona dessas eu até que comia.

O Jovem Executivo De Gravata Vinho Com Listras Diagonais Alaranjadas lera no caderno cultural de um jornal formador de opinião que dois americanos, que não fediam, tinham feito uma pesquisa científica sobre a inteligência dos seres humanos. Baseados em testes de QI, os dois americanos, que não fediam e eram inteligentíssimos, chegaram à conclusão de que os seres humanos brancos eram mais inteligentes que os seres humanos negros. Quando o Jovem Executivo De Gravata Vinho Com Listras Diagonais Alaranjadas viu o Negro, Que Não Fedia, e as Cinco Negras, Que Não Fediam, ele realmente acreditou que era mais inteligente que o Negro, Que Não Fedia, e muito, mas muito mesmo, mais inteligente que as Cinco Negras, Que Não Fediam. O Jovem Executivo De Gravata Vinho Com Listras Diagonais Alaranjadas falou para o Executivo De Óculos Ray-Ban e para o Gerente De Marketing Da Multinacional Que Fabricava Camisinhas:
— Comer, eu comia. Mas só com camisinha. Esse pessoal da África é um puta dum grupo de risco. Rá rá rá rá rá rá.

Na verdade, o Jovem Executivo De Gravata Vinho Com Listras Diagonais Alaranjadas estava querendo fazer uma piada inteligente em homenagem ao produto fabricado pela multinacional que fabricava camisinhas, cujo gerente de marketing era o Gerente De Marketing Da Multinacional Que Fabricava Camisinhas. O Negro, Que Não Fedia, e as Cinco Negras, Que Não Fediam, não eram africanos, já que eram da Jamaica. O Jovem Executivo De Gravata Vinho Com Listras Diagonais Alaranjadas achou que o Negro, Que Não Fedia, e as Cinco Negras, Que Não Fediam, eram africanos porque o Negro, Que Não Fedia, e as Cinco Negras, Que Não Fediam, usavam túnicas estampadas, sendo que o Negro, Que Não Fedia, usava um gorro colorido e as Cinco Negras, Que Não Fediam, usavam contas coloridas nos cabelos delicadamente trançados. O Jovem Executivo De Gravata Vinho Com Listras Diagonais Alaranjadas vira muitos africanos, que não fediam, com túnicas estampadas e gorros coloridos, no metrô de Paris, durante suas férias-prêmio. Quem descolou as férias-prêmio para o Jovem Executivo De Gravata Vinho Com Listras Diagonais Alaranjadas foi o Executivo De Óculos Ray-Ban, que era o superior direto do Jovem Executivo De Gravata Vinho Com Listras Diagonais Alaranjadas e estava muito satisfeito com o Jovem Executivo De Gravata Vinho Com Listras Diagonais Alaranjadas, que conduziu de forma brilhante as negociações com a multinacional que fabricava camisinhas, conquistando a conta publicitária da linha de shampoos infantis da multinacional que fabricava camisinhas. Quando esteve na França, o Jovem Executivo De Gravata Vinho Com Listras Diagonais Alaranjadas achou as mulheres francesas muito bonitas. A única coisa, nas mulheres francesas, que incomodava o Jovem Executivo De Gravata Vinho Com Listras Diagonais Alaranjadas era que a maioria delas, das mulheres francesas, não depilava as axilas. O Jovem Executivo De Gravata Vinho Com Listras Diagonais Alaranjadas não foi à Normandia, quando foi à França. Quando o Jovem Executivo De Gravata Vinho Com Listras Diagonais Alaranjadas for à França outra vez, em lua-de-mel com sua Noiva Loura, Bronzeada Pelo Sol, ele irá à Normandia e se hospedará no hotelzinho *the best* indicado pelo Executivo De Óculos Ray-Ban.

O Negro, Que Não Fedia, já fizera sexo com várias mulheres francesas. Todas as mulheres que fizeram sexo com o Negro, Que Não Fedia, adoraram fazer sexo com ele, Negro, Que Não Fedia. O Negro, Que Não Fedia, já fizera sexo de tudo quanto é jeito: sexo oral, sexo anal, sexo grupal, ménage à trois etc.

O Negro, Que Fedia, nem sabia o que era França. O Negro, Que Fedia, nas raras vezes em que fazia sexo, era um pouco bruto com as mulheres com quem fazia sexo. As mulheres que faziam sexo com o Negro, Que Fedia, nunca atingiam o orgasmo. O Negro, Que Fedia, não sabia pronunciar a palavra *orgasmo*.

O pau do Negro, Que Não Fedia, era maior que o pau do Jovem Executivo De Gravata Vinho Com Listras Diagonais Alaranjadas, que era maior que o pau do Executivo De Óculos Ray-Ban, que era mais ou menos do mesmo tamanho que o pau do Gerente De Marketing Da Multinacional Que Fabricava Camisinhas. O pau do Negro, Que Fedia, era maior que o pau do Negro, Que Não Fedia, que o pau do Jovem Executivo De Gravata Vinho Com Listras Diagonais Alaranjadas, que o pau do Executivo De Óculos Ray-Ban e que o pau do Gerente De Marketing Da Multinacional Que Fabricava Camisinhas. O menor pau de todos era o pau dO Adolescente Meio Hippie.

Na banca de revistas, em frente ao shopping center, havia, além da revista *Anal Sex*, várias revistas de sexo: *Hot* (com cenas de sexo grupal), *Black and Blondie* (na qual homens negros fazem sexo com mulheres louras), *As Raspadinhas* (com fotos de mulheres cujas bocetas são totalmente depiladas), *Sexo Animal* (com mulheres que fazem sexo com cachorros, cavalos e jegues), *Teen Sex* (mulheres fantasiadas de colegiais fazendo sexo), *Extravagance* (para sadomasoquistas), *Busty* (mulheres com peitos gigantescos), *Alone* (homens musculosos nus com o pau duro), *Fat Chicks* (mulheres muito gordas mostrando suas bocetas), *Young Porno Gay* (sexo entre homens), *Elas & Elas* (sexo entre mulheres).

 O Adolescente Meio Hippie tinha vergonha de comprar qualquer uma dessas publicações. Mas, ligeiramente envergonhado, O Adolescente Meio Hippie comprava, mensalmente, a revista *Playboy* e a revista *Ele & Ela*, que mostravam os peitos, a bunda e os pêlos pubianos das mulheres. As mulheres que apareciam nuas na revista *Playboy* eram atrizes de televisão, cantoras, apresentadoras de programas infantis, atletas, amantes de políticos, amantes de jogadores de futebol, modelos famosas, ou americanas louras, bronzeadas pelo sol. As mulheres que apareciam nuas na revista *Ele & Ela* não tinham nada de especial além dos peitos, da bunda e dos pêlos pubianos. O Adolescente Meio Hippie lera uma vez, numa sessão de consultoria sexual da revista *Ele & Ela*, que o tamanho do pênis do parceiro sexual não interferia no prazer obtido pela mulher que fosse penetrada. O artigo, cujo título era "Tamanho não é documento", dizia que o importante era que o parceiro sexual fosse carinhoso com a mulher e que ele, parceiro sexual, não fosse egoísta e que procurasse sempre estimular as zonas erógenas da mulher. Segundo outro artigo da revista *Ele & Ela*, intitulado "Pontos de prazer total", as zonas erógenas das mulheres eram: orelhas, nuca, pés, seios, coxas, nádegas e clitóris.

 A Adolescente Meio Hippie sentia muito nojo das revistas de sexo expostas na banca de revistas, em frente ao shopping center. A Adolescente Meio Hippie ficaria decepcionada se descobrisse que O Adolescente Meio Hippie comprava a revista *Playboy* e a revista *Ele & Ela* mensalmente. Para A Adolescente Meio Hippie, a revista *Playboy* e a revista *Ele & Ela* eram "coisa de adolescente". O Adolescente Meio Hippie também achava que a revista *Playboy* e a revista *Ele & Ela* eram "coisa de adolescente". Por isso, O Adolescente Meio Hippie ficava ligeiramente envergonhado quando comprava a revista *Playboy* ou a revista *Ele & Ela*. No entanto, O Adolescente Meio Hippie comprava a revista *Playboy* e a revista *Ele & Ela* assim mesmo.

A Adolescente Meio Hippie comprava, mensalmente, a revista *Capricho*. A Adolescente Meio Hippie ficava ligeiramente envergonhada quando comprava a revista *Capricho*, que era dirigida a adolescentes nada hippies. A revista *Capricho*, segundo o perfil traçado pelo departamento de mídia da agência de publicidade em que o Executivo De Óculos Ray-Ban e o Jovem Executivo De Gravata Vinho Com Listras Diagonais Alaranjadas trabalhavam, era dirigida a adolescentes do sexo feminino, das classes B e C+, virgens, que usam roupas de grife, gostam de ouvir Madonna e Guns n'Roses, estudam em colégios particulares e fazem parte da "tribo" dos "mauricinhos" e "patricinhas". Segundo o perfil traçado pelo departamento de mídia da agência de publicidade em que o Executivo De Óculos Ray-Ban e o Jovem Executivo De Gravata Vinho Com Listras Diagonais Alaranjadas trabalhavam, "patricinhas" são adolescentes do sexo feminino, de classe B e C+, que usam roupas de grife, gostam de ouvir Madonna e Guns n'Roses e estudam em colégios particulares. A Adolescente Meio Hippie era uma adolescente do sexo feminino, de classe B ou C+, virgem, que estudava num colégio particular. A Adolescente Meio Hippie não usava roupas de grife, nem gostava de ouvir Madonna e Guns n'Roses. Por isso, A Adolescente Meio Hippie não era uma "patricinha" (A Adolescente Meio Hippie odiava as "patricinhas".) (A Adolescente Meio Hippie gostava de reggae.) (A Adolescente Meio Hippie usava roupas descontraídas, principalmente camisetas de fino tecido branco.). Por isso, A Adolescente Meio Hippie ficava ligeiramente envergonhada quando comprava a revista *Capricho*. No entanto, A Adolescente Meio Hippie comprava a revista *Capricho* assim mesmo. A Adolescente Meio Hippie estava muito interessada por sexo, e a revista *Capricho* sempre publicava artigos dirigidos a adolescentes do sexo feminino, virgens, muito interessadas por sexo. Uma vez, A Adolescente Meio Hippie leu um artigo, na revista *Capricho*, intitulado "Virgindade. O momento certo de perdê-la". O artigo ("Virgindade. O momento certo de perdê-la") dizia que o mais importante na primeira relação sexual de uma adolescente virgem era que o parceiro sexual da adolescente virgem amasse a adolescente virgem e que a adolescente virgem amasse o parceiro sexual. A Adolescente Meio Hippie também lera no artigo ("Virgindade. O momento certo de perdê-la") que a dor sentida por uma adolescente virgem, no momento em que fosse penetrada pela primeira vez, era relativa. Que, se o parceiro sexual fosse carinhoso, a primeira relação sexual poderia ser maravilhosa. Como advertência, o artigo ("Virgindade. O momento certo de perdê-la") explicava que a adolescente virgem deveria tomar certas precauções, como exigir que o parceiro sexual usasse camisinha. O artigo ("Virgindade. O momento certo de perdê-la") também aconselhava, às adolescentes virgens, que elas, adolescentes virgens, se preparassem emocionalmente, já que, muitas vezes, a primeira relação sexual pode ser traumática, causando sérios danos para a vida sexual das mulheres. A Adolescente Meio Hippie amava O Adolescente Meio Hippie e, por isso, estava segura e se sentia pronta para ser penetrada.

Foi uma pena que a Gorda Com Cheiro De Perfume Avon não estivesse na banca de revistas, em frente ao shopping center, no momento em que o Japonês Da IBM atravessou a larga avenida, em frente ao shopping center, e entrou, discretamente, na banca de revistas, em frente ao shopping center. O Vendedor Da Banca De Revistas, Em Frente Ao Shopping Center, sabia ser discreto com seus fregueses. E o Japonês Da IBM, discretíssimo, nem precisou abrir a boca para receber, embrulhado num saco de plástico opaco, seu exemplar de *Fat Chicks* (mulheres muito gordas mostrando suas bocetas). O Japonês Da IBM era um japonês bem-apessoado. O Japonês Da IBM era um japonês bonito. O Japonês Da IBM era um japonês rico. O Japonês Da IBM era um japonês culto. O Japonês Da IBM era um japonês moderno. O Japonês Da IBM não era japonês, nem brasileiro. O Japonês Da IBM era californiano. O Japonês Da IBM era o homem mais poderoso da IBM no Brasil.

Foi uma pena que o Japonês Da IBM não tivesse visto a Gorda Com Cheiro De Perfume Avon saindo do shopping center. Se o Japonês Da IBM tivesse visto a Gorda Com Cheiro De Perfume Avon, com certeza teria se apaixonado instantaneamente. O Japonês Da IBM diria, com sotaque americano, para a Gorda Com Cheiro De Perfume Avon:

— Você é o mulher do meu vida!!!

A princípio, a Gorda Com Cheiro De Perfume Avon ficaria desconfiada. Mas, depois de um jantar, numa casa de jazz, ao som de um quinteto de negros, que não federiam, a Gorda Com Cheiro De Perfume Avon aceitaria o pedido de casamento do Japonês Da IBM. Na mesma noite em que a Gorda Com Cheiro De Perfume Avon aceitasse o pedido de casamento do Japonês Da IBM, o Japonês Da IBM levaria a Gorda Com Cheiro De Perfume Avon ao Motel Taj Mahal. O Motel Taj Mahal seria muito melhor que o Motel L'Amour, onde a Gorda Com Cheiro De Perfume Avon fazia sexo com o Chefe Da Expedição Da Firma. O Motel Taj Mahal, além de oferecer banheira de hidromassagem e um canal privé com filmes de sexo explícito, ofereceria sauna; piscina aquecida com cascata artificial; câmera Polaroid para que o Japonês Da IBM fotografasse a Gorda Com Cheiro De Perfume Avon nua; acessórios sexuais como pênis de borracha, vaginas artificiais e chicotes diversos; cama vibratória; luzes estroboscópicas; fôrmas de gelo em forma de pênis; papel de parede com figuras do Kama Sutra. No Motel Taj Mahal, o Japonês Da IBM faria sexo anal com a Gorda Com Cheiro De Perfume Avon. No Motel Taj Mahal, a Gorda Com Cheiro De Perfume Avon faria sexo oral no Japonês Da IBM. No Motel Taj Mahal, o Japonês Da IBM lamberia todo o corpo da Gorda Com Cheiro De Perfume Avon. O Japonês Da IBM adoraria o gosto de suor nas dobras entre as camadas de gordura da Gorda Com Cheiro De Perfume Avon. Depois de casado, o Japonês Da IBM levaria a Gorda Com Cheiro De Perfume Avon para passar a lua-de-mel em Los Angeles e, na noite de núpcias, o Japonês Da IBM contrataria um travesti negro, que não federia, para compartilhar da cama do casal e realizar o desejo secreto da Gorda Com Cheiro De Perfume Avon. O Travesti Negro, Que Não Federia, colocaria seu pau na boceta da Gorda Com Cheiro De Perfume Avon ao mesmo tempo que o Japonês Da IBM colocasse seu pau no cu da Gorda Com Cheiro De Perfume Avon. O Japonês Da IBM também faria sexo anal com o Travesti Negro, Que Não Federia, enquanto lambesse o suor nas dobras entre as camadas de gordura da Gorda Com Cheiro De Perfume Avon. Depois de Los Angeles, o Japonês Da IBM e a Gorda Com Cheiro De Perfume Avon iriam para New York, onde jantariam nos mais requintados restaurantes de Manhattan e fariam muito sexo. A Gorda Com Cheiro De Perfume Avon compraria várias caixas de Aspirina americana. A Gorda Com Cheiro De Perfume Avon voltaria, ao Brasil, ainda mais gorda. O Japonês Da IBM adoraria a

Gorda Com Cheiro De Perfume Avon ainda mais gorda. Em New York, o Japonês Da IBM compraria um frasco de perfume Chanel Nº 5 para a Gorda Com Cheiro De Perfume Avon, que se transformaria na Gorda Ainda Mais Gorda Com Cheiro De Chanel Nº 5. A Gorda Com Cheiro De Perfume Avon amaria o Japonês Da IBM. O Japonês Da IBM amaria a Gorda Com Cheiro De Perfume Avon.

Foi uma pena que a Gorda Com Cheiro De Perfume Avon não estivesse na banca de revistas, em frente ao shopping center, no momento em que o Japonês Da IBM atravessou a larga avenida, em frente ao shopping center, e entrou, discretamente, na banca de revistas, em frente ao shopping center.

A Secretária Loura, Bronzeada Pelo Sol, que não reparara no Japonês Da IBM saindo da banca de revistas, em frente ao shopping center, estava saindo do shopping center, quando encontrou sua melhor amiga: a Vendedora De Roupas Jovens Da Butique De Roupas Jovens. A Secretária Loura, Bronzeada Pelo Sol, e a Vendedora De Roupas Jovens Da Butique De Roupas Jovens andaram pela calçada, em frente ao shopping center, até a rôtisserie da esquina. Enquanto a Secretária Loura, Bronzeada Pelo Sol, comia uma coxinha de galinha com Catupiry e bebia chá-mate gelado, a Vendedora De Roupas Jovens Da Butique De Roupas Jovens narrava sua aventura sexual da noite anterior:

— Pra mim, homem tem que ter pinto grande. E o Marcelo, coitado, tem um peruzinho deste tamaninho. Se eu soubesse, não teria dado pra ele. Mas, você sabe, a gente só pode conferir na hora H, quando já é tarde demais. Imagina só, ficou sobrando uns dois dedos de camisinha pra fora do peru. Só deu pra gozar quando o Marcelo usou a língua. Mesmo assim, foi um orgasmo supermixuruca. Orgasmo de clitóris não me satisfaz. Eu sou vaginal, meu negócio é o pintão lá dentro.

Marcelo não tinha o pau tão pequeno assim. O pau de Marcelo era até um pouco maior que o pau do Jovem Executivo De Gravata Vinho Com Listras Diagonais Alaranjadas. A Vendedora De Roupas Jovens Da Butique De Roupas Jovens não tinha motivo algum para mentir sobre o tamanho do pau de Marcelo. A Vendedora De Roupas Jovens Da Butique De Roupas Jovens mentiu sobre o tamanho do pau de Marcelo sem motivo algum. Marcelo estava apaixonado pela Vendedora De Roupas Jovens Da Butique De Roupas Jovens.

O Balconista Da Rôtisserie, que ouvira a narrativa da Vendedora De Roupas Jovens Da Butique De Roupas Jovens, ficou com o pau duro, imaginando seu pau enorme (quase do mesmo tamanho que o pau do Negro, Que Fedia) dentro da boceta da Vendedora De Roupas Jovens Da Butique De Roupas Jovens. Antes de servir mais uma coxinha de galinha com Catupiry para a Secretária Loura, Bronzeada Pelo Sol, o Balconista Da Rôtisserie alisou seu pau enorme com a longa unha afiada de seu dedo mindinho da mão direita, por sobre a calça.

A coxinha de galinha com Catupiry da rôtisserie, em que o Balconista Da Rôtisserie trabalhava, era deliciosa.

Marcelo era o jovem marido da Jovem Mãe e pai do Bebê Que Babava no colo da Jovem Mãe.

Eram seis horas da tarde. O Negro, Que Fedia, afastava, com os cotovelos, as pessoas que tentavam passar na sua frente para entrar no ônibus no qual ele, Negro, Que Fedia, voltava para casa todos os dias, às seis horas da tarde. O Operário Barrigudo, com a camisa desabotoada na altura do umbigo, estava com seu pau encostado na bunda do Negro, Que Fedia. A Trocadora Do Ônibus No Qual O Negro, Que Fedia, Voltava Para Casa Todos Os Dias, Às Seis Horas Da Tarde, esperava ansiosamente pelo momento em que o Negro, Que Fedia, depois de vencer a muralha humana no corredor do ônibus, passasse pela roleta e sentasse no banco a seu lado. A Mulher Grávida, que dividia um degrau, na entrada do ônibus, com o Negro, Que Fedia, quase vomitou quando sentiu o cheiro de suor do Negro, Que Fedia, no momento em que o motorista pisou fundo no acelerador e arrancou bruscamente. O Adolescente Cabeludo, Que Ouvia Sepultura Em Seu Discman, foi arremessado para trás, imprensando a Mulher Grávida contra a barriga do Operário Barrigudo Com A Camisa Desabotoada Na Altura Do Umbigo. Depois de ultrapassar (com cotoveladas, barrigadas e pisões) a Mulher Grávida, o Adolescente Cabeludo, Que Ouvia Sepultura Em Seu Discman, e a Diarista Piauiense, o Negro, Que Fedia, ficou a poucos centímetros da Trocadora Do Ônibus No Qual ele, Negro, Que Fedia, Voltava Para Casa Todos Os Dias, Às Seis Horas Da Tarde. Enquanto os olhos do Negro, Que Fedia, e o sorriso desdentado do Negro, Que Fedia, se dirigiam ao encontro dos olhos e do sorriso desdentado da Trocadora Do Ônibus No Qual O Negro, Que Fedia, Voltava Para Casa Todos Os Dias, Às Seis Horas Da Tarde, o pau do Negro, Que Fedia, encostava na orelha da Suburbana Loura, Branca Como A Neve, que estava sentada no banco em frente ao Negro, Que Fedia. De vez em quando, um pau ou um par de peitos resvalava na bunda ou nas costas do Negro, Que Fedia. No ônibus no qual o Negro, Que Fedia, voltava para casa todos os dias, às seis horas da tarde, havia vários estilos de paus, bundas, bocetas e peitos: paus grandes, paus finos, paus grossos, bocetas com pêlos negros, bocetas com pêlos louros, pequenos peitinhos, enormes peitões, bundas que fediam, bundas musculosas, bundas flácidas etc. Havia também sacos suados. Dezenas, talvez centenas, de escrotos.

 Marcelo perdera a atração sexual pela Jovem Mãe. Isso começou a acontecer no quinto mês de gravidez da Jovem Mãe. Depois do nascimento do Bebê Que Babava e da recuperação pós-parto, a Jovem Mãe passou a sentir desejos sexuais incontroláveis, exigindo sexo, de Marcelo, a toda hora. Com isso, Marcelo chegou, definitivamente, a um estado de tédio sexual absoluto em relação à Jovem Mãe. O Bebê, Que Babava, sempre assistia, do berço ao lado da cama de seus jovens pais, às relações sexuais forçadas de Marcelo, seu jovem pai, com a Jovem Mãe. Um dia, o trauma edipiano que o Bebê Que Babava sofrera nos primeiros meses de vida o levaria ao homossexualismo, já que a falta de desejo de seu pai, por sua mãe, ficaria gravada no seu inconsciente e o inconsciente é foda. Por desejar inconscientemente a Jovem Mãe e tentar substituir a figura paterna, que fazia sexo sem desejo com a Jovem Mãe, o Bebê, Que Babava, se transformou num anti-homem, ou melhor, num homem sem desejos sexuais por mulheres. No caso, todas as mulheres representariam sua mãe não desejada. (Essa análise seria feita por Marcelo, quando descobrisse e aceitasse a homossexualidade do filho.) Marcelo estava no início de sua carreira como psicanalista. Quando formulasse sua teoria sobre o filho homossexual, Marcelo já seria um freudiano respeitadíssimo, especialista em analisar homossexuais da classe artística. A análise que Marcelo elaboraria sobre o filho só não explicaria o fato de o Bebê, Que Babava, depois de adulto, participar de orgias gays em que era penetrado por antebraços inteiros besuntados de óleo Johnson.

O Executivo De Óculos Ray-Ban também não sentia atração sexual por sua esposa, já que ela passara dos quarenta anos de idade. Mesmo assim, o Executivo De Óculos Ray-Ban beijou, na boca, sua Esposa Com Mais De Quarenta, quando chegou em casa. Naquele dia, o Executivo De Óculos Ray-Ban e sua Esposa Com Mais De Quarenta comemorariam vinte anos de casamento. A Esposa Com Mais De Quarenta Do Executivo De Óculos Ray-Ban esticara todo o rosto numa cirurgia plástica, mas uma pelanca sob o queixo ficara ainda mais perceptível em contraste com o perfil esticado de sua face. O Executivo De Óculos Ray-Ban tinha nojo da pelanca sob o queixo de sua Esposa Com Mais De Quarenta. Para aquela noite, a Esposa Com Mais De Quarenta Do Executivo De Óculos Ray-Ban havia preparado uma surpresa para o Executivo De Óculos Ray-Ban. Depois de um jantar exótico (culinária javanesa), o Executivo De Óculos Ray-Ban e sua Esposa Com Mais De Quarenta trocaram presentes. O Executivo De Óculos Ray-Ban deu um anel de diamante para sua Esposa Com Mais De Quarenta. A Esposa Com Mais De Quarenta Do Executivo De Óculos Ray-Ban deu uma bota de couro, italiana, para o Executivo De Óculos Ray-Ban, que gostava de andar a cavalo no sítio. A surpresa começou com um striptease (recomendação de uma amiga com mais de quarenta que recuperou a atração sexual do marido inventando, periodicamente, uma estripulia sexual) no qual a Esposa Com Mais De Quarenta Do Executivo De Óculos Ray-Ban, vestindo um corpete vermelho, cinta-liga e meias pretas, se despiu, rebolando ao som daquela música do filme *Blade runner*. Nua, a Esposa Com Mais De Quarenta Do Executivo De Óculos Ray-Ban se deitou na cama de água semelhante à do Motel Taj Mahal e revelou a segunda parte da surpresa: sorvete de creme, uvas, morangos, gelo e champanhe para que a Esposa Com Mais De Quarenta Do Executivo De Óculos Ray-Ban e o Executivo De Óculos Ray-Ban se lambuzassem como Kim Basinger e Mickey Rourke no filme *9 1/2 semanas de amor*. Enquanto lambia o sorvete de creme, que derretia sobre a boceta de sua Esposa Com Mais De Quarenta, o Executivo De Óculos Ray-Ban conseguia manter seu pau em estado de ereção, já que ele, Executivo De Óculos Ray-Ban, estava com os olhos fechados, fantasiando a boceta da Kim Basinger no lugar da boceta de sua Esposa Com Mais De Quarenta. Mas, toda vez que o Executivo De Óculos Ray-Ban abria os olhos e via a pelanca sob o queixo de sua Esposa Com Mais De Quarenta, seu pau amolecia.

Depois do show, no Palace, o Negro, Que Não Fedia, e as Cinco Negras, Que Não Fediam, foram para o restaurante japonês do hotel Maksoud Plaza juntamente com os Músicos Da Banda De Reggae, Que Eram Jamaicanos E Não Fediam; com a Apresentadora Do Programa De Variedades Da Televisão, Que Era Loura; com o Articulista Cultural De Uma Revista Aí;

com o Cantor De Rock De Uma Banda De Rock Nacional; com a Linda Morena, Bronzeada Pelo Sol, Que Era Namorada Do Cantor De Rock De Uma Banda De Rock Nacional; com Duas Tietes Meio Hippies que conseguiram penetrar na turma e estavam tentando seduzir os Músicos Da Banda De Reggae, Que Eram Jamaicanos E Não Fediam. Os Músicos Da Banda De Reggae, Que Eram Jamaicanos E Não Fediam, eram negros e vestiam túnicas estampadas e gorros coloridos. O Negro, Que Não Fedia, não gostava de peixe cru, e pediu um frango assado com arroz. Os Músicos Da Banda De Reggae, Que Eram Jamaicanos E Não Fediam, comiam tudo o que aparecia, pois tinham fumado vários baseados no camarim do Palace e estavam com a maior larica. As Cinco Negras, Que Não Fediam, estavam juntas numa das pontas da mesa e achavam todos os presentes muito chatos. O Articulista Cultural De Uma Revista Aí tentava conversar com o Negro, Que Não Fedia, mas o Negro, Que Não Fedia, estava de olho nos peitos da Linda Morena, Bronzeada Pelo Sol, Que Era Namorada Do Cantor De Rock De Uma Banda De Rock Nacional e estava sem sutiã. O Cantor De Rock De Uma Banda De Rock Nacional fingia que não percebera que o Negro, Que Não Fedia, estava de olho nos peitos da Linda Morena, Bronzeada Pelo Sol, Que Era Namorada Do Cantor De Rock De Uma Banda De Rock Nacional E Estava Sem Sutiã. A Apresentadora Do Programa De Variedades Da Televisão, Que Era Loura, já fizera sexo com o Cantor De Rock De Uma Banda De Rock Nacional, mas, naquela noite, no restaurante japonês do hotel Maksoud Plaza, ela estava com vontade de fazer sexo com o Negro, Que Não Fedia. A Apresentadora Do Programa De Variedades Da Televisão, Que Era Loura, sentia forte atração sexual por negros, que, segundo uma pesquisa publicada num jornal formador de opinião, possuem paus enormes. De fato, o Negro, Que Não Fedia, possuía um pau enorme. As Duas Tietes Meio Hippies estavam com vontade de fazer sexo com qualquer um dos presentes naquela mesa do restaurante japonês do hotel Maksoud Plaza. A Linda Morena, Bronzeada Pelo Sol, Que Era Namorada Do Cantor De Rock De Uma Banda De Rock Nacional E Estava Sem Sutiã, não estava com vontade de fazer sexo com ninguém. A Linda Morena, Bronzeada Pelo Sol, Que Era Namorada Do Cantor De Rock De Uma Banda De Rock Nacional E Estava Sem Sutiã, sentia cólicas pré-menstruais.

O Adolescente Meio Hippie foi se deitar bem cedo. O Adolescente Meio Hippie estava sem fome, e não quis comer o jantar que a Empregada Da Casa DO Adolescente Meio Hippie, Que Já Fizera Nove Abortos, fez. O Adolescente Meio Hippie estava tenso. Quando O Adolescente Meio Hippie chegou em casa, o jantar que a Empregada Da Casa DO Adolescente Meio Hippie, Que Já Fizera Nove Abortos, fez já estava na mesa, mas O Adolescente Meio Hippie preferiu ir direto para o quarto. O Adolescente Meio Hippie passou a noite inteira olhando para o seu pau e pensando.

O Japonês Da IBM foi se deitar bem cedo. O Japonês Da IBM chegou no flat onde morava, rasgou o plástico opaco que envolvia a revista *Fat Chicks* (mulheres muito gordas mostrando suas bocetas), deu uma olhada rápida nas páginas da revista, pegou uma minipizza no frigobar e colocou a minipizza no forno de microondas. A minipizza do Japonês Da IBM ficou pronta em noventa segundos, e o Japonês Da IBM comeu sua minipizza. Depois, o Japonês Da IBM tirou a roupa e se deitou na cama com a revista *Fat Chicks* (mulheres muito gordas mostrando suas bocetas). O Japonês Da IBM então passou a alisar seu pau, lentamente, tomando muito cuidado para não gozar muito rápido.

A Adolescente Meio Hippie foi se deitar bem cedo. A Adolescente Meio Hippie estava tensa quando chegou em casa, mas não tão tensa quanto O Adolescente Meio Hippie. A Adolescente Meio Hippie jantou muito bem naquela noite. A Adolescente Meio Hippie preparou seu próprio jantar. A Adolescente Meio Hippie, que experimentava uma alimentação natural, comeu arroz integral, couve-flor ao molho branco e tofu frito. Depois de comer, A Adolescente Meio Hippie telefonou para a casa do namorado de sua mãe, que era separada do Pai DA Adolescente Meio Hippie. O Namorado Da Mãe DA Adolescente Meio Hippie era um jovem artista plástico. O Pai DA Adolescente Meio Hippie não era jovem. O Pai DA Adolescente Meio Hippie tinha uma firma de importação e exportação. Pelo telefone, A Adolescente Meio Hippie avisou à sua mãe que ela, A Adolescente Meio Hippie, iria viajar no dia seguinte com O Adolescente Meio Hippie. A Mãe DA Adolescente Meio Hippie, que tinha um ótimo diálogo com a filha, sabia que A Adolescente Meio Hippie estava prestes a perder a virgindade. A Mãe DA Adolescente Meio Hippie confiava nA Adolescente Meio Hippie e sabia que A Adolescente Meio Hippie exigiria que O Adolescente Meio Hippie usasse camisinha na hora de fazer sexo. De fato, O Adolescente Meio Hippie usaria camisinha na hora de fazer sexo com A Adolescente Meio Hippie. A Adolescente Meio Hippie, que era virgem, não era portadora do vírus da aids. O Adolescente Meio Hippie, que era virgem, não era portador do vírus da aids. A Mãe DA Adolescente Meio Hippie tinha medo de que, algum dia, A Adolescente Meio Hippie fosse contaminada pelo vírus da aids. A Adolescente Meio Hippie nunca seria contaminada pelo vírus da aids. A Adolescente Meio Hippie morreria aos vinte e três anos num acidente de carro.

O Jovem Executivo De Gravata Vinho Com Listras Diagonais Alaranjadas, depois de tomar banho, vestiu uma roupa jovem comprada na butique de roupas jovens onde a Vendedora De Roupas Jovens Da Butique De Roupas Jovens trabalhava, passou pela sala do apartamento onde morava com seus pais e se despediu de seu pai e de sua mãe. O Jovem Executivo De Gravata Vinho Com Listras Diagonais Alaranjadas, vestindo uma roupa jovem comprada na butique de roupas jovens onde a Vendedora De Roupas Jovens Da Butique De Roupas Jovens trabalhava, falou para o seu pai e para a sua mãe:

— Estou saindo. Vou jantar com minha Noiva Loura, Bronzeada Pelo Sol, e não tenho hora para chegar.

O Pai Do Jovem Executivo De Gravata Vinho Com Listras Diagonais Alaranjadas, que fora cardiologista, não era milionário, mas tinha juntado um bom dinheiro quando ainda trabalhava prevenindo enfartes e colocando pontes de safena em executivos na faixa dos quarenta-cinqüenta anos de idade. (O Jovem Executivo De Gravata Vinho Com Listras Diagonais Alaranjadas jamais teria um enfarte, pois só bebia socialmente, não fumava e tinha uma alimentação diet.) Segundo o perfil traçado pelo departamento de mídia da agência de publicidade em que o Executivo De Óculos Ray-Ban e o Jovem Executivo De Gravata Vinho Com Listras Diagonais Alaranjadas trabalhavam, o Pai Do Jovem Executivo De Gravata Vinho Com Listras Diagonais Alaranjadas era da classe média alta, ou classe B+. O Jovem Executivo De Gravata Vinho Com Listras Diagonais Alaranjadas, porém, tinha tudo para se tornar um representante da classe AA, e o principal sintoma disso era seu carro negro importado do Japão, com o qual ele, Jovem Executivo De Gravata Vinho Com Listras Diagonais Alaranjadas, levaria sua Noiva Loura, Bronzeada Pelo Sol, para jantar, dançar e fazer sexo. O Jovem Executivo De Gravata Vinho Com Listras Diagonais Alaranjadas tinha um irmão e uma irmã. O irmão e a irmã do Jovem Executivo De Gravata Vinho Com Listras Diagonais Alaranjadas eram mais jovens que o Jovem Executivo De Gravata Vinho Com Listras Diagonais Alaranjadas. O Irmão Do Jovem Executivo De Gravata Vinho Com Listras Diagonais Alaranjadas estava no cursinho, e prestaria vestibular para medicina. A Irmã Do Jovem Executivo De Gravata Vinho Com Listras Diagonais Alaranjadas saíra havia pouco de uma clínica de desintoxicação e terapia para drogados. A Irmã Do Jovem Executivo De Gravata Vinho Com Listras Diagonais Alaranjadas era viciada em crack e em cocaína. A Mãe e o Pai Do Jovem Executivo De Gravata Vinho Com Listras Diagonais Alaranjadas tinham muito orgulho do Jovem Executivo De Gravata Vinho Com Listras Diagonais Alaranjadas, que era um vencedor.

A Vendedora De Roupas Jovens Da Butique De Roupas Jovens encontrou um recado de Marcelo em sua secretária eletrônica:

— Oi, sou eu, Marcelo. Estou com saudades. Beijos por todo o seu corpo.

A Vendedora De Roupas Jovens Da Butique De Roupas Jovens sabia que Marcelo estava apaixonado por ela, Vendedora De Roupas Jovens Da Butique De Roupas Jovens. A Vendedora De Roupas Jovens Da Butique De Roupas Jovens não estava apaixonada por Marcelo.

A Adolescente Meio Hippie entrou em seu quarto, tirou a roupa e, usando um espelhinho de maquiagem, começou a examinar seu hímen. A Adolescente Meio Hippie passou a noite inteira examinando seu hímen e pensando.

A Secretária Loura, Bronzeada Pelo Sol, nunca tivera um orgasmo. A Secretária Loura, Bronzeada Pelo Sol, já fizera sexo com vários homens. A Secretária Loura, Bronzeada Pelo Sol, já fizera sexo de tudo quanto é jeito: sexo oral, sexo anal, sexo grupal, ménage à trois etc. A Secretária Loura, Bronzeada Pelo Sol, fazia sexo com o intuito de vivenciar novas experiências. Das experiências novas que vivenciara, a Secretária Loura, Bronzeada Pelo Sol, gostara mais das seguintes: um fim de semana na casa de um ídolo do esporte nacional, em Angra dos Reis, quando nadou nua na piscina e fez sexo com o gerente de uma das empresas do grupo empresarial daquele ídolo do esporte nacional; uma viagem a New York na qual fez sexo com um antigo patrão, dentro de uma limusine, ao redor do Central Park; uma noite no Maksoud Plaza na qual cheirou dois gramas de cocaína e fez sexo com o baterista branco e com o baixista branco, ao mesmo tempo, que tocavam na banda de um astro internacional branco do rock'n'roll; uma tarde numa praia paradisíaca do Nordeste na qual fez sexo, dentro do mar, com um cirurgião plástico norueguês que participava de um congresso internacional do qual outro antigo patrão, da Secretária Loura, Bronzeada Pelo Sol, também participava (No mesmo dia, à noite, a Secretária Loura, Bronzeada Pelo Sol, fez sexo também com o antigo patrão. O antigo patrão, da Secretária Loura, Bronzeada Pelo Sol, algemou a Secretária Loura, Bronzeada Pelo Sol, no pé da cama do quarto do hotel cinco estrelas e colocou seu pau no cu da Secretária Loura, Bronzeada Pelo Sol.).

    A Trocadora Do Ônibus No Qual O Negro, Que Fedia, Voltava Para Casa Todos Os Dias, Às Seis Horas Da Tarde, entregara seu coração a Cristo. Antes de entregar seu coração a Cristo, a Trocadora Do Ônibus No Qual O Negro, Que Fedia, Voltava Para Casa Todos Os Dias, Às Seis Horas Da Tarde, sofria fortes dores de cabeça e apanhava do próprio filho, que era vagabundo e maconheiro. Depois de entregar seu coração a Cristo, a Trocadora Do Ônibus No Qual O Negro, Que Fedia, Voltava Para Casa Todos Os Dias, Às Seis Horas Da Tarde, parou de sentir fortes dores de cabeça e conseguiu o emprego de trocadora do ônibus no qual o Negro, Que Fedia, voltava para casa todos os dias, às seis horas da tarde. Depois que a Trocadora Do Ônibus No Qual O Negro, Que Fedia, Voltava Para Casa Todos Os Dias, Às Seis Horas Da Tarde, entregou seu coração a Cristo, o Filho

Da Trocadora Do Ônibus No Qual O Negro, Que Fedia, Voltava Para Casa Todos Os Dias, Às Seis Horas Da Tarde, entrou para a Polícia Militar, entregou seu coração a Cristo e parou de bater na própria mãe. A Trocadora Do Ônibus No Qual O Negro, Que Fedia, Voltava Para Casa Todos Os Dias, Às Seis Horas Da Tarde, queria fazer sexo com o Negro, Que Fedia. A Trocadora Do Ônibus No Qual O Negro, Que Fedia, Voltava Para Casa Todos Os Dias, Às Seis Horas Da Tarde, só faria sexo com o Negro, Que Fedia, se o Negro, Que Fedia, também entregasse seu coração a Cristo. O Chefe Da Expedição Da Firma estava com muita vontade de fazer sexo. Mas o Chefe Da Expedição Da Firma não estava com vontade de fazer sexo com a Gorda Com Cheiro De Perfume Avon. O Chefe Da Expedição Da Firma estava com vontade de fazer sexo com uma mulher magra de seios firmes com róseos mamilos e bunda empinada. De preferência, uma mulher loura e bronzeada pelo sol. Como o Chefe Da Expedição Da Firma ganhava apenas trezentos reais por mês, tinha várias espinhas no rosto, vestia roupas velhas e antiquadas, falava um péssimo português com sotaque do interior paulista, andava de ônibus, tinha como único assunto o futebol, só ia ao cinema quando passava filme de caratê, era baixinho, falava com a boca cheia quando comia, morava num quarto sujo de uma pensão barata, tinha caspa, olhava fixamente para a bunda de todas as mulheres que passavam na sua frente, não praticava esportes, tinha frieira, se refestelava na areia com o saco pendurado para fora do short quando ia à praia no Guarujá, assistia ao programa do Gugu Liberato na televisão e adorava, comprava revistas pornográficas, tinha mau hálito, usava sapatos Vulcabrás sem meias, espalhava perdigotos para todos os lados quando falava, estava sempre com restos de alface entre os dentes, parara de estudar no segundo ano primário, bebia pinga com

Campari, tinha unhas sujas, ficava parado em frente às bancas de jornais lendo as manchetes do jornal *Notícias Populares*, só almoçava em balcões de botecos sujos, tinha o cacoete de apalpar a própria genitália por sobre a calça a cada trinta segundos e ficava cheio de berebas embaixo do queixo quando fazia a barba, nenhuma mulher magra, loura, bronzeada pelo sol, de seios firmes com róseos mamilos e bunda empinada, queria fazer sexo com ele, Chefe Da Expedição Da Firma.

A Gorda Com Cheiro De Perfume Avon estava com muita vontade de fazer sexo. Mas a Gorda Com Cheiro De Perfume Avon não estava com vontade de fazer sexo com o Chefe Da Expedição Da Firma. A Gorda Com Cheiro De Perfume Avon estava com vontade de fazer sexo com um homem bem-apessoado, culto, com o bumbum bem torneado e pêlos sobre o peito másculo. Como a Gorda Com Cheiro De Perfume Avon era gorda...

A Gorda Com Cheiro De Perfume Avon e o Chefe Da Expedição Da Firma foram para o bar de sempre, a dois quarteirões do shopping center. A Gorda Com Cheiro De Perfume Avon comprara, de presente para o Chefe Da Expedição Da Firma, o livro de poemas eróticos do Carlos Drummond de Andrade. A Gorda Com Cheiro De Perfume Avon e o Chefe Da Expedição Da Firma beberam alguns chopes, comeram duas porções de calabresa e uma porção de provolone à milanesa. Depois, a Gorda Com Cheiro De Perfume Avon e o Chefe Da Expedição Da Firma pegaram um táxi e foram para o Motel L'Amour. Aquele dia havia sido o dia de pagamento na firma.

A Jovem Mãe do Bebê Que Babava, apesar do parto recente, tinha seios firmes com róseos mamilos e bunda empinada. Mesmo assim, Marcelo não queria fazer sexo com a Jovem Mãe do Bebê Que Babava. Marcelo só pensava na Vendedora De Roupas Jovens Da Butique De Roupas Jovens, que também

tinha seios firmes com róseos mamilos e bunda empinada. Quando chegou em casa, a Jovem Mãe do Bebê Que Babava encontrou Marcelo trancado no escritório. Marcelo encaixotava seus livros para transferi-los para o consultório que acabara de montar na Vila Mariana. Marcelo fizera sexo, na noite anterior, com a Vendedora De Roupas Jovens Da Butique De Roupas Jovens no novo consultório. O escritório do apartamento de Marcelo e da Jovem Mãe do Bebê Que Babava iria virar o quarto do Bebê Que Babava. A Jovem Mãe do Bebê Que Babava bateu na porta do escritório e disse:
— Marcelo, cheguei.
Marcelo respondeu:
— Tá.
A Jovem Mãe do Bebê Que Babava trocou as fraldas do Bebê Que Babava e pôs o Bebê Que Babava para dormir. Marcelo encontrou, na estante de livros, uma foto em que ele, Marcelo, e a Jovem Mãe do Bebê Que Babava estavam abraçados (Na foto, a Jovem Mãe do Bebê Que Babava estava sem a parte de cima do biquíni, com seus seios firmes de róseos mamilos à mostra.) na praia de Trindade, perto de Parati, onde, numa barraca, fizeram sexo pela primeira vez. A Jovem Mãe do Bebê Que Babava tomou banho. Marcelo ficou com o pau duro ao relembrar a primeira vez que fez sexo com a Jovem Mãe do Bebê Que Babava. Nua, a Jovem Mãe do Bebê Que Babava bateu novamente na porta do escritório. Marcelo viu a Jovem Mãe do Bebê Que Babava nua. A Jovem Mãe do Bebê Que Babava reparou que Marcelo estava com o pau duro. Marcelo falou com a Jovem Mãe do Bebê Que Babava:
— E aí, tudo bem?
A Jovem Mãe do Bebê Que Babava, nua, abraçou Marcelo e sentiu o pau dele, de Marcelo, amolecendo. O Bebê Que Babava começou a chorar. A Jovem Mãe do Bebê Que Babava,

nua, foi acudir o Bebê Que Babava. Marcelo, com o pau mole, começou a chorar.

A Segunda Esposa do Negro, Que Não Fedia, era mais bonita que a Quarta Esposa do Negro, Que Não Fedia. O Negro, Que Não Fedia, preferia fazer sexo com sua Segunda Esposa a fazer sexo com sua Quarta Esposa. A Primeira Esposa do Negro, Que Não Fedia, e a Quarta Esposa do Negro, Que Não Fedia, eram cantoras e cantavam na banda de reggae do Negro, Que Não Fedia. A Primeira Esposa do Negro, Que Não Fedia, e a Quarta Esposa do Negro, Que Não Fedia, gravariam um disco, em dupla, quando voltassem para Londres. O Negro, Que Não Fedia, e as Cinco Negras, Que Não Fediam, moravam em Londres. O disco da Primeira Esposa do Negro, Que Não Fedia, e da Quarta Esposa do Negro, Que Não Fedia, iria se chamar *My husband's second wife is prettier than me. I don't give a shit*. O disco da Primeira Esposa do Negro, Que Não Fedia, e da Quarta Esposa do Negro, Que Não Fedia, faria grande sucesso. Todas as composições de *My husband's second wife is prettier than me. I don't give a shit* seriam da Primeira Esposa do Negro, Que Não Fedia, e da Quarta Esposa do Negro, Que Não Fedia. A Primeira Esposa do Negro, Que Não Fedia, e a Quarta Esposa do Negro, Que Não Fedia, eram ótimas cantoras e compositoras. O Negro, Que Não Fedia, tinha muito orgulho de sua Primeira Esposa e de sua Quarta Esposa. O Baterista Da Banda De Reggae do Negro, Que Não Fedia, Que Era Jamaicano E Não Fedia, fazia sexo com a Terceira Esposa do Negro, Que Não Fedia. O Negro, Que Não Fedia, percebera que o Baterista de sua Banda De Reggae, Que Era Jamaicano E Não Fedia, fazia sexo com sua Terceira Esposa. O Negro, Que Não Fedia, fingia que não percebera que o Baterista de sua Banda De Reggae, Que Era Jamaicano E Não Fedia, fazia sexo com sua Terceira Esposa.

O Jovem Executivo De Gravata Vinho Com Listras Diagonais Alaranjadas, que lera no caderno cultural de um jornal formador de opinião que dois americanos, que não fediam e eram inteligentíssimos, chegaram à conclusão de que os seres humanos brancos eram mais inteligentes que os seres humanos negros, estava parado no sinal entre a avenida Brigadeiro Faria Lima e a avenida Rebouças, dentro do seu carro negro importado do Japão, vestindo uma roupa jovem comprada na butique de roupas jovens onde a Vendedora De Roupas Jovens Da Butique De Roupas Jovens trabalhava, quando um jovem, dentro de um carro negro importado do Japão, vestindo uma roupa jovem comprada na butique de roupas jovens onde a Vendedora De Roupas Jovens Da Butique De Roupas Jovens trabalhava, parou a seu lado. O jovem, dentro do carro negro importado do Japão, vestindo uma roupa jovem comprada na butique de roupas jovens onde a Vendedora De Roupas Jovens Da Butique De Roupas Jovens trabalhava, que parou ao lado do carro negro importado do Japão do Jovem Executivo De Gravata Vinho Com Listras Diagonais Alaranjadas, também era um jovem executivo. Quando ia trabalhar, o jovem executivo, que vestia uma roupa jovem comprada na butique de roupas jovens onde a Vendedora De Roupas Jovens Da Butique De Roupas Jovens trabalhava, que estava dentro de um carro negro importado do Japão, que estava parado, no sinal, ao lado do carro negro importado do Japão do Jovem Executivo De Gravata Vinho Com Listras Diagonais Alaranjadas, usava gravata azul com detalhes vermelhos. O Jovem Executivo De Gravata Vinho Com Listras Diagonais Alaranjadas, vestindo uma roupa jovem comprada na butique de roupas jovens onde a Vendedora De Roupas Jovens Da Butique De Roupas Jovens trabalhava, olhou para o Jovem Executivo De Gravata Azul Com Detalhes Vermelhos, que vestia uma roupa jovem comprada na butique de roupas jovens onde a Vendedora De Roupas Jovens Da Butique De Roupas Jovens trabalhava. O Jovem Executivo De Gravata Azul Com Detalhes Vermelhos, vestindo uma roupa jovem comprada na butique de roupas jovens onde a Vendedora De Roupas Jovens Da Butique De Roupas Jovens trabalhava, olhou para o Jovem Executivo De Gravata Vinho Com Listras Diagonais Alaranjadas, que vestia uma roupa jovem comprada na butique de roupas jovens onde a Vendedora De Roupas Jovens Da Butique De Roupas Jovens trabalhava.

A Vendedora De Roupas Jovens Da Butique De Roupas Jovens, vestindo uma roupa jovem da butique de roupas jovens onde ela, Vendedora De Roupas Jovens Da Butique De Roupas Jovens, trabalhava, e a Secretária Loura, Bronzeada Pelo Sol, vestindo uma roupa jovem comprada na butique de roupas jovens onde a Vendedora De Roupas Jovens Da Butique De Roupas Jovens trabalhava, já estavam no barzinho jovem esperando por Alex e Marquinhos. A Vendedora De Roupas Jovens Da Butique De Roupas Jovens estava com vontade de fazer sexo com Alex e queria que a Secretária Loura, Bronzeada Pelo Sol, fizesse sexo com Marquinhos. A Secretária Loura, Bronzeada Pelo Sol, não conhecia Marquinhos e tinha medo de que ele, Marquinhos, não proporcionasse a ela, Secretária Loura, Bronzeada Pelo Sol, novas experiências. A Secretária Loura, Bronzeada Pelo Sol, falou para a Vendedora De Roupas Jovens Da Butique De Roupas Jovens:

— Marquinhos? Com esse nome, deve ser adolescente. E você sabe que eu detesto adolescente.

A Vendedora De Roupas Jovens Da Butique De Roupas Jovens, que também não conhecia Marquinhos, falou para a Secretária Loura, Bronzeada Pelo Sol:

— Eu não sei, o Alex é hipertchãs. O Marquinhos deve ser também. Se não for, você dá a entender que está menstruada e cai fora.

A Vendedora De Roupas Jovens Da Butique De Roupas Jovens e a Secretária Loura, Bronzeada Pelo Sol, riram.

Depois de ejacular, com os olhos fechados, na boca de sua Esposa Com Mais De Quarenta, fantasiando que era a Kim Basinger quem chupava seu pau, o Executivo De Óculos Ray-Ban abriu os olhos, viu a pelanca sob o queixo de sua Esposa Com Mais De Quarenta e sentiu muito nojo.

O Motorista Do Ônibus No Qual O Negro, Que Fedia, Voltava Para Casa Todos Os Dias, Às Seis Horas Da Tarde, freou bruscamente o ônibus no qual o Negro, Que Fedia, voltava para casa todos os dias, às seis horas da tarde, para evitar que o ônibus no qual o Negro, Que Fedia, voltava para casa todos os dias, às seis horas da tarde, batesse na traseira de um carro negro fabricado em São Bernardo do Campo, dirigido por uma secretária, que não era loura, nem bronzeada pelo sol, que estava parado num sinal vermelho, fazendo com que o Negro, Que Fedia, caísse no colo da Suburbana Loura, Branca Como A Neve, fazendo com que o Operário Barrigudo Com A Camisa Desabotoada Na Altura Do Umbigo pisasse, com muita força, no calcanhar do Adolescente Cabeludo, Que Ouvia Sepultura Em Seu Discman, fazendo com que a Mulher Grávida vomitasse no rosto da Diarista Piauiense, fazendo com que a Diarista Piauiense desse um grito de susto e nojo.

O Motorista Do Ônibus No Qual O Negro, Que Fedia, Voltava Para Casa Todos Os Dias, Às Seis Horas Da Tarde, falou:

— Mulher no trânsito é um pobrema!

Marcelo saiu do apartamento, onde morava com a Jovem Mãe do Bebê Que Babava, sem falar com a Jovem Mãe do Bebê Que Babava. Marcelo pegou um táxi e foi para o seu novo consultório, na Vila Mariana. Marcelo foi direto para o telefone recém-instalado no seu novo consultório, na Vila Mariana, e ligou para a casa da Vendedora De Roupas Jovens Da Butique

De Roupas Jovens. Como a Vendedora De Roupas Jovens Da Butique De Roupas Jovens estava no barzinho jovem com vontade de fazer sexo com Alex, a Vendedora De Roupas Jovens Da Butique De Roupas Jovens não estava em casa. Sendo assim, quem atendeu o telefonema de Marcelo foi a secretária eletrônica da Vendedora De Roupas Jovens Da Butique De Roupas Jovens:

— Aqui é 236-4578. No momento não posso atender a sua ligação. Por favor, deixe o seu recado após o sinal, que eu ligarei assim que puder. Obrigada.

Marcelo deixou o seguinte recado na secretária eletrônica da Vendedora De Roupas Jovens Da Butique De Roupas Jovens:

— É o Marcelo. Queria tanto falar com você. Te amo muito. Liga aqui pro consultório.

Marcelo colocou um CD do Erasmo Carlos no seu aparelho de som, que era negro e importado do Japão. Marcelo se deitou no divã e abriu o livro *Três ensaios sobre a teoria da sexualidade*, de Sigmund Freud.

As caixas de som do aparelho de som, que era negro e importado do Japão, emitiam a música de Roberto Carlos e Erasmo Carlos: "Olho pra mim mesmo, me procuro e não encontro nada/ Sou um pobre resto de esperança na beira de uma estrada".

O Japonês Da IBM ejaculou na página central da revista *Fat Chicks* (mulheres muito gordas mostrando suas bocetas), onde havia a foto de uma mulher muito gorda que afastava, para os lados, as banhas da bunda e mostrava o róseo cu.

Alex e Marquinhos chegaram no barzinho jovem no exato momento em que a Vendedora De Roupas Jovens Da Butique De Roupas Jovens falava para a Secretária Loura, Bronzeada Pelo Sol:

— Que Marcelo nada. Ele até pode resolver os problemas sexuais dos pacientes dele. Mas, com aquele pintinho, o meu problema ele não resolve.

Alex e Marquinhos, que vestiam roupas jovens compradas na butique de roupas jovens onde a Vendedora De Roupas Jovens Da Butique De Roupas Jovens trabalhava, se aproximaram da mesa onde estavam a Vendedora De Roupas Jovens Da Butique De Roupas Jovens e a Secretária Loura, Bronzeada Pelo Sol. A Vendedora De Roupas Jovens Da Butique De Roupas Jovens beijou o rosto de Alex, e as apresentações foram feitas:

— Marquinhos, Vendedora De Roupas Jovens Da Butique De Roupas Jovens.

— Alex, Secretária Loura, Bronzeada Pelo Sol.

— Secretária Loura, Bronzeada Pelo Sol, Marquinhos.

A Secretária Loura, Bronzeada Pelo Sol, gostou de Marquinhos, que era um jovem executivo e tinha um carro negro importado do Japão.

O Jovem Executivo De Gravata Vinho Com Listras Diagonais Alaranjadas pegou sua Noiva Loura, Bronzeada Pelo Sol, em casa e a levou ao restaurante *the best* no seu carro negro, importado do Japão.

O Jovem Executivo De Gravata Azul Com Detalhes Vermelhos pegou sua Noiva Loura, Bronzeada Pelo Sol, em casa e a levou ao restaurante *the best* no seu carro negro, importado do Japão.

Quando o ônibus no qual o Negro, Que Fedia, voltava para casa todos os dias, às seis horas da tarde, chegou no ponto final, havia apenas o Negro, Que Fedia, o Motorista e a Trocadora Do Ônibus No Qual O Negro, Que Fedia, Voltava Para Casa Todos Os Dias, Às Seis Horas Da Tarde, dentro do ônibus no qual o Negro, Que Fedia, voltava para casa todos os dias, às seis horas da tarde. O Filho Da Trocadora Do Ônibus No Qual O Negro, Que Fedia, Voltava Para Casa Todos Os Dias, Às Seis Horas Da Tarde, estava esperando por sua mãe, a Trocadora Do Ônibus No Qual O Negro, Que Fedia, Voltava Para Casa Todos Os

Dias, Às Seis Horas Da Tarde. Ao ver o Negro, Que Fedia, saindo do ônibus no qual ele, Negro, Que Fedia, voltava para casa todos os dias, às seis horas da tarde, ao lado de sua mãe, o Filho Da Trocadora Do Ônibus No Qual O Negro, Que Fedia, Voltava Para Casa Todos Os Dias, Às Seis Horas Da Tarde, que era soldado da Polícia Militar e entregara seu coração a Cristo, ficou furioso e partiu para cima do Negro, Que Fedia.

O Filho Da Trocadora Do Ônibus No Qual O Negro, Que Fedia, Voltava Para Casa Todos Os Dias, Às Seis Horas Da Tarde, que era soldado da Polícia Militar e entregara seu coração a Cristo, segurou o Negro, Que Fedia, pelo colarinho, imprensou o Negro, Que Fedia, contra a carroceria do ônibus no qual o Negro, Que Fedia, voltava para casa todos os dias, às seis horas da tarde, e disse:

— Não se mete com a minha mãe, não, tá ligado?

O Negro, Que Fedia, tremeu. O Negro, Que Fedia, ficou com muito medo. O Negro, Que Fedia, era muito magro. O Negro, Que Fedia, era fraquinho. O Filho Da Trocadora Do Ônibus No Qual O Negro, Que Fedia, Voltava Para Casa Todos Os Dias, Às Seis Horas Da Tarde, era negro, forte, tinha entregado seu coração a Cristo, era da Polícia Militar e tinha a bunda empinada. O Filho Da Trocadora Do Ônibus No Qual O Negro, Que Fedia, Voltava Para Casa Todos Os Dias, Às Seis Horas Da Tarde, socou a carroceria do ônibus no qual o Negro, Que Fedia, voltava para casa todos os dias, às seis horas da tarde, rente à cabeça do Negro, Que Fedia. O Filho Da Trocadora Do Ônibus No Qual O Negro, Que Fedia, Voltava Para Casa Todos Os Dias, Às Seis Horas Da Tarde, falou para o Negro, Que Fedia:

— Só não acabo com você agora porque não sou covarde. Você é um bunda-mole, tá ligado? Tá quase mijando nas calças. Da próxima vez que eu te pegar dando em cima da minha mãe, eu te mato, tá ligado?

A Trocadora Do Ônibus No Qual O Negro, Que Fedia, Voltava Para Casa Todos Os Dias, Às Seis Horas Da Tarde, estava apaixonada pelo Negro, Que Fedia. A Trocadora Do Ônibus No Qual O Negro, Que Fedia, Voltava Para Casa Todos Os Dias, Às Seis Horas Da Tarde, não queria que seu Filho, que era soldado da Polícia Militar e entregara seu coração a Cristo, machucasse o Negro, Que Fedia. A Trocadora Do Ônibus No Qual O Negro, Que Fedia, Voltava Para Casa Todos Os Dias, Às Seis Horas Da Tarde, falou para o seu filho, que tinha a bunda empinada e entregara seu coração a Cristo:

— Por favor, não bate nele. Eu tô levando ele para o templo. Ele, hoje, vai entregar o coração a Cristo.

O Negro, Que Fedia, não pensara em entregar seu coração a Cristo. O Negro, Que Fedia, só queria fazer sexo com a Trocadora Do Ônibus No Qual ele, Negro, Que Fedia, Voltava para Casa Todos Os Dias, Às Seis Horas Da Tarde. Mas, para não apanhar do Filho Da Trocadora Do Ônibus No Qual ele, Negro, Que Fedia, Voltava Para Casa Todos Os Dias, Às Seis Horas Da Tarde, o Negro, Que Fedia, resolveu acompanhar a Trocadora Do Ônibus No Qual ele, Negro, Que Fedia, Voltava Para Casa Todos Os Dias, Às Seis Horas Da Tarde, até o templo e entregar seu coração a Cristo.

O Negro, Que Não Fedia, já fora um negro que fedia. Isso foi antes de o Negro, Que Não Fedia, se tornar um astro internacional do reggae. Na época em que o Negro, Que Não Fedia, fedia, ele, Negro, Que Não Fedia, morava em Kingston e era borracheiro. Um dia, o Negro, Que Não Fedia, que, naquela época, fedia, conheceu um negro que não fedia: o Negro Que Havia Se Formado Em Ciências Políticas. O Negro, Que Havia Se Formado Em Ciências Políticas, era jamaicano, mas havia se formado, em ciências políticas, na Inglaterra. O Negro, Que Havia Se Formado Em Ciências Políticas, tinha um carro negro importado da Alemanha. O carro negro, importado da Alemanha, do Negro, Que Havia Se Formado Em Ciências Políticas, estava com um pneu furado, e o Negro, Que Havia Se Formado Em Ciências Políticas, o levou à borracharia onde o Negro, Que Não Fedia, que, naquela época, fedia, trabalhava. O Negro, Que Não Fedia, que, naquela época, fedia, estava fumando um baseado, quando o Negro, Que Havia Se Formado Em Ciências Políticas, chegou com seu carro negro importado da Alemanha. Ao ver o Negro, Que Não Fedia, que, naquela época, fedia, fumando um baseado, o Negro, Que Havia Se Formado Em Ciências Políticas, falou para o Negro, Que Não Fedia, que, naquela época, fedia:

— *Hey man! What you smokin' there is a pile of shit.*

O Negro, Que Não Fedia, que, naquela época, fedia, achou que o Negro, Que Havia Se Formado Em Ciências Políticas, era da polícia e engoliu o baseado. Então, o Negro, Que Havia Se Formado Em Ciências Políticas, saiu de seu carro negro, importado da Alemanha, e explicou ao Negro, Que Não Fedia, que, naquela época, fedia, que ele, Negro, Que Havia Se Formado Em Ciências Políticas, não era da polícia e que ele, Negro, Que Havia Se Formado Em Ciências Políticas, iria apresentar para ele, Negro, Que Não Fedia, que, naquela época, fedia, um baseado feito de uma maconha da qual ele, Negro, Que Não Fedia, que, naquela época, fedia, nunca havia experimentado igual. O Negro, Que Não Fedia, que, naquela época, fedia, e o Negro, Que Havia Se Formado Em Ciências Políticas, foram para os fundos da borracharia fumar o baseado do Negro, Que Havia Se Formado Em Ciências Políticas. Enquanto o Negro, Que Não Fedia, que, naquela época, fedia, e o Negro, Que Havia Se Formado Em Ciências Políticas, fumavam o baseado, que era inacreditavelmente bom, o Negro, Que Havia Se Formado Em Ciências Políticas, falou algumas coisas para o Negro, Que Não Fedia, que, naquela época, fedia. O Negro, Que Havia Se Formado Em Ciências Políticas, falou sobre a maconha (a mesma que estava sendo fumada) que ele próprio, Negro, Que Havia Se Formado Em Ciências Políticas, tinha plantado em sua fazenda; falou sobre o imperador etíope Hailé Selassié — o Leão de Judá, que seria o messias enviado por Jeová para libertar os homens e promover a volta de todos os negros do mundo à África; falou sobre negros que não fediam; falou sobre brancos que oprimiam negros; falou sobre a natureza, que fornecia tudo o que um negro livre necessitava para viver; falou sobre negros que não se deixavam oprimir pelos brancos; falou sobre a Jamaica; falou sobre a África; falou sobre os Estados Unidos; falou sobre princesas negras que sabiam tudo sobre a arte do amor e do sexo; falou sobre Charlie Parker, Miles Davis e Thelonious Monk; falou sobre Pelé; falou sobre a mais-valia de Karl Marx; falou sobre acordos comerciais entre o Primeiro Mundo e o Terceiro Mundo; falou sobre a Revolução Cubana; falou sobre Deus; falou sobre demônios; falou sobre pedais de efeitos para guitarra; falou sobre Londres; falou sobre cortes de cabelo; falou sobre a morte; falou sobre Freud; falou sobre tecidos africanos; falou sobre Cristóvão Colombo; falou sobre os índios que habitavam a Jamaica antigamente; falou sobre o cheiro do Negro, Que Não Fedia, que, naquela época, fedia. O Negro, Que Não Fedia, que, naquela época, fedia, entregou seu coração a Hailé Selassié — o Leão de Judá — e parou de feder.

O Jovem Executivo De Gravata Vinho Com Listras Diagonais Alaranjadas falava sobre cinema com sua Noiva Loura, Bronzeada Pelo Sol.

O Jovem Executivo De Gravata Azul Com Detalhes Vermelhos falava sobre cinema com sua Noiva Loura, Bronzeada Pelo Sol.

A Noiva Loura, Bronzeada Pelo Sol, Do Jovem Executivo De Gravata Vinho Com Listras Diagonais Alaranjadas disse que gostou do filme que ela, Noiva Loura, Bronzeada Pelo Sol, Do Jovem Executivo De Gravata Vinho Com Listras Diagonais Alaranjadas, e o Jovem Executivo De Gravata Vinho Com Listras Diagonais Alaranjadas assistiram na semana anterior. A Noiva Loura, Bronzeada Pelo Sol, Do Jovem Executivo De Gravata Vinho Com Listras Diagonais Alaranjadas disse que o filme tinha uma fotografia bonita. O único problema do filme, segundo a Noiva Loura, Bronzeada Pelo Sol, Do Jovem Executivo De Gravata Vinho Com Listras Diagonais Alaranjadas, era que ele, o filme, era muito longo.

A Noiva Loura, Bronzeada Pelo Sol, Do Jovem Executivo De Gravata Azul Com Detalhes Vermelhos disse que gostou do filme que ela, Noiva Loura, Bronzeada Pelo Sol, Do Jovem Executivo De Gravata Azul Com Detalhes Vermelhos, e o Jovem Executivo De Gravata Azul Com Detalhes Vermelhos assistiram na semana anterior. A Noiva Loura, Bronzeada Pelo Sol, Do Jovem Executivo De Gravata Azul Com Detalhes Vermelhos disse que o filme tinha uma fotografia bonita. O único problema do filme, segundo a Noiva Loura, Bronzeada Pelo Sol, Do Jovem Executivo De Gravata Azul Com Detalhes Vermelhos, era que ele, o filme, era muito longo.

Depois de ejacular na boca de sua Esposa Com Mais De Quarenta e sentir muito nojo, o Executivo De Óculos Ray-Ban pegou no sono, enquanto sua Esposa Com Mais De Quarenta foi até o banheiro para cuspir a porra dele, do Executivo De Óculos Ray-Ban. O Executivo De Óculos Ray-Ban sonhou:

O Executivo De Óculos Ray-Ban estava num elevador lotado, encostando seu pau na bunda de uma secretária loura, bronzeada pelo sol. O pau do Executivo De Óculos Ray-Ban estava mole. Um negro, que fedia, estava com o pau encostado na bunda do Executivo De Óculos Ray-Ban. Um bebê, que babava uma baba verde, escalou o corpo da Secretária Loura, Bronzeada Pelo Sol, e começou a mamar nos peitos da Secretária Loura, Bronzeada Pelo Sol. O pau do Negro, Que Fedia, era enorme e estava duro, encostado na bunda do Executivo De Óculos Ray-Ban. O pau do Executivo De Óculos Ray-Ban estava mole, e foi diminuindo de tamanho até desaparecer. O Executivo De Óculos Ray-Ban ficou sem pau. A Secretária Loura, Bronzeada Pelo Sol, depois de jogar o Bebê, Que Babava Uma Baba Verde, contra a parede do elevador, esbofeteou a cara do Executivo De Óculos Ray-Ban. O Executivo De Óculos Ray-Ban gritou de pavor. Uma gorda, com cheiro de perfume Avon, que também estava no elevador, pisou na cabeça do Bebê, Que Babava Uma Baba Verde, até que o Bebê, Que Babava Uma Baba Verde, passasse a babar uma baba vermelha de sangue. O Negro, Que Fedia, tirou seu pau para fora da calça e obrigou o Executivo De Óculos Ray-Ban a se ajoelhar e a fazer sexo oral nele, no Negro, Que Fedia. O Negro, Que Fedia, ejaculou na boca do Executivo De Óculos Ray-Ban. O esperma do Negro, Que Fedia, tinha gosto de comida javanesa. O ascensorista, que tinha um enorme bigode sujo de esperma, falou:

— Térreo.

A porta do elevador se abriu, e a Esposa Com Mais De Quarenta Do Executivo De Óculos Ray-Ban, com uma pelanca enorme sob o queixo, entrou no elevador, trazendo uma bandeja com a cabeça de um bebê, que babava uma baba vermelha de sangue, cercada de sushis e sashimis. O corpo da Esposa Com Mais De Quarenta Do Executivo De Óculos Ray-Ban era perfeito, com seios firmes de róseos mamilos e bunda empinada. A Esposa Com Mais De Quarenta Do Executivo De Óculos Ray-Ban tinha a pélvis depilada e um enorme pau negro, sujo de esperma. A Gorda Com Cheiro De Perfume Avon segurou o

Executivo De Óculos Ray-Ban pelas costas, imobilizando o Executivo De Óculos Ray-Ban. O Negro, Que Fedia, enfiou vários sushis e sashimis pela goela do Executivo De Óculos Ray-Ban. O Executivo De Óculos Ray-Ban ficou sem ar e sentiu um gosto forte de comida javanesa na boca. O elevador explodiu, e o Executivo De Óculos Ray-Ban, sem pau, caiu numa poça de esperma e sorvete de creme, com morangos, sushis e sashimis boiando. O Gerente De Marketing Da Multinacional Que Fabricava Camisinhas, montado num cavalo negro, calçando uma bota de couro, italiana, surgiu, gritando para o Executivo De Óculos Ray-Ban:

— Você não come ninguém, só aquela pelancuda da tua mulher. Você não tem pau para usar as minhas camisinhas. Vou entregar a conta dos shampoos para o Nizan Guanaes. O Nizan Guanaes vai comer a tua bunda.

O Executivo De Óculos Ray-Ban gritou:

— Não, não, não... a conta dos shampoos, não. Eu comi o cu da minha secretária loura, que tem a boceta totalmente depilada. Eu comi o cu da Kim Basinger. Eu como cus e gozo na boca das mulheres. Eu como cus, entendeu?

O Executivo De Óculos Ray-Ban, que não tinha pau, puxou o Gerente De Marketing Da Multinacional Que Fabricava Camisinhas para a poça de esperma e sorvete de creme, com morangos, sushis e sashimis boiando. O Executivo De Óculos Ray-Ban e o Gerente De Marketing Da Multinacional Que Fabricava Camisinhas trocaram socos e rolaram, lutando, sobre a poça de esperma e sorvete de creme, com morangos, sushis e sashimis boiando. O Executivo De Óculos Ray-Ban gritava:

— Eu quero os shampoos. Eu não quero as camisinhas. Eu como cus... Eu como cus... Eu como cus e gozo na boca das mulheres e as mulheres engolem a minha porra. Eu como todos os cus... Eu como cus...

No barzinho jovem, a Vendedora De Roupas Jovens Da Butique De Roupas Jovens, a Secretária Loura, Bronzeada Pelo Sol, Alex e Marquinhos falavam sobre cinema. O filme favorito da Vendedora De Roupas Jovens Da Butique De Roupas Jovens era 9 1/2 *semanas de amor*. A Secretária Loura, Bronzeada Pelo Sol, achou muito engraçado o filme *Corra que a polícia vem aí*. Alex assistira a um filme, na semana anterior, do qual gostou, embora o tenha achado muito longo. O filme favorito de Marquinhos era A *firma*.

O filme favorito do Jovem Executivo De Gravata Vinho Com Listras Diagonais Alaranjadas era A *firma*.

O filme favorito do Jovem Executivo De Gravata Azul Com Detalhes Vermelhos era A *firma*.

O Adolescente Meio Hippie estava em seu quarto, olhando para o seu pau e pensando.

Depois de jantar no restaurante *the best*, o Jovem Executivo De Gravata Vinho Com Listras Diagonais Alaranjadas levou sua Noiva Loura, Bronzeada Pelo Sol, para dançar na boate jovem.

Depois de jantar no restaurante *the best*, o Jovem Executivo De Gravata Azul Com Detalhes Vermelhos levou sua Noiva Loura, Bronzeada Pelo Sol, para dançar na boate jovem.

A Jovem Mãe do Bebê Que Babava não entendeu nada quando notou que Marcelo não estava mais no apartamento onde ele, Marcelo, morava com ela, Jovem Mãe do Bebê Que Babava. A Jovem Mãe do Bebê Que Babava achou que Marcelo havia saído para comprar cigarros e já voltava. A Jovem Mãe do Bebê Que Babava, então, ligou a televisão, que exibia um filme sobre jovens que passavam férias na praia e ficavam bêbados e faziam festas jovens e faziam sexo. As mulheres jovens do filme sobre jovens que passavam férias na praia e ficavam bêbados e faziam festas jovens e faziam sexo tinham seios firmes com róseos mamilos e bunda empinada. Nas cenas de sexo do filme sobre jovens que passavam férias na praia e ficavam bêbados e faziam festas jovens e faziam sexo, nunca aparecia a boceta das mulheres jovens de seios firmes com róseos mamilos e bunda empinada, nem o pau dos homens jovens que faziam sexo com as mulheres jovens de seios firmes com róseos mamilos e bunda empinada. No filme sobre jovens que passavam férias na praia e ficavam bêbados e faziam festas jovens e faziam sexo, apareciam os seios firmes com róseos mamilos e a bunda empinada das mulheres jovens de seios firmes com róseos mamilos e bunda empinada e as pernas, os pêlos sobre os peitos másculos e uns pedaços, meio de lado, da bunda dos homens jovens. Nos intervalos comerciais do filme sobre jovens que passavam férias na praia e ficavam bêbados e faziam festas jovens e faziam sexo, havia sempre os comerciais de televisão, que faziam parte de um esforço coletivo da sociedade para evitar a propagação da aids, produzidos e veiculados gratuitamente, que foram criados pela agência de publicidade em que o Executivo De Óculos Ray-Ban e o Jovem Executivo De Gravata Vinho Com Listras Diagonais Alaranjadas trabalhavam. Havia também um comercial em que aparecia uma loura, com a língua para fora da boca, que apertava os próprios peitos e pedia que os telespectadores ligassem para ela, Loura, Com A Língua Para Fora Da Boca, Que Apertava Os Próprios Peitos.

Depois que todos os presentes terminaram seus pratos, as Cinco Negras, Que Não Fediam, avisaram ao Negro, Que Não Fedia, que elas, Cinco Negras, Que Não Fediam, iriam subir para a suíte vice-presidencial do hotel Maksoud Plaza. As Cinco Negras, Que Não Fediam, dormiam juntas. As Duas Tietes Meio Hippies pegaram os Músicos Da Banda De Reggae, Que Eram Jamaicanos E Não Fediam, e saíram com eles, Músicos Da Banda De Reggae, Que Eram Jamaicanos E Não Fediam, para conhecer a noite paulistana. Os Músicos Da Banda De Reggae, Que Eram Jamaicanos E Não Fediam, e as Duas Tietês Meio Hippies passaram por vários bares, beberam, fumaram baseados e foram para a casa de uma das Tietês Meio Hippies, onde beberam, fumaram baseados e fizeram sexo. De todos os Músicos Da Banda De Reggae, Que Eram Jamaicanos E Não Fediam, o que tinha o pau maior era o Baterista Da Banda De Reggae, Que Era Jamaicano E Não Fedia, o mesmo que fazia sexo com a Terceira Esposa do Negro, Que Não Fedia. O Articulista Cultural De Uma Revista Aí ainda tentou acompanhar os Músicos Da Banda De Reggae, Que Eram Jamaicanos E Não Fediam, e as Duas Tietês Meio Hippies na noitada, mas foi dispensado pelo Baixista Da Banda De Reggae, Que Era Jamaicano E Não Fedia, que disse:

— *I don't know you.*

Então, o Articulista Cultural De Uma Revista Aí foi para casa, não fez sexo e escreveu um artigo contra o Glauber Rocha. A Linda Morena, Bronzeada Pelo Sol, Que Era Namorada Do Cantor De Rock De Uma Banda De Rock Nacional, Estava Sem Sutiã E Sentia Cólicas Pré-Menstruais, se levantou da mesa e falou para o Cantor De Rock De Uma Banda De Rock Nacional:

— Estou te esperando lá no carro.

A Linda Morena, Bronzeada Pelo Sol, Que Era Namorada Do Cantor De Rock De Uma Banda De Rock Nacional, Estava Sem Sutiã E Sentia Cólicas Pré-Menstruais, não se despediu de ninguém e, enfezada, foi para o carro negro, importado do Japão, do Cantor De Rock De Uma Banda De Rock Nacional. O Cantor De Rock De Uma Banda De Rock Nacional, que já fizera sexo com a Apresentadora Do Programa De Variedades Da Televisão, Que Era Loura, se despediu, com um beijinho no rosto, da Apresentadora Do Programa De Variedades Da Te-

levisão, Que Era Loura, e deu a mão (naquele gesto típico de cumprimento dos negros americanos) ao Negro, Que Não Fedia, dizendo:
— *See you around, brother.*
O Negro, Que Não Fedia e não achava que o Cantor De Rock De Uma Banda De Rock Nacional fosse seu brother, sorriu ironicamente e disse:
— *Will do.*
O Cantor De Rock De Uma Banda De Rock Nacional saiu do restaurante japonês do hotel Maksoud Plaza, deixando o Negro, Que Não Fedia, e a Apresentadora Do Programa De Variedades Da Televisão, Que Era Loura, a sós. O Cantor De Rock De Uma Banda De Rock Nacional foi para casa e não fez sexo com a Linda Morena, Bronzeada Pelo Sol, Que Era Namorada Do Cantor De Rock De Uma Banda De Rock Nacional, Estava Sem Sutiã E Sentia Cólicas Pré-Menstruais.
O Negro, Que Não Fedia, perguntou à Apresentadora Do Programa De Variedades Da Televisão, Que Era Loura:
— *Let's fuck?*
A Apresentadora Do Programa De Variedades Da Televisão, Que Era Loura, soltou uma gargalhada e foi fazer sexo com o Negro, Que Não Fedia, na suíte presidencial do hotel Maksoud Plaza.
A Vendedora De Roupas Jovens Da Butique De Roupas Jovens apalpava o pau de Alex por debaixo da mesa do barzinho jovem. Alex estava com o pau duro. O pau de Alex era mais ou menos do mesmo tamanho que o pau de Marcelo. Marquinhos falava para a Secretária Loura, Bronzeada Pelo Sol, o quanto ele, Marquinhos, era doidão. Marquinhos falava assim:
— Durante o dia, no trabalho, eu levo as coisas a sério. Meu trabalho é minha vida. Mas, acabou o expediente, eu viro animal. O que eu gosto mesmo é de um fuck, de preferência depois de cheirar uma farinha. Você curte um pó?

A Secretária Loura, Bronzeada Pelo Sol, fez que sim com a cabeça e beijou a boca de Marquinhos.

Marcelo, que dormia no divã do seu novo consultório, com o CD do Erasmo Carlos no seu aparelho de som, que era negro e importado do Japão, com os *Três ensaios sobre a teoria da sexualidade* sobre o rosto, babava e sonhava: O Bebê, Que Babava, fazia sexo com a Jovem Mãe. O Bebê, Que Babava, tinha um pau enorme. Marcelo, na mesma cama onde o Bebê, Que Babava, fazia sexo com a Jovem Mãe, fazia sexo com a Vendedora De Roupas Jovens Da Butique De Roupas Jovens. A Jovem Mãe gemia de prazer. A Vendedora De Roupas Jovens Da Butique De Roupas Jovens gemia de prazer. O Bebê, Que Babava, dava palmadas na bunda de Marcelo e soltava berros de incentivo:

— Vai, meu pai. Vai, meu pai.

A Vendedora De Roupas Jovens Da Butique De Roupas Jovens falava para a Jovem Mãe do Bebê Que Babava:

— Tá vendo? É assim que se faz. Você tem que aprender.

O Bebê, Que Babava, tirou seu pau enorme de dentro da boceta da Jovem Mãe e gritou:

— Eu não quero fazer sexo com mamãe. Mamãe não me dá tesão. Essa cara que mamãe faz quando goza me dá nojo. Eu tenho nojo de mamãe. Não fica bem eu fazer sexo com mamãe.

A Jovem Mãe expulsou a Vendedora De Roupas Jovens Da Butique De Roupas Jovens da cama. A Vendedora De Roupas Jovens Da Butique De Roupas Jovens se levantou, rindo sarcasticamente. A Jovem Mãe ficou de quatro, oferecendo sua boceta a Marcelo. Da boceta da Jovem Mãe pendia um cordão umbilical. Marcelo segurou o cordão umbilical e com ele, cordão umbilical, enforcou a Jovem Mãe do Bebê Que Babava. O Bebê, Que Babava, ria.

O Jovem Executivo De Gravata Vinho Com Listras Diagonais Alaranjadas e sua Noiva Loura, Bronzeada Pelo Sol, saíram da boate jovem e entraram no carro negro, importado do Japão, do Jovem Executivo De Gravata Vinho Com Listras Diagonais Alaranjadas.

O Jovem Executivo De Gravata Azul Com Detalhes Vermelhos e sua Noiva Loura, Bronzeada Pelo Sol, saíram da boate jovem e entraram no carro negro, importado do Japão, do Jovem Executivo De Gravata Azul Com Detalhes Vermelhos.

Os pais da Noiva Loura, Bronzeada Pelo Sol, Do Jovem Executivo De Gravata Vinho Com Listras Diagonais Alaranjadas tinham viajado para a casa de praia da família, nos arredores de Ubatuba.

Os pais da Noiva Loura, Bronzeada Pelo Sol, Do Jovem Executivo De Gravata Azul Com Detalhes Vermelhos tinham viajado para a casa de praia da família, nos arredores de Ubatuba.

O Jovem Executivo De Gravata Vinho Com Listras Diagonais Alaranjadas e sua Noiva Loura, Bronzeada Pelo Sol, dentro do carro negro, importado do Japão, do Jovem Executivo De Gravata Vinho Com Listras Diagonais Alaranjadas, atravessando todos os sinais vermelhos do caminho, já que, de madrugada, ninguém pára nos sinais vermelhos mesmo, foram para a casa da Noiva Loura, Bronzeada Pelo Sol, Do Jovem Executivo De Gravata Vinho Com Listras Diagonais Alaranjadas fazer sexo.

O Jovem Executivo De Gravata Azul Com Detalhes Vermelhos e sua Noiva Loura, Bronzeada Pelo Sol, dentro do carro negro, importado do Japão, do Jovem Executivo De Gravata Azul Com Detalhes Vermelhos, atravessando todos os sinais vermelhos do caminho, já que, de madrugada, ninguém pára nos sinais vermelhos mesmo, foram para a casa da Noiva Loura, Bronzeada Pelo Sol, Do Jovem Executivo De Gravata Azul Com Detalhes Vermelhos fazer sexo.

O Pastor falou:

— Vocês, que aqui está, neste momento, nesta hora sagrada. Vocês, que já foi na macumbaria, que já tentou a salvação na tal da Igreja Católica. Sim, meus irmãos, a mesma Igreja Católica que nos ataca, que ataca os nossos bispo... A Igreja Católica que adora imagens de gesso, a Igreja Católica do Papa, da Aparecida, que são demônios que se faz passar por sagrado. Vocês, hoje, sim, irmãos, hoje vai todo mundo sair daqui com o Nosso Senhor Jesus Cristo, que é o único deus, dentro do coração. Porque só existe um deus, o Deus que é o Nosso Senhor Jesus Cristo, e não essa macumbaria que atrai o Demônio pra dentro de vocês. É, porque a macumbaria, o Papa, o Tranca-Rua, o Exu Caveira, a Aparecida, é tudo a mesma coisa. São todos filho de Satanás. Porque o Demônio existe de verdade. Não tem nada de simbolismo como alguns padre de hoje em dia tenta falar. Está na Bíblia Sagrada: "Se alguém adora a besta e a sua imagem, e recebe a marca sobre a fronte ou na mão, esse também beberá o vinho do furor de Deus e será atormentado com fogo e enxofre". Isso quer dizer que o Demônio existe e que aquele que não entrega seus corações a Cristo, nosso senhor, vai arder nas profundezas do inferno. Mas vocês podem dizer que o inferno tá longe, que ainda existe muita vida pela frente. Mas, se vocês parar pra pensar... Olhem, preste atenção. Eu pergunto a vocês: será que tudo está bem com suas almas? E essa solidão que você sente de noite? Essa dor de cabeça que nunca sara. Esses pobremas financeiros. Essas discórdia no seio da sua família. Será isso um pobrema científico? Mas, então, por que o médico falou pra senhora que essas dor de cabeça é psicológico? A senhora não sente a dor? E vem o médico e fala que não é nada. Sabe o que é essa dor que a senhora sente? É um demônio como os vários demônio que existe. E o senhor, com pobremas de alcoolismo? O senhor que já perdeu a esposa que ficou cansada de ver você, toda noite, bêbado, voltando dos boteco. Por que é que o senhor não consegue abandonar esse vício que está destruindo o seu lar? É obra de quem? (Os fiéis gritam: "Do Demônio".) Não ouvi direito. Vocês podem falar mais alto? (Os fiéis gritam mais alto: "Do Demônio".) Pois Jesus, nosso senhor, não é como essa Aparecida, como esses preto velho da macumbaria. Porque o Demônio promete muitas coisa, fingindo que é Deus. Mas deus só tem um e é Jesus, o nosso senhor, que é o único deus que existe. O resto é macumbaria, é imagens de gesso. Eu sei que tem muita gente aqui, na casa do Senhor, que ainda não acredita no que eu estou dizendo. Estou falando com vocês que dão ouvido ao que esse pessoal da imprensa falam. Porque esse pessoal da imprensa estão com medo do poder de Jesus. Porque, a cada dia que passa, mais pessoas estão aceitando Cristo em seu coração. Estão aceitando que só Cristo é o Deus. E a imprensa tem medo de não poder mandar mais no povo. Por isso a imprensa do Demônio ataca nossos bispo e nossos fiéis. Mas, a partir de hoje, a senhora não vai mais ter essas dor de cabeça. O senhor vai abandonar a bebida, a maconha que destrói os lares. Porque eu sinto a presença de Jesus, que, por minha mão, vai expulsar o Tranca-Rua, o Exu Caveira, a Maria Padilha que está na sua alma, atormentando, criando dor de cabeça, dor na perna, botando o cigarro de maconha na sua boca. Está na Bíblia Sagrada, está nos Coríntios: "O agulhão, o ag... agu... o aguilhão da morte é o pecado e a força do pecado é a lei, graças rendam a Deus, que nos dá a vitória por Nosso Senhor Jesus Cristo". Então, isso quer dizer que os demônio que fazem você pecar vão ser esmagados pela força do Senhor Jesus Cristo. Agora eu peço, em nome de nosso senhor, Jesus Cristo, que todos os demônio, aqui presentes, se manifeste. Pode aparecer, Exu Caveira, venha, Tranca-Rua, venha que, hoje, Jesus vai dar uma surra em vocês. Eu ordeno que todos os agente do mal se manifeste agora, em nome do Senhor, em nome de Jesus Cristo! Amém, gente.

O Negro, Que Fedia, olhou impressionado para as pessoas que começaram a se contorcer pelo templo. A Trocadora Do Ônibus No Qual O Negro, Que Fedia, Voltava Para Casa Todos Os Dias, Às Seis Horas Da Tarde, indicou para o Negro, Que Fedia, os dois ajudantes do Pastor, que andavam pelo templo à procura de demônios incorporados e se aproximavam da fila de cadeiras onde estavam o Negro, Que Fedia, e a Trocadora Do Ônibus No Qual O Negro, Que Fedia, Voltava Para Casa Todos Os Dias, Às Seis Horas Da Tarde. A Trocadora Do Ônibus No Qual O Negro, Que Fedia, Voltava Para Casa Todos Os Dias, Às Seis Horas Da Tarde, cochichou no ouvido do Negro, Que Fedia:

— Vai com eles e entrega seu coração a Cristo.

O Negro, Que Fedia, andou na direção dos dois ajudantes do Pastor. Um dos ajudantes do Pastor colocou uma de suas mãos sobre a cabeça do Negro, Que Fedia, e a empurrou para baixo. O Negro, Que Fedia, olhou para os fiéis que se contorciam e passou a imitá-los. Nesse momento, o Negro, Que Fedia, entregou seu coração a Cristo e estrebuchou sinceramente. Havia mais de cem demônios possuindo a alma do Negro, Que Fedia.

Alex, Marquinhos, a Vendedora De Roupas Jovens Da Butique De Roupas Jovens e a Secretária Loura, Bronzeada Pelo Sol, saíram do barzinho jovem e entraram no carro negro, importado do Japão, de Marquinhos. Marquinhos dirigia seu carro negro, importado do Japão, enquanto passava sua mão direita pelas coxas da Secretária Loura, Bronzeada Pelo Sol, que, com a longa unha afiada de seu dedo mindinho da mão direita, levava um tiquinho de cocaína ao nariz, só para experimentar. No banco traseiro do carro negro, importado do Japão, de Marquinhos, a Vendedora De Roupas Jovens Da Butique De Roupas Jovens fazia sexo oral em Alex.

Marquinhos, Alex, a Vendedora De Roupas Jovens Da Butique De Roupas Jovens e a Secretária Loura, Bronzeada Pelo Sol, dentro do carro negro, importado do Japão, de Marquinhos, atravessando todos os sinais vermelhos do caminho, já que, de madrugada, ninguém pára nos sinais vermelhos mesmo, foram para o Motel Le Petit Palais, que era melhor que o Motel L'Amour, onde a Gorda Com Cheiro De Perfume Avon acabara de chegar com o Chefe Da Expedição Da Firma, mas não tão bom quanto o Motel Taj Mahal, onde a Gorda Com Cheiro De Perfume Avon seria lambida pelo Japonês Da IBM, se ela, Gorda Com Cheiro De Perfume Avon, estivesse na banca de revistas, em frente ao shopping center, no momento em que o Japonês Da IBM atravessou a larga avenida, em frente ao shopping center, e entrou, discretamente, na banca de revistas, em frente ao shopping center.

A Jovem Mãe do Bebê Que Babava acordou de madrugada, quando o Bebê, Que Babava, começou a chorar no quarto. A televisão transmitia um programa religioso com um pastor que tentava convencer os telespectadores a entregar seus corações a Cristo. A Jovem Mãe do Bebê Que Babava, que tinha seios firmes com róseos mamilos e bunda empinada, estava nua. A Jovem Mãe do Bebê Que Babava foi até o quarto e pegou o Bebê, Que Babava e chorava, no colo. No colo de sua Jovem Mãe, o Bebê, Que Babava, parou de chorar. A Jovem Mãe do Bebê Que Babava, ainda sonolenta, não se dera conta da ausência de Marcelo. A Jovem Mãe do Bebê Que Babava sentou no sofá, em frente à televisão, colocou o róseo mamilo na boca do Bebê, Que Babava, e se lembrou de Marcelo. Na televisão, o Pastor Do Programa Religioso Da Televisão entrevistava o Negro, Que Fedia. O Negro, Que Fedia, falou para o Pastor Do Programa Religioso Da Televisão:

— Antes de entregar meu coração a Cristo, a minha vida não tinha sentido. Eu não parava em emprego nenhum, tinha maus pensamentos... uma pressão aqui na cabeça, e eu bebia cachaça. Também já fui muito na macumbaria. Hoje, Jesus tirou trinta demônios do meu corpo, e eu estou feliz e encontrei o meu caminho. Só Cristo mesmo para me salvar. Porque Cristo é o único deus.

A Jovem Mãe do Bebê Que Babava não lembrou que o Negro, Que Fedia, que estava na televisão era o negro, que fedia, que encostara o pau em sua bunda no elevador do shopping center. A Jovem Mãe do Bebê Que Babava estava aflita porque Marcelo desaparecera sem falar nada. O Bebê, Que Babava, mamava no seio firme de róseo mamilo de sua Jovem Mãe. A Jovem Mãe do Bebê Que Babava queria fazer sexo com Marcelo. A Jovem Mãe do Bebê Que Babava só não saiu correndo em busca de Marcelo, porque o Bebê, Que Babava, mamava em seu róseo mamilo. Depois do depoimento do Negro, Que Fedia, o programa religioso da televisão passou a mostrar o Bispo, Chefe Da Igreja Do Programa Religioso Da Televisão, Em Plano Americano. O Bispo, Chefe Da Igreja Do Programa Religioso Da Televisão, Em Plano Americano, falava:

— Você, que está aí na sua casa, que por acaso sintonizou o nosso programa... Você, que padece de uma doença inexplicável, uma doença que te acompanha por toda a vida e a medicina não consegue curar... Você, que tem um vício que está destruindo a sua vida... a maconha, a cocaína, o crack ou a bebida... Você, que foi abandonada pelo companheiro... Você, que tem um filho homossexual...

A Jovem Mãe do Bebê Que Babava, com o Bebê, Que Babava, mamando em seu róseo mamilo, lembrou que Marcelo poderia estar no novo consultório, na Vila Mariana. A Jovem Mãe do Bebê Que Babava, com o Bebê, Que Babava, mamando em seu róseo mamilo, pegou o telefone e ligou para o novo consultório de Marcelo, na Vila Mariana. Marcelo atendeu o telefone:

— Vendedora De Roupas Jovens Da Butique De Roupas Jovens?

Eram cinco horas da manhã. O Bebê, Que Babava, tirou a boca do róseo mamilo de sua Jovem Mãe. O Bebê, Que Babava, passaria, a partir daquele momento, a recusar os seios firmes de róseos mamilos de sua Jovem Mãe. O Bebê, Que Babava, a partir daquele momento, se tornou homossexual, segundo a teoria de Marcelo.

O Executivo De Óculos Ray-Ban acordou com as mãos de sua Esposa Com Mais De Quarenta acariciando os pêlos de seu peito másculo. O Executivo De Óculos Ray-Ban abriu os olhos e viu a pelanca sob o queixo de sua Esposa Com Mais De Quarenta. A Esposa Com Mais De Quarenta Do Executivo De Óculos Ray-Ban estava com mau hálito. O Executivo De Óculos Ray-Ban tentou se levantar da cama, mas a Esposa Com Mais De Quarenta Do Executivo De Óculos Ray-Ban montou em cima dele, do Executivo De Óculos Ray-Ban, e o beijou na boca. O Executivo De Óculos Ray-Ban fingia que não percebera que sua Esposa Com Mais De Quarenta estava com mau hálito. O mau hálito da Esposa Com Mais De Quarenta Do Executivo De Óculos Ray-Ban era composto dos seguintes odores: molho agridoce, álcool e esperma. A Esposa Com Mais De Quarenta Do Executivo De Óculos Ray-Ban não percebera o mau hálito do Executivo De Óculos Ray-Ban. O mau hálito do Executivo De Óculos Ray-Ban era composto dos seguintes odores: molho agridoce, álcool e secreções vaginais. Quando o pau do Executivo De Óculos Ray-Ban entrou dentro da boceta da Esposa Com Mais De Quarenta Do Executivo De Óculos Ray-Ban, o Executivo De Óculos Ray-Ban sentiu, através de seu pau, os seguintes líquidos na boceta de sua Esposa Com Mais De Quarenta: secreções vaginais, sorvete de creme e esperma da véspera. O pau do Executivo De Óculos Ray-Ban ficou mole. A Esposa Com Mais De Quarenta Do Executivo De Óculos Ray-Ban rebolou sobre o pau do Executivo De Óculos Ray-Ban. O pau do Executivo De Óculos Ray-Ban continuou mole. A Esposa Com Mais De Quarenta Do Executivo De Óculos Ray-Ban saiu de cima do pau do Executivo De Óculos Ray-Ban e fez sexo oral nele, no Executivo De Óculos Ray-Ban. O Executivo De Óculos Ray-Ban fechou os olhos e tentou fantasiar a Kim Basinger fazendo sexo oral nele, no Executivo De Óculos Ray-Ban. Só que, em vez da Kim Basinger, o Executivo De Óculos Ray-Ban via, em sua fantasia, o Gerente De Marketing Da Multinacional Que Fabricava Camisinhas. O pau do Executivo De Óculos Ray-Ban continuou mole. A Esposa Com Mais De Quarenta Do Executivo De Óculos Ray-Ban tirou a boca do pau do Executivo De Óculos Ray-Ban e foi lambendo o corpo do Executivo De Óculos Ray-Ban até chegar, com a língua, na boca do Executivo De Óculos Ray-Ban. A língua da Esposa Com Mais De Quarenta Do Executivo De Óculos Ray-Ban estava seca e tinha uma camada de gosma amarela sobre ela, língua da Esposa Com Mais De Quarenta Do Executivo De Óculos Ray-Ban. A Esposa Com Mais De Quarenta Do Executivo De Óculos Ray-Ban colocou sua língua dentro da boca do Executivo De Óculos Ray-Ban. O pau do Executivo De Óculos Ray-Ban continuou mole. A Esposa Com Mais De Quarenta Do Executivo De Óculos Ray-Ban tirou a língua de dentro da boca do Executivo De Óculos Ray-Ban e ficou de quatro, com a bunda virada para cima. A Esposa Com Mais De Quarenta Do Executivo De

Óculos Ray-Ban dava gemidos roucos. A Esposa Com Mais De Quarenta Do Executivo De Óculos Ray-Ban estava oferecendo o cu para que o Executivo De Óculos Ray-Ban colocasse seu pau dentro dele, do cu da Esposa Com Mais De Quarenta Do Executivo De Óculos Ray-Ban. A Esposa Com Mais De Quarenta Do Executivo De Óculos Ray-Ban fingia que o gesto de ficar de quatro, com o cu para cima, era um gesto espontâneo, não premeditado. O Executivo De Óculos Ray-Ban percebera que sua Esposa Com Mais De Quarenta fingia que o gesto de ficar de quatro, com o cu para cima, era um gesto espontâneo, não premeditado. O Executivo De Óculos Ray-Ban fingia que não percebera que sua Esposa Com Mais De Quarenta fingia que o gesto de ficar de quatro, com o cu para cima, era um gesto espontâneo, não premeditado. Mas, já que a Esposa Com Mais De Quarenta Do Executivo De Óculos Ray-Ban estava de quatro, com o cu para cima, só restava ao Executivo De Óculos Ray-Ban colocar seu pau no cu de sua Esposa Com Mais De Quarenta. O Executivo De Óculos Ray-Ban se ajoelhou atrás de sua Esposa Com Mais De Quarenta e olhou para o cu de sua Esposa Com Mais De Quarenta. O cu da Esposa Com Mais De Quarenta Do Executivo De Óculos Ray-Ban possuía as seguintes tonalidades de cor: cor-de-rosa, bege puxado para o alaranjado, marrom e preto. Os pêlos do cu da Esposa Com Mais De Quarenta Do Executivo De Óculos Ray-Ban eram curtos, tinham a base negra, e iam clareando até as pontas, devido ao suor e ao atrito provocado pelas duas bandas da bunda da Esposa Com Mais De Quarenta Do Executivo De Óculos Ray-Ban. O Executivo De Óculos Ray-Ban achava que o cu da Kim Basinger era bem diferente do cu de sua Esposa Com Mais De Quarenta. Para o Executivo De Óculos Ray-Ban, o cu da Kim Basinger era totalmente cor-de-rosa e sem pêlos. Para o Executivo De Óculos Ray-Ban, o formato do cu da Kim Basinger era perfeito como o formato dos cus de umas esculturas do Salvador Dalí cujas fotos estavam num catálogo com fotos das obras do Salvador Dalí que ficava na recepção da agência de publicidade em que ele, Executivo De Óculos Ray-Ban, e o Jovem Executivo De Gravata Vinho Com Listras Diagonais Alaranjadas trabalhavam (O Executivo De Óculos Ray-Ban achava o Salvador Dalí muito louco.). No entanto, o cu da Kim Basinger talvez tivesse pêlos negros, descoloridos nas pontas devido ao suor e ao atrito provocado pelas duas bandas da bunda da Kim Basinger.

Abaixo (ou acima, dependendo do ponto de visão) do cu da Esposa Com Mais De Quarenta Do Executivo De Óculos Ray-Ban, estava a boceta da Esposa Com Mais De Quarenta Do Executivo De Óculos Ray-Ban.

A boceta da Esposa Com Mais De Quarenta Do Executivo De Óculos Ray-Ban era assim: logo abaixo (ou acima, dependendo do ponto de visão) do cu, havia um trecho amarronzado, com uma verruguinha alaranjada se destacando no meio da pele lisa e lustrosa de suor. Logo acima (ou abaixo, dependendo do ponto de visão) dessa carne amarronzada, os pequenos lábios, de um marrom arroxeado mais forte que o marrom da pele lisa e lustrosa de suor que ficava abaixo (ou acima, dependendo do ponto de visão) do cu, grossos e enrugados, se entreabriam e revelavam um líquido viscoso e esbranquiçado que escorria do interior da boceta devido às secreções vaginais, ao sorvete de creme e ao esperma depositado pelo Executivo De Óculos Ray-Ban na noite anterior. Os pequenos lábios, flácidos e marrons, subiam (ou desciam, dependendo do ponto de visão) até perto da virilha, onde o clitóris roxo e rígido despontava. Da parte externa dos pequenos lábios, até o interior do buraco da boceta, o marrom arroxeado entrava em dégradé até atingir uma coloração rosa-shocking. Nas dobras entre os pequenos e os grandes lábios, a pele era idêntica à pele daquele pedaço amarronzado abaixo (ou acima, dependendo do ponto de visão) do cu. Os pêlos do púbis eram negros e rigorosamente aparados, formando uma espécie de penteado à escovinha. E, ao redor do penteado à escovinha, havia as berebas causadas pela depilação. O Executivo De Óculos Ray-Ban estava suado. O Executivo De Óculos Ray-Ban esfregou seu pau mole no cu de sua Esposa Com Mais De Quarenta. A Esposa Com Mais De Quarenta Do Executivo De Óculos Ray-Ban, tentando sempre parecer espontânea e natural, fazia caras e bocas aprendidas em alguns filmes pornográficos que o Executivo De Óculos Ray-Ban trazia para casa na época em que ele, Executivo De Óculos Ray-Ban, começou a perder o interesse sexual por ela, Esposa Com Mais De Quarenta Do Executivo De Óculos Ray-Ban. Depois de fazer muito esforço para eliminar o Gerente De Marketing Da Multinacional Que Fabricava Camisinhas de sua imaginação, o Executivo De Óculos Ray-Ban conseguiu focalizar o imaginário cu da Kim Basinger em sua mente e ficou com o pau duro. O Executivo De Óculos Ray-Ban fez sexo anal com sua Esposa Com Mais De Quarenta. O Executivo De Óculos Ray-Ban ejaculou no róseo cu da Kim Basinger. A Esposa Com Mais De Quarenta Do Executivo De Óculos Ray-Ban falou para o Executivo De Óculos Ray-Ban:

— Eu te amo.

O Executivo De Óculos Ray-Ban falou para sua Esposa Com Mais De Quarenta:

— Eu também.

O Executivo De Óculos Ray-Ban tirou seu pau, meio murcho e coberto por uma gosma bege, de dentro do cu de sua Esposa Com Mais De Quarenta e pensou numa frase ótima para dizer na reunião de segunda-feira com a diretoria de marketing da multinacional que fabricava camisinhas. A frase ótima que o Executivo De Óculos Ray-Ban diria durante a reunião de segunda-feira com a diretoria de marketing da multinacional que fabricava camisinhas era a seguinte:

— Neste fim de semana, eu almocei comida caseira. Tive que comer o cu da patroa.

Quando o Executivo De Óculos Ray-Ban disser essa frase ótima, durante a reunião de segunda-feira com a diretoria de marketing da multinacional que fabricava camisinhas, o Gerente De Marketing Da Multinacional Que Fabricava Camisinhas rirá.

Quando chegaram no Motel Le Petit Palais, Alex, Marquinhos, a Vendedora De Roupas Jovens Da Butique De Roupas Jovens e a Secretária Loura, Bronzeada Pelo Sol, pediram um quarto para os quatro. Alex, Marquinhos, a Vendedora De Roupas Jovens Da Butique De Roupas Jovens e a Secretária Loura, Bronzeada Pelo Sol, queriam fazer sexo de tudo quanto é jeito: sexo oral, sexo anal, sexo grupal, ménage à trois etc.

Alex, Marquinhos, a Vendedora De Roupas Jovens Da Butique De Roupas Jovens e a Secretária Loura, Bronzeada Pelo Sol, entraram na suíte Escort do Motel Le Petit Palais.

Alex tirou a roupa e mostrou seu pau duro para Marquinhos.

Marquinhos riu.

A Vendedora De Roupas Jovens Da Butique De Roupas Jovens exclamou:

— Nossa!

A Secretária Loura, Bronzeada Pelo Sol, riu.

A Vendedora De Roupas Jovens Da Butique De Roupas Jovens segurou o pau de Alex.

Alex lambeu a orelha da Vendedora De Roupas Jovens Da Butique De Roupas Jovens.

Marquinhos tirou do bolso um saquinho de cocaína.

A Vendedora De Roupas Jovens Da Butique De Roupas Jovens exclamou:

— Oba!

Alex tirou a blusa jovem da Vendedora De Roupas Jovens Da Butique De Roupas Jovens.

A Secretária Loura, Bronzeada Pelo Sol, apertou um interruptor, e as luzes estroboscópicas da suíte Escort do Motel Le Petit Palais se acenderam.

A Vendedora De Roupas Jovens Da Butique De Roupas Jovens tirou a calça jovem, a calcinha jovem e o sutiã jovem.

Marquinhos se ajoelhou no chão espelhado da suíte Escort do Motel Le Petit Palais e desenhou um pênis usando a cocaína.

A Vendedora De Roupas Jovens Da Butique De Roupas Jovens, Alex e a Secretária Loura, Bronzeada Pelo Sol, riram.

Alex lambeu a língua da Vendedora De Roupas Jovens Da Butique De Roupas Jovens.

A Secretária Loura, Bronzeada Pelo Sol, fez um striptease sob as luzes estroboscópicas da suíte Escort do Motel Le Petit Palais.

Marquinhos cheirou um dos escrotos do pênis de cocaína desenhado no chão espelhado da suíte Escort do Motel Le Petit Palais e tirou a roupa.

Alex agarrou a Secretária Loura, Bronzeada Pelo Sol, por trás e esfregou seu pau duro na bunda dela, da Secretária Loura, Bronzeada Pelo Sol.

A Vendedora De Roupas Jovens Da Butique De Roupas Jovens cheirou o outro escroto do pênis de cocaína desenhado no chão espelhado da suíte Escort do Motel Le Petit Palais e exclamou:

— Iurrruuuu!

Marquinhos agarrou a Secretária Loura, Bronzeada Pelo Sol, pela frente e esfregou seu pau duro nas coxas dela, da Secretária Loura, Bronzeada Pelo Sol, enquanto Alex esfregava seu pau duro na bunda dela, da Secretária Loura, Bronzeada Pelo Sol.

A Vendedora De Roupas Jovens Da Butique De Roupas Jovens agarrou Marquinhos, por trás, e esfregou sua boceta na bunda dele, de Marquinhos.

As caixas de som, no teto da suíte Escort do Motel Le Petit Palais, emitiam a música de Ray Conniff.

Marquinhos, Alex, a Vendedora De Roupas Jovens Da Butique De Roupas Jovens e a Secretária Loura, Bronzeada Pelo Sol, se atiraram jovialmente na cama redonda, vibratória, acolchoada, com teto solar, da suíte Escort do Motel Le Petit Palais.

A Secretária Loura, Bronzeada Pelo Sol, segurou o pau de Alex.

Alex lambeu um dos seios da Vendedora De Roupas Jovens Da Butique De Roupas Jovens.

Marquinhos esfregou seu pau na boceta da Secretária Loura, Bronzeada Pelo Sol.

A Vendedora De Roupas Jovens Da Butique De Roupas Jovens colocou o pau de Alex em sua boca.

Marquinhos colocou seu pau na boceta da Secretária Loura, Bronzeada Pelo Sol.

A Secretária Loura, Bronzeada Pelo Sol, mordeu a bunda de Alex.

A Vendedora De Roupas Jovens Da Butique De Roupas Jovens esfregou o pau de Alex em sua cara.

A Secretária Loura, Bronzeada Pelo Sol, rebolou com o pau de Marquinhos dentro de sua boceta.

Alex lambeu a boceta da Vendedora De Roupas Jovens Da Butique De Roupas Jovens.

Marquinhos tirou seu pau de dentro da boceta da Secretária Loura, Bronzeada Pelo Sol, e colocou seu pau dentro do cu da Secretária Loura, Bronzeada Pelo Sol.

Alex colocou seu pau dentro da boceta da Secretária Loura, Bronzeada Pelo Sol.

O saco escrotal de Alex encostou no saco escrotal de Marquinhos.

A Vendedora De Roupas Jovens Da Butique De Roupas Jovens colocou seu dedo polegar da mão direita no cu de Alex.

Alex tirou o dedo polegar da mão direita da Vendedora De Roupas Jovens Da Butique De Roupas Jovens de dentro de seu cu.

A Vendedora De Roupas Jovens Da Butique De Roupas Jovens cheirou uma das laterais do pênis de cocaína desenhado no chão espelhado da suíte Escort do Motel Le Petit Palais.

Marquinhos tirou seu pau de dentro do cu da Secretária Loura, Bronzeada Pelo Sol, e cheirou a outra lateral do pênis de cocaína desenhado no chão espelhado da suíte Escort do Motel Le Petit Palais.

Alex colocou seu dedo médio no cu da Secretária Loura, Bronzeada Pelo Sol.

A Vendedora De Roupas Jovens Da Butique De Roupas Jovens segurou o pau de Marquinhos e esfregou o pau de Marquinhos na glande do pênis de cocaína desenhado no chão espelhado da suíte Escort do Motel Le Petit Palais.

A Secretária Loura, Bronzeada Pelo Sol, enfiou sua língua na orelha de Alex.

A Vendedora De Roupas Jovens Da Butique De Roupas Jovens lambeu a cocaína sobre o pau de Marquinhos.

Alex tirou seu pau de dentro da boceta da Secretária Loura, Bronzeada Pelo Sol, e colocou seu pau na boca da Vendedora De Roupas Jovens Da Butique De Roupas Jovens.

A Vendedora De Roupas Jovens Da Butique De Roupas Jovens colocou o pau de Alex e o pau de Marquinhos, simultaneamente, em sua boca.

A Secretária Loura, Bronzeada Pelo Sol, abraçou a Vendedora De Roupas Jovens Da Butique De Roupas Jovens, por trás, e segurou os peitos dela, da Vendedora De Roupas Jovens Da Butique De Roupas Jovens.

O pau de Marquinhos encostou no pau de Alex, dentro da boca da Vendedora De Roupas Jovens Da Butique De Roupas Jovens.

Alex ejaculou na boca da Vendedora De Roupas Jovens Da Butique De Roupas Jovens.

Marquinhos ejaculou na boca da Vendedora De Roupas Jovens Da Butique De Roupas Jovens.

O esperma de Alex se misturou ao esperma de Marquinhos dentro da boca da Vendedora De Roupas Jovens Da Butique De Roupas Jovens.

A Secretária Loura, Bronzeada Pelo Sol, lambeu o saco escrotal de Alex.

Marquinhos e Alex foram ao banheiro da suíte Escort do Motel Le Petit Palais e lavaram seus paus.

A Vendedora De Roupas Jovens Da Butique De Roupas Jovens e a Secretária Loura, Bronzeada Pelo Sol, foram ao banheiro da suíte Escort do Motel Le Petit Palais e lavaram suas bocetas e seus cus.

Marquinhos, Alex, a Vendedora De Roupas Jovens Da Butique De Roupas Jovens e a Secretária Loura, Bronzeada Pelo Sol, voltaram para a cama redonda, vibratória, acolchoada, com teto solar, da suíte Escort do Motel Le Petit Palais.

A Vendedora De Roupas Jovens Da Butique De Roupas Jovens segurou o pau de Alex.

Marquinhos lambeu o bico de um dos peitos da Secretária Loura, Bronzeada Pelo Sol.

A Vendedora De Roupas Jovens Da Butique De Roupas Jovens segurou o pau de Marquinhos.

A Secretária Loura, Bronzeada Pelo Sol, passou a mão na bunda da Vendedora De Roupas Jovens Da Butique De Roupas Jovens.

Marquinhos colocou seu pau na boceta da Secretária Loura, Bronzeada Pelo Sol.

Alex colocou seu pau na boca da Secretária Loura, Bronzeada Pelo Sol.

A Vendedora De Roupas Jovens Da Butique De Roupas Jovens colocou seu dedo indicador no cu da Secretária Loura, Bronzeada Pelo Sol.

Marquinhos lambeu a bunda da Vendedora De Roupas Jovens Da Butique De Roupas Jovens.

Alex colocou seu pau no cu da Secretária Loura, Bronzeada Pelo Sol.

A Secretária Loura, Bronzeada Pelo Sol, esfregou o pau de Marquinhos em seus peitos.

A Vendedora De Roupas Jovens Da Butique De Roupas Jovens lambeu os mamilos de Marquinhos.

Alex colocou seu pau na boceta da Secretária Loura, Bronzeada Pelo Sol.

A Vendedora De Roupas Jovens Da Butique De Roupas Jovens lambeu o pau de Alex e a boceta da Secretária Loura, Bronzeada Pelo Sol.

Marquinhos colocou seu pau na boceta da Vendedora De Roupas Jovens Da Butique De Roupas Jovens.

A Secretária Loura, Bronzeada Pelo Sol, esfregou seus peitos nos peitos da Vendedora De Roupas Jovens Da Butique De Roupas Jovens.

Alex colocou seu dedo polegar no cu da Secretária Loura, Bronzeada Pelo Sol.

Marquinhos lambeu a boceta da Secretária Loura, Bronzeada Pelo Sol.

A Vendedora De Roupas Jovens Da Butique De Roupas Jovens lambeu o pau de Alex.

A Secretária Loura, Bronzeada Pelo Sol, lambeu os peitos da Vendedora De Roupas Jovens Da Butique De Roupas Jovens.

Marquinhos colocou seu pau no cu da Vendedora De Roupas Jovens Da Butique De Roupas Jovens.

Alex colocou seu pau na boceta da Vendedora De Roupas Jovens Da Butique De Roupas Jovens.

A Vendedora De Roupas Jovens Da Butique De Roupas Jovens lambeu a boceta da Secretária Loura, Bronzeada Pelo Sol.

A Secretária Loura, Bronzeada Pelo Sol, apertou a bunda de Marquinhos.

Alex lambeu os peitos da Secretária Loura, Bronzeada Pelo Sol.

A Vendedora De Roupas Jovens Da Butique De Roupas Jovens colocou o pau de Alex em sua boca.

A Secretária Loura, Bronzeada Pelo Sol, colocou seus dedos, indicador e médio, no cu da Vendedora De Roupas Jovens Da Butique De Roupas Jovens.

Marquinhos colocou seu pau no cu da Secretária Loura, Bronzeada Pelo Sol.

Alex colocou seu pau no cu da Vendedora De Roupas Jovens Da Butique De Roupas Jovens.

Marquinhos colocou seu pau na boceta da Vendedora De Roupas Jovens Da Butique De Roupas Jovens.

Alex colocou seu pau na boceta da Secretária Loura, Bronzeada Pelo Sol.

Marquinhos colocou seu pau na boca da Secretária Loura, Bronzeada Pelo Sol.

A Vendedora De Roupas Jovens Da Butique De Roupas Jovens esfregou seus peitos nas costas de Marquinhos.

Alex colocou seu pau no cu da Secretária Loura, Bronzeada Pelo Sol.

A Vendedora De Roupas Jovens Da Butique De Roupas Jovens lambeu a boceta da Secretária Loura, Bronzeada Pelo Sol.

Marquinhos lambeu a boceta da Vendedora De Roupas Jovens Da Butique De Roupas Jovens.

A Vendedora De Roupas Jovens Da Butique De Roupas Jovens lambeu o saco escrotal de Alex.

Marquinhos colocou seu pau na boceta da Vendedora De Roupas Jovens Da Butique De Roupas Jovens.

Alex colocou seu pau na boca da Vendedora De Roupas Jovens Da Butique De Roupas Jovens.

A Secretária Loura, Bronzeada Pelo Sol, esfregou sua boceta no rosto de Marquinhos.

Marquinhos colocou seu dedo médio na boceta da Secretária Loura, Bronzeada Pelo Sol.

Alex esfregou seu pau nos peitos da Vendedora De Roupas Jovens Da Butique De Roupas Jovens.

A Secretária Loura, Bronzeada Pelo Sol, colocou um de seus peitos na boca de Marquinhos.

Alex colocou seu pau no cu da Secretária Loura, Bronzeada Pelo Sol.

Marquinhos colocou seu pau na boceta da Secretária Loura, Bronzeada Pelo Sol.

O saco escrotal de Alex encostou no saco escrotal de Marquinhos.

A Vendedora De Roupas Jovens Da Butique De Roupas Jovens lambeu a língua da Secretária Loura, Bronzeada Pelo Sol.

Alex apertou a bunda da Vendedora De Roupas Jovens Da Butique De Roupas Jovens.

Marquinhos esfregou seus dedos, médio e indicador, na boceta da Vendedora De Roupas Jovens Da Butique De Roupas Jovens.

Marquinhos ejaculou na boceta da Secretária Loura, Bronzeada Pelo Sol.

Alex ejaculou no cu da Secretária Loura, Bronzeada Pelo Sol.

Os líquidos vaginais da Vendedora De Roupas Jovens Da Butique De Roupas Jovens lambuzaram os dedos, médio e indicador, de Marquinhos.

O esperma de Marquinhos escorreu pela boceta da Secretária Loura, Bronzeada Pelo Sol.

O esperma de Alex escorreu pelo cu da Secretária Loura, Bronzeada Pelo Sol.

A Vendedora De Roupas Jovens Da Butique De Roupas Jovens sentiu prazer.

Marquinhos sentiu prazer.

Alex sentiu prazer.

A Secretária Loura, Bronzeada Pelo Sol, achou a experiência mais ou menos interessante.

A Vendedora De Roupas Jovens Da Butique De Roupas Jovens achou que Alex e Marquinhos faziam sexo mais ou menos bem.

Marquinhos e Alex foram até o banheiro da suíte Escort do Motel Le Petit Palais para lavar seus paus.

Marquinhos comentou com Alex:

— A Secretária Loura, Bronzeada Pelo Sol, é meio depravada demais para o meu gosto. Mas que rabo, hein?!

Alex sorriu.

No novo consultório da Vila Mariana, Marcelo estava triste, sofrendo muito.

Marcelo amava a Vendedora De Roupas Jovens Da Butique De Roupas Jovens.

A Apresentadora Do Programa De Variedades Da Televisão, Que Era Loura, estava nua e olhava com certa timidez para o pau grande do Negro, Que Não Fedia.

O Negro, Que Não Fedia, estava nu e relaxado sobre os lençóis de seda da cama grande da suíte presidencial do hotel Maksoud Plaza. O Negro, Que Não Fedia, olhava para o corpo da Apresentadora Do Programa De Variedades Da Televisão, Que Era Loura e magra de seios firmes com róseos mamilos e bunda empinada. O pau do Negro, Que Não Fedia, estava duro. Mas o Negro, Que Não Fedia, não estava com pressa de fazer sexo com a Apresentadora Do Programa De Variedades Da Televisão, Que Era Loura.

Enquanto a Apresentadora Do Programa De Variedades Da Televisão, Que Era Loura, enchia duas taças de cristal com finíssimo champanhe, cortesia do hotel Maksoud Plaza, o Negro, Que Não Fedia, pegou seu violão de pinho espanhol e cantou uma canção que falava de libertação para o povo negro e da grandeza de Hailé Selassié — o Leão de Judá.

A Apresentadora Do Programa De Variedades Da Televisão, Que Era Loura, ficou emocionada com a voz límpida do Negro, Que Não Fedia, e com a bela letra da canção composta por ele, Negro, Que Não Fedia. A Apresentadora Do Programa De Variedades Da Televisão, Que Era Loura, se apaixonou pelo Negro, Que Não Fedia. A Apresentadora Do Programa De Variedades Da Televisão, Que Era Loura, sabia que não havia nenhuma possibilidade de viver um romance mais duradouro com o Negro, Que Não Fedia, já que o Negro, Que Não Fedia, era um pop star internacional, além de ser casado com Cinco esposas Negras, Que Não Fediam. Então, a Apresentadora Do Programa De Variedades Da Televisão, Que Era Loura, resolveu que aquela noite seria maravilhosa e inesquecível para o seu príncipe de ébano: o Negro, Que Não Fedia.

Assim que o Negro, Que Não Fedia, acabou de cantar sua canção, a Apresentadora Do Programa De Variedades Da Televisão, Que Era Loura, com uma lágrima singela descendo pelo seu olho esquerdo, beijou demoradamente a boca dele, do Negro, Que Não Fedia. Depois, entre goles de finíssimo champanhe, cortesia do hotel Maksoud Plaza, a Apresentadora Do Programa De Variedades Da Televisão, Que Era Loura, passou a acariciar suavemente o pau do Negro, Que Não Fedia. O Negro, Que Não Fedia, sentia muito prazer. A Apresentadora Do Programa De Variedades Da Televisão, Que Era Loura, fez sexo oral no Negro, Que Não Fedia. A boca da Apresentadora Do Programa De Variedades Da Televisão, Que Era Loura, deslizando pelo pau do Negro, Que Não Fedia, caso fosse fotografada naquele instante, poderia fazer parte de um moderno ensaio fotográfico erótico em preto-e-branco, digno dos mais sensíveis fotógrafos de arte. Esse possível ensaio fotográfico seria editado em capa dura coberta por acetato, onde o nome do fotógrafo e o título *Contrastes* estariam impressos com tipologia Helvética. A

Apresentadora Do Programa De Variedades Da Televisão, Que Era Loura, sabia fazer de cada relação sexual uma obra de composição estética. O Negro, Que Não Fedia, contemplou o cabelo louro sobre a face da Apresentadora Do Programa De Variedades Da Televisão, Que Era Loura, a lágrima cristalina escorrendo pelo rosto de pele dourada da Apresentadora Do Programa De Variedades Da Televisão, Que Era Loura, se misturando à saliva da Apresentadora Do Programa De Variedades Da Televisão, Que Era Loura, formando um fio elástico trespassado de luz entre a boca da Apresentadora Do Programa De Variedades Da Televisão, Que Era Loura, e o pau dele, do Negro, Que Não Fedia, e teve que interromper a felação para não atingir o orgasmo cedo demais e acabar com o ato sexual precocemente. A Apresentadora Do Programa De Variedades Da Televisão, Que Era Loura, sorriu languidamente para o Negro, Que Não Fedia, e passou a língua de um canto a outro de sua boca. O movimento da Apresentadora Do Programa De Variedades Da Televisão, Que Era Loura, de passar a língua de um canto a outro da boca era extasiante. Não... era resplandecente. O Negro, Que Não Fedia, então, retribuiu ao sorriso da Apresentadora Do Programa De Variedades Da Televisão, Que Era Loura, com outro sorriso de dentes brancos e perfeitos, exclamando a seguir:

— Oh! My God!

O Negro, Que Não Fedia, arremessou seu corpo rígido para trás, se espalhando sobre os lençóis de seda da cama grande da suíte presidencial do hotel Maksoud Plaza. A Apresentadora Do Programa De Variedades Da Televisão, Que Era Loura, arranhou levemente, do peito à região pubiana, o corpo do Negro, Que Não Fedia. A Apresentadora Do Programa De Variedades Da Televisão, Que Era Loura, falou para o Negro, Que Não Fedia:

— You are beautiful.

O Negro, Que Não Fedia, se lembrou do tempo em que era borracheiro em Kingston e fedia. O Negro, Que Não Fedia, se lembrou das americanas louras com quem morria de vontade de fazer sexo e com quem não fazia sexo. O Negro, Que Não Fedia, quando era borracheiro em Kingston e fedia, só fazia sexo com mulheres negras que fediam. O Negro, Que Não Fedia, resolveu então contar sua história à Apresentadora Do Programa De Variedades Da Televisão, Que Era Loura. Porém, antes de contar sua história à Apresentadora Do Programa De Variedades Da Televisão, Que Era Loura, o Negro, Que Não Fedia, abriu uma caixinha de madeira marroquina ricamente decorada com baixos-relevos e pedrarias e tirou de dentro dela, da caixinha de madeira marroquina ricamente decorada com baixos-relevos e pedrarias, um punhado de maconha plantada e colhida por ele próprio, Negro, Que Não Fedia, em sua fazenda na Jamaica. O Negro, Que Não Fedia, estava com o pau duro, e enrolou um enorme baseado jamaicano, fino numa ponta, grosso na outra. O Negro, Que Não Fedia, acendeu o enorme baseado jamaicano, fino numa ponta, grosso na outra, tragou duas vezes e o ofereceu à Apresentadora Do Programa De Variedades Da Televisão, Que Era Loura. A Apresentadora Do Programa De Variedades Da Televisão, Que Era Loura, fumara maconha quando era adolescente, mas, depois que se tornou uma apresentadora de programas de variedades da televisão e passou a ter muitos compromissos, a Apresentadora Do Programa De Variedades Da Televisão, Que Era Loura, não só parara de fumar maconha, como também passara a desprezar pessoas que fumavam maconha, que, para ela, Apresentadora Do Programa De Variedades Da Televisão, Que Era Loura, eram pessoas sem garra que não produziam nada e só ficavam rindo à toa. Mas como desprezar um enorme baseado jamaicano, fino numa ponta, grosso na outra, oferecido por um rasta legítimo, astro internacional do reggae, bonito como um príncipe etíope? Fumar um enorme baseado jamaicano, fino numa ponta, grosso na outra, oferecido por um rasta legítimo, astro internacional do reggae, bonito como um príncipe etíope, era quase um ritual religioso. A Apresentadora Do Programa De Variedades Da Televisão, Que Era Loura, tragou o enorme baseado jamaicano, fino numa ponta, grosso na outra, se engasgou com a fumaça quase sólida e teve um acesso de tosse. A Apresentadora Do Programa De Variedades Da Televisão, Que Era Loura, exibiu para o Negro, Que Não Fedia, um acesso de tosse de rara beleza. Era um anjo do paraíso com brônquios sensíveis expurgando o âmbar resinoso de um enorme baseado jamaicano, fino numa ponta, grosso na outra. O Negro, Que Não Fedia, gargalhou com imensa satisfação. A Apresentadora Do Programa De Variedades Da Televisão, Que Era Loura, ruborizada, disse ao Negro, Que Não Fedia:

— *Sorry.*

O Negro, Que Não Fedia, afagou os cabelos dourados da Apresentadora Do Programa De Variedades Da Televisão, Que Era Loura, e ofereceu a ela, Apresentadora Do Programa De Variedades Da Televisão, Que Era Loura, mais um trago do enorme baseado jamaicano, fino numa ponta, grosso na outra. Logo, a Apresentadora Do Programa De Variedades Da Televisão, Que Era Loura, estava envolvida por uma bruma semi-alucinógena, e o Negro, Que Não Fedia, começou a contar sua história. A Apresentadora Do Programa De Variedades Da Televisão, Que Era Loura, visualizava tudo o que o Negro, Que Não Fedia, falava, como se assistisse a um filme anti-racista dirigido por um diretor do cinema americano engajado nas causas sociais. Steven Spielberg, por exemplo.

O Negro, Que Não Fedia, falou de sua infância de pobre negrinho, que fedia; falou sobre o Negro, Que Havia Se Formado Em Ciências Políticas, que ele, Negro, Que Não Fedia, que, naquela época, fedia, tinha encontrado na borracharia, em Kingston; falou sobre as coisas que o Negro, Que Havia Se Formado Em Ciências Políticas, tinha falado para ele, Negro, Que Não Fedia, que, naquela época, fedia: a maconha cuja semente o Negro, Que Havia Se Formado Em Ciências Políticas, tinha dado para ele, Negro, Que Não Fedia, que, naquela época, fedia, e que ele, Negro, Que Não Fedia, tinha plantado em sua fazenda e cujo fruto estava sendo fumado por ele, Negro, Que Não Fedia, e por ela, Apresentadora Do Programa De Variedades Da Televisão, Que Era Loura, naquele instante; o imperador etíope Hailé Selassié — o Leão de Judá, que seria o messias enviado por Jeová para libertar os homens e promover a volta de todos os negros do mundo à África; negros que fediam; brancos que oprimiam negros; a natureza, que fornecia tudo o que um negro livre necessitava para viver; negros que não se deixavam oprimir pelos brancos; a Jamaica; a África; os Estados Unidos; princesas negras que sabiam tudo sobre a arte do amor e do sexo; Charlie Parker, Miles Davis e Thelonious Monk; Pelé; a mais-valia de Karl Marx; acordos comerciais entre o Primeiro Mundo e o Terceiro Mundo; a Revolução Cubana; Deus; demônios; pedais de efeitos para guitarra; Londres; cortes de cabelo; a morte; Freud; tecidos africanos; Cristóvão Colombo; os índios que habitavam a Jamaica antigamente; o cheiro que ele, Negro, Que Não Fedia, tinha na época em que ele, Negro, Que Não Fedia, fedia.

A Apresentadora Do Programa De Variedades Da Televisão, Que Era Loura, fascinada, lágrimas prateadas cobrindo todo o seu rosto, entregou seu coração a Hailé Selassié — o Leão de Judá — e se atirou sobre o Negro, Que Não Fedia, enroscando sua língua macia na língua macia dele, do Negro, Que Não Fedia.

O Negro, Que Não Fedia, apertou a carne alva da bunda da Apresentadora Do Programa De Variedades Da Televisão,

Que Era Loura, e, depois, colocou seu pau dentro da boceta da Apresentadora Do Programa De Variedades Da Televisão, Que Era Loura, que não era uma boceta, mas o ninho dourado de Afrodite, um templo cor-de-rosa da beleza, um oásis quente e úmido onde o guerreiro mataria sua sede de amor.

A Apresentadora Do Programa De Variedades Da Televisão, Que Era Loura, músculos rijos, cavalgou seu corcel negro da Jamaica, num balé ritmado e dionisíaco.

Um feixe de luz, vindo da noite alaranjada de São Paulo, atravessou a fresta entre as cortinas brancas da suíte presidencial do hotel Maksoud Plaza, focalizou o plácido rosto da Apresentadora Do Programa De Variedades Da Televisão, Que Era Loura, exibindo, para o deleite do Negro, Que Não Fedia, a expressão sublime de gozo da Apresentadora Do Programa De Variedades Da Televisão, Que Era Loura.

O Negro, Que Não Fedia, num giro rápido, assumiu a posição de comando e, sobre o corpo, suave como uma pétala de rosa, da Apresentadora Do Programa De Variedades Da Televisão, Que Era Loura, iniciou o milenar movimento de vai-e-vem de um macho audaz sobre sua fêmea no cio. A Apresentadora Do Programa De Variedades Da Televisão, Que Era Loura, com as coxas eqüinas firmemente agarradas ao quadril malemolente do Negro, Que Não Fedia, fazia movimentos circulares com a alva bunda, como se quisesse extrair de seu amante selvagem toda a seiva do amor, da verdade, da essência divina, naquela fração de momento que nada significava e, no entanto, queria dizer tudo.

O Negro, Que Não Fedia, e a Apresentadora Do Programa De Variedades Da Televisão, Que Era Loura, fundiram seus corpos cobertos de orvalho e, juntos, atingiram o clímax em toda a sua dimensão de eternidade.

Levemente embriagado pelo finíssimo champanhe, cortesia do hotel Maksoud Plaza, pelo enorme baseado jamaicano, fino numa ponta, grosso na outra, e pelo prazer obtido no coito espetacular, o Negro, Que Não Fedia, vislumbrou, no corpo da Apresentadora Do Programa De Variedades Da Televisão, Que Era Loura, delicadamente aninhado sobre os lençóis de seda da cama grande da suíte presidencial do hotel Maksoud Plaza, o paraíso prometido pelo imperador etíope Hailé Selassié — o Leão de Judá. O Negro, Que Não Fedia, sentiu, naquele momento, que nada, mas nada mesmo, poderia superar, em beleza, êxtase, felicidade, a vida de um pop star internacional. O paraíso era composto de jam sessions com os melhores instrumentistas do mundo, noites de sexo com as melhores louras do mundo, goles de champanhe finíssimo sobre os lençóis de seda das camas grandes dos melhores hotéis do mundo, o agradável relaxamento provocado pela melhor maconha do mundo.

O Negro, Que Não Fedia, não podia mais crer no paraíso afro-bíblico do imperador etíope Hailé Selassié — o Leão de Judá. O Negro, Que Não Fedia, não queria retornar à África. Então, o Negro, Que Não Fedia, entregou seu coração aos irmãos Warner.

A Apresentadora Do Programa De Variedades Da Televisão, Que Era Loura, que apoiava sua cabeça sobre o peito do Negro, Que Não Fedia, sentiu o cheiro do Negro, Que Não Fedia.

O Negro, Que Não Fedia, fedia.

Foi uma pena que O Adolescente Meio Hippie não estivesse na suíte vice-presidencial do hotel Maksoud Plaza quando as Cinco Negras, Que Não Fediam, começaram a cantar. O Adolescente Meio Hippie, que estava aprendendo a tocar saxofone, sonhava em viver na Jamaica, fumando maconha, tocando reggae e fazendo sexo com cinco adolescentes meio hippies, que não federiam, saberia apreciar como ninguém a voz rouca da Primeira Esposa do Negro, Que Não Fedia, e a voz sopraníssima da Quarta Esposa do Negro, Que Não Fedia, que fazia o contraponto da melodia entoada pela voz rouca da Primeira Esposa do Negro, Que Não Fedia. O Adolescente Meio Hippie também saberia apreciar a maconha da fazenda do Negro, Que Não Fedia, que as Cinco Negras, Que Não Fediam, estavam fumando. O Adolescente Meio Hippie adoraria fazer sexo com as Cinco Negras, Que Não Fediam, que, embora não fossem adolescentes meio hippies, tinham corpos belíssimos e sabiam tudo sobre a arte do amor e do sexo.

As Cinco Negras, Que Não Fediam, cantavam uma canção de amor ao imperador etíope Hailé Selassié — o Leão de Judá, enquanto olhavam a televisão sem volume, que estava sintonizada na CNN. As Cinco Negras, Que Não Fediam, estavam nuas. As Cinco Negras, Que Não Fediam, pararam de cantar abruptamente quando o câmera da CNN focalizou cinco negras, que fediam, com a cabeça coberta de moscas, com as costelas aparecendo sob a pele, com cinco bebês negros, que fediam, com a cabeça coberta de moscas, com as costelas aparecendo sob a pele, no colo. As Cinco Negras, Que Não Fediam, aumentaram o volume da televisão e choraram. Depois da reportagem sobre a seca na Etiópia, pátria do imperador etíope Hailé Selassié — o Leão de Judá, a CNN transmitiu uma reportagem sobre o divórcio entre o príncipe Charles e a princesa Diana. Durante a reportagem, a CNN exibiu uma foto que mostrava celulite nas coxas da princesa Diana. As Cinco Negras, Que Não Fediam, que eram princesas rasta, riram.

As Cinco Negras, Que Não Fediam, sabiam que o Negro, Que Não Fedia, provavelmente estaria na suíte presidencial do hotel Maksoud Plaza, fazendo sexo com a Apresentadora Do Programa De Variedades Da Televisão, Que Era Loura. As Cinco Negras, Que Não Fediam, fizeram piadas sobre a Apresentadora Do Programa De Variedades Da Televisão, Que Era Loura. As Cinco Negras, Que Não Fediam, riram.

As Cinco Negras, Que Não Fediam, sabiam que os Músicos Da Banda De Reggae, Que Eram Jamaicanos E Não Fediam, provavelmente estariam fazendo sexo com as Duas Tietes Meio Hippies. As Cinco Negras, Que Não Fediam, fizeram piadas sobre as Duas Tietes Meio Hippies. As Cinco Negras, Que Não Fediam, riram.

As Cinco Negras, Que Não Fediam, sabiam que o Cantor De Rock De Uma Banda De Rock Nacional provavelmente não estava fazendo sexo com a Linda Morena, Bronzeada Pelo Sol, Que Era Namorada Do Cantor De Rock De Uma Banda De Rock Nacional, Estava Sem Sutiã E Sentia Cólicas Pré-Menstruais. As Cinco Negras, Que Não Fediam, fizeram piadas sobre a Linda Morena, Bronzeada Pelo Sol, Que Era Namorada Do Cantor De Rock De Uma Banda De Rock Nacional, Estava Sem Sutiã E Sentia Cólicas Pré-Menstruais. As Cinco Negras, Que Não Fediam, riram.

O Adolescente Meio Hippie, que tinha um espírito crítico muito apurado, que não gostava da Apresentadora Do Programa De Variedades Da Televisão, Que Era Loura, que não gostava do Cantor De Rock De Uma Banda De Rock Nacional, que não gostava da Linda Morena, Bronzeada Pelo Sol, Que Era Namorada Do Cantor De Rock De Uma Banda De Rock Nacional, Estava Sem Sutiã E Sentia Cólicas Pré-Menstruais, riria das piadas que as Cinco Negras, Que Não Fediam, faziam.

Rindo, as Cinco Negras, Que Não Fediam, se deitaram, nuas, lindas, uma ao lado da outra, sobre os lençóis de seda de três camas grandes instaladas, uma ao lado da outra, na suíte vice-presidencial do hotel Maksoud Plaza. (Não. As Cinco Negras, Que Não Fediam, não faziam sexo umas com as outras.)

As Cinco Negras, Que Não Fediam, se deitaram rindo, doidonas, com o coração entregue ao imperador etíope Hailé Selassié — o Leão de Judá, chorando pelos negros que fediam, cantando canções de amor à mãe África, rindo das letras das canções engraçadas escritas pela Primeira Esposa do Negro, Que Não Fedia, e pela Quarta Esposa do Negro, Que Não Fedia, sonhando com túnicas estampadas, com contas coloridas em cabelos delicadamente trançados, chorando pelos negrinhos, que fediam, que eram prostitutazinhas negrinhas, que fediam pelas ruas de Kingston, que eram espertinhos negrinhos, que fediam nas ruas de São Paulo, que eram comidinhas de urubu, que fediam nos desertos da Etiópia, que eram criancinhas negrinhas, esguichando sangue nas ruas do Bronx, rindo das bocetas louras da televisão, que gostavam de paus negros grandes, que não fediam, juntas, dormindo, cantando, sem fazer sexo, rindo do Articulista Cultural De Uma Revista Aí, que queria fazer um programa cultural com os Músicos Da Banda De Reggae, Que Eram Jamaicanos E Não Fediam, pela noite cultural de São Paulo, chorando pelo Negro, Que Não Fedia, que estava trocando o amor afro-bíblico do imperador etíope Hailé Selassié — o Leão de Judá — pelo paraíso mercantil dos irmãos Warner, composto de jam sessions com os melhores instrumentistas do mundo, noites de sexo com as melhores louras do mundo, goles de champanhe finíssimo sobre os lençóis de seda das camas grandes dos melhores hotéis do mundo, rindo da testosterona produzida pelo Negro, Que Não Fedia, que fazia com que o Negro, Que Não Fedia, tivesse sua capacidade cerebral reduzida a cada ereção.

As Cinco Negras, Que Não Fediam, curtiriam O Adolescente Meio Hippie. Se O Adolescente Meio Hippie estivesse na suíte vice-presidencial do hotel Maksoud Plaza, as Cinco Negras, Que Não Fediam, cantariam para ele, O Adolescente Meio Hippie, preparariam baseados feitos da melhor maconha do mundo para ele, O Adolescente Meio Hippie, e, talvez, até fizessem sexo com ele, O Adolescente Meio Hippie. O Adolescente Meio Hippie era um menino muito bacana.

Foi uma pena que O Adolescente Meio Hippie não estivesse na suíte vice-presidencial do hotel Maksoud Plaza quando as Cinco Negras, Que Não Fediam, começaram a cantar.

Será uma pena quando O Adolescente Meio Hippie descobrir que não leva jeito para a música, encostar seu saxofone num canto, desistir de viver na Jamaica fumando maconha, tocando reggae e fazendo sexo com cinco adolescentes meio hippies, que não federiam, e começar a trabalhar como subgerente na firma do pai, usando uma gravata amarela com listras horizontais negras.

Depois de ejacular na página central da revista *Fat Chicks* (mulheres muito gordas mostrando suas bocetas), onde havia a foto de uma mulher muito gorda que afastava, para os lados, as banhas da bunda e mostrava o róseo cu, o Japonês Da IBM foi até o banheiro lavar o pau. Em seguida, o Japonês Da IBM, nu, abriu seu laptop e conferiu o currículo dos jovens executivos que poderiam ser contratados pela IBM do Brasil na segunda-feira seguinte. O Japonês Da IBM gostou do currículo de um jovem executivo que havia feito pós-graduação em economia na universidade de Munique. O Japonês Da IBM apertou a tecla do seu laptop onde estava o sinal gráfico que significa asterisco. O asterisco ao lado do nome do Jovem Executivo Que Havia Feito Pós-Graduação Em Economia Na Universidade De Munique significava que o Jovem Executivo Que Havia Feito Pós-Graduação Em Economia Na Universidade De Munique seria o assessor direto do Japonês Da IBM, na IBM do Brasil, e teria um futuro brilhante pela frente.

O Jovem Executivo Que Havia Feito Pós-Graduação Em Economia Na Universidade De Munique sentia atração sexual por mulheres louras, bronzeadas pelo sol, magras de seios firmes com róseos mamilos e bunda empinada.

O Japonês Da IBM jamais revelaria ao Jovem Executivo Que Havia Feito Pós-Graduação Em Economia Na Universidade De Munique que ele, Japonês Da IBM, sentia atração sexual por mulheres muito gordas. Na primeira vez que o Japonês Da IBM fosse almoçar com o Jovem Executivo Que Havia Feito Pós-Graduação Em Economia Na Universidade De Munique, no restaurante japonês do subsolo do shopping center, o Jovem Executivo Que Havia Feito Pós-Graduação Em Economia Na Universidade De Munique, numa tentativa de ganhar intimidade com seu novo chefe, o Japonês Da IBM, comentaria com o Japonês Da IBM sobre o corpo de uma secretária loura, bronzeada pelo sol, magra de seios firmes com róseos mamilos e bunda empinada, que passaria em frente à vitrine do restaurante japonês, no subsolo do shopping center:

— Que rabo, hein?!

O Japonês Da IBM vai mudar de assunto e comentar a nova versão do Windows for PC com o Jovem Executivo Que Havia Feito Pós-Graduação Em Economia Na Universidade De Munique. O Japonês Da IBM e o Jovem Executivo Que Havia Feito Pós-Graduação Em Economia Na Universidade De Munique seriam grandes amigos, mas jamais falariam sobre sexo.

O Japonês Da IBM, depois de assinalar com um asterisco, no seu laptop, o nome do Jovem Executivo Que Havia Feito Pós-Graduação Em Economia Na Universidade De Munique, sentiu tesão e ficou com o pau duro. O pau do Japonês Da IBM era menor que o pau do Jovem Executivo Que Havia Feito Pós-Graduação Em Economia Na Universidade De Munique.

O Japonês Da IBM fechou seu laptop e abriu novamente a revista *Fat Chicks* (mulheres muito gordas mostrando suas bocetas). O Japonês Da IBM se masturbou e ejaculou de novo na página central da revista *Fat Chicks* (mulheres muito gordas mostrando suas bocetas), onde havia a foto de uma mulher muito gorda que afastava, para os lados, as banhas da bunda e mostrava o róseo cu.

A página central da revista *Fat Chicks* (mulheres muito gordas mostrando suas bocetas), onde havia a foto de uma mulher muito gorda que afastava, para os lados, as banhas da bunda e mostrava o róseo cu, ficou cheia da porra ejaculada pelo Japonês Da IBM.

A Gorda Com Cheiro De Perfume Avon e o Chefe Da Expedição Da Firma estavam deitados na cama redonda do Motel L'Amour.

A Gorda Com Cheiro De Perfume Avon, nua, lia em voz alta os poemas eróticos do Carlos Drummond de Andrade, para o Chefe Da Expedição Da Firma. O Chefe Da Expedição Da Firma prestava atenção no filme de sexo explícito que passava no canal privé do Motel L'Amour, em que uma mulher loura, bronzeada pelo sol, magra de seios firmes com róseos mamilos e bunda empinada, lambia a boceta de uma mulher morena, bronzeada pelo sol, magra de seios firmes com róseos mamilos e bunda empinada. A Mulher Loura, Bronzeada Pelo Sol, Magra De Seios Firmes Com Róseos Mamilos E Bunda Empinada, e a Mulher Morena, Bronzeada Pelo Sol, Magra De Seios Firmes Com Róseos Mamilos E Bunda Empinada, eram americanas e falavam inglês. Mas, como o filme de sexo explícito que passava no canal privé do Motel L'Amour era dublado em português, a Mulher Loura, Bronzeada Pelo Sol, Magra De Seios

Firmes Com Róseos Mamilos E Bunda Empinada, e a Mulher Morena, Bronzeada Pelo Sol, Magra De Seios Firmes Com Róseos Mamilos E Bunda Empinada, travavam o seguinte diálogo enquanto faziam sexo:

— Oh! Que boceta úmida e quente!
— Ah! Isso, me chupa, oh! É gostoso.
— Ennh! Goza! Goza!
— Hhmurnf! A sua língua é macia... faz a minha boceta pulsar de desejo. Impfhampf! Oh! Ah!
— Iamm! Estou com muito tesão. Agora vou botar o meu dedo no seu cu.
— Oh! Eh! Ui! Como é bom sentir o seu dedo dentro de mim.
— Agora deixe eu chupar os seus peitos. Oh! Que belos peitos.
— Ah! Aperte os meus peitos com força. Oh! Ah!
— Vou gozar! Vou gozar! Agora!
— Oh! Ui! Ai, ai, ai, ai. Que bom! Que gostoso! Sim! Estou gozando. Sim. Estou gozando de prazer.

O Chefe Da Expedição Da Firma estava com o pau duro. A Gorda Com Cheiro De Perfume Avon estava com tesão. O que fazia com que a Gorda Com Cheiro De Perfume Avon sentisse tesão eram os poemas do Carlos Drummond de Andrade. O que fazia com que o Chefe Da Expedição Da Firma ficasse com o pau duro eram as imagens da Mulher Loura, Bronzeada Pelo Sol, Magra De Seios Firmes Com Róseos Mamilos E Bunda Empinada, fazendo sexo com a Mulher Morena, Bronzeada Pelo Sol, Magra De Seios Firmes Com Róseos Mamilos E Bunda Empinada. A Gorda Com Cheiro De Perfume Avon, nua, passou a acariciar os cabelos oleosos do Chefe Da Expedição Da Firma, enquanto lia, em voz alta, os poemas eróticos do Carlos Drummond de Andrade. O pau do Chefe Da Expedição Da

Firma ficou mole. O Chefe Da Expedição Da Firma tentou se concentrar no novo filme de sexo explícito que passava no canal privé do Motel L'Amour, em que um homem de bumbum bem torneado e pêlos sobre o peito másculo fazia sexo anal com uma mulher loura, bronzeada pelo sol, magra de seios firmes com róseos mamilos e bunda empinada, cuja boceta era totalmente depilada. O pau do Chefe Da Expedição Da Firma ficou duro. A Gorda Com Cheiro De Perfume Avon interrompeu sua leitura dos poemas eróticos do Carlos Drummond de Andrade quando, no filme de sexo explícito, que passava no canal privé do Motel L'Amour, um negro, que talvez não fedesse, entrou em cena e colocou seu pau na boca da Mulher Loura, Bronzeada Pelo Sol, Magra De Seios Firmes Com Róseos Mamilos E Bunda Empinada, Cuja Boceta Era Totalmente Depilada, que era penetrada analmente pelo Homem De Bumbum Bem Torneado E Pêlos Sobre O Peito Másculo.

O Negro, Que Talvez Não Fedesse, disse para a Mulher Loura, Bronzeada Pelo Sol, Magra De Seios Firmes Com Róseos Mamilos E Bunda Empinada, Cuja Boceta Era Totalmente Depilada, que era penetrada analmente pelo Homem De Bumbum Bem Torneado E Pêlos Sobre O Peito Másculo:

— Agora você vai sentir a minha porra na sua boca. Oh! Ah! Eh!

A Mulher Loura, Bronzeada Pelo Sol, Magra De Seios Firmes Com Róseos Mamilos E Bunda Empinada, Cuja Boceta Era Totalmente Depilada, que era penetrada analmente pelo Homem De Bumbum Bem Torneado E Pêlos Sobre O Peito Másculo, disse para o Negro, Que Talvez Não Fedesse:

— Ah! Oh! Eh! Vem. Quero sentir o seu pau negro e duro em minha boca. Ah! Eh! Oh!

A Gorda Com Cheiro De Perfume Avon se deitou sobre o Chefe Da Expedição Da Firma e passou a lamber o pau dele, do Chefe Da Expedição Da Firma, enquanto esfregava sua boceta na cara dele, do Chefe Da Expedição Da Firma, tapando a visão que o Chefe Da Expedição Da Firma tinha da tela da televisão do Motel L'Amour, onde passava o filme de sexo explícito em que uma mulher loura, bronzeada pelo sol, magra de seios firmes com róseos mamilos e bunda empinada, cuja boceta era totalmente depilada, era penetrada analmente por um homem de bumbum bem torneado e pêlos sobre o peito másculo, enquanto fazia sexo oral num negro, que talvez não fedesse. O Chefe Da Expedição Da Firma ficou com o pau mole.

O Chefe Da Expedição Da Firma se desvencilhou, com muito esforço, do corpo da Gorda Com Cheiro De Perfume Avon e disse:

— Preciso ir ao banheiro.

No banheiro, o Chefe Da Expedição Da Firma fechou os olhos e tentou se concentrar na cena do filme de sexo explícito que passara no canal privé do Motel L'Amour, em que uma mulher loura, bronzeada pelo sol, magra de seios firmes com róseos mamilos e bunda empinada, lambia a boceta de uma mulher morena, bronzeada pelo sol, magra de seios firmes com róseos mamilos e bunda empinada, na tentativa de ficar com o pau duro. Mas o Chefe Da Expedição Da Firma não conseguia tirar a bunda gorda da Gorda Com Cheiro De Perfume Avon da cabeça. O Chefe Da Expedição Da Firma suava frio.

A Gorda Com Cheiro De Perfume Avon estava cada vez mais excitada com a cena do filme de sexo explícito que passava no canal privé do Motel L'Amour, em que uma mulher loura, bronzeada pelo sol, magra de seios firmes com róseos mamilos e bunda empinada, cuja boceta era totalmente depilada, era penetrada analmente por um homem de bumbum bem torneado e pêlos sobre o peito másculo, enquanto fazia sexo oral num negro, que talvez não fedesse.

Com o pau mole, o Chefe Da Expedição Da Firma saiu do banheiro e disse para a Gorda Com Cheiro De Perfume Avon:
— Eu não te amo mais.
A Gorda Com Cheiro De Perfume Avon soltou uma gargalhada e disse para o Chefe Da Expedição Da Firma:
— Mas nós nunca nos amamos. É só sexo.
Então, o Chefe Da Expedição Da Firma disse para a Gorda Com Cheiro De Perfume Avon:
— Eu te amava, mas agora não consigo ficar com o pau duro.
A Gorda Com Cheiro De Perfume Avon soltou outra gargalhada e recitou, de cor, aquele poema do Vinicius de Moraes que acaba com aquele verso: "que seja infinito enquanto dure".
A Gorda Com Cheiro De Perfume Avon fez aquele trocadilho, em que o verso "que seja infinito enquanto dure" é trocado por "que seja infinito enquanto duro". O Chefe Da Expedição Da Firma achou muito engraçado o trocadilho. A Gorda Com Cheiro De Perfume Avon, então, disse para o Chefe Da Expedição Da Firma:
— Deita aqui. Vamos ver o filme.
O Chefe Da Expedição Da Firma se deitou ao lado da Gorda Com Cheiro De Perfume Avon e prestou atenção no filme de sexo explícito que passava no canal privé do Motel L'Amour, em que uma mulher loura, bronzeada pelo sol, magra de seios firmes com róseos mamilos e bunda empinada, cuja boceta era totalmente depilada, era penetrada analmente por um homem de bumbum bem torneado e pêlos sobre o peito másculo, enquanto fazia sexo oral num negro, que talvez não fedesse. O pau do Chefe Da Expedição Da Firma ficou duro. A Gorda Com Cheiro De Perfume Avon estava descontraída. O Chefe Da Expedição Da Firma ficou descontraído. A Gorda Com Cheiro De Perfume Avon começou a se masturbar. O Chefe Da Expedição Da Firma começou a se masturbar. A Mulher Loura,

Bronzeada Pelo Sol, Magra De Seios Firmes Com Róseos Mamilos E Bunda Empinada, Cuja Boceta Era Totalmente Depilada, o Homem De Bumbum Bem Torneado E Pêlos Sobre O Peito Másculo e o Negro, Que Talvez Não Fedesse, fizeram sexo de tudo quanto é jeito — sexo oral, sexo anal, sexo grupal, ménage à trois etc. — no filme de sexo explícito que passava no canal privé do Motel L'Amour. A Mulher Loura, Bronzeada Pelo Sol, Magra De Seios Firmes Com Róseos Mamilos E Bunda Empinada, Cuja Boceta Era Totalmente Depilada, o Homem De Bumbum Bem Torneado E Pêlos Sobre O Peito Másculo e o Negro, Que Talvez Não Fedesse, dublados em português, travavam o seguinte diálogo enquanto faziam sexo de tudo quanto é jeito — sexo oral, sexo anal, sexo grupal, ménage à trois etc.:

— Ah! Eh! Oh! Como é delicioso sentir o seu pau roliço e gostoso em meu cu cheio de tesão. Ah! Eh! Oh!

— Ah! Eh! Oh! A sua boceta cor-de-rosa e depilada me deixa louco de tesão. Ah! Eh! Oh!

— Ah! Eh! Oh! Isso. Enfie tudo na minha boca. Ah! Eh! Oh!

— Ah! Eh! Oh! Vou gozar. Agora! Ah! Eh! Oh!

— Ah! Eh! Oh! Estou gozando. Ah! Eh! Oh!

— Ah! Eh! Oh! Vai, vai, vai, me fode, me fode. Ah! Eh! Oh!

— Ah! Eh! Oh! O seu caralho está encostando na minha garganta. Ah! Eh! Oh!

— Ah! Eh! Oh! Agora venha por cima de mim. Vamos fazer gostoso. Ah! Eh! Oh!

— Ah! Eh! Oh! Me rasga no meio. Você é meu macho! Ah! Eh! Oh!

— Ah! Eh! Oh! Engole. Vai, minha putinha. Ah! Eh! Oh!

— Ah! Eh! Oh! Goza. Goza. Quero sentir a sua porra nos meus peitos. Ah! Eh! Oh!

— Ah! Eh! Oh! Fica de quatro. Quero ir por trás agora. Ah! Eh! Oh!

— Ah! Eh! Oh! Que caralho gostoso. Minha boceta está molhada. Ah! Eh! Oh!
— Ah! Eh! Oh! Isso. Assim. Coloque minhas bolas em sua boca. Ah! Eh! Oh!
— Ah! Eh! Oh! Vai. Vai. É bom. Vai. Vai. Ah! Eh! Oh!
— Ah! Eh! Oh! Mais rápido. Me fode gostoso com esse caralho grande e duro. Ah! Eh! Oh!
— Ah! Eh! Oh!
— Ah! Eh! Oh!
— Ah! Eh! Oh!
O Chefe Da Expedição Da Firma teve um orgasmo.
A Gorda Com Cheiro De Perfume Avon teve um orgasmo.
A Gorda Com Cheiro De Perfume Avon tomou um comprimido de Aspirina importada dos Estados Unidos.

O Jovem Executivo De Gravata Vinho Com Listras Diagonais Alaranjadas e sua Noiva Loura, Bronzeada Pelo Sol, entraram na casa dos pais da Noiva Loura, Bronzeada Pelo Sol, Do Jovem Executivo De Gravata Vinho Com Listras Diagonais Alaranjadas.

O Jovem Executivo De Gravata Azul Com Detalhes Vermelhos e sua Noiva Loura, Bronzeada Pelo Sol, entraram na casa dos pais da Noiva Loura, Bronzeada Pelo Sol, Do Jovem Executivo De Gravata Azul Com Detalhes Vermelhos.

O Jovem Executivo De Gravata Vinho Com Listras Diagonais Alaranjadas foi até o bar da casa dos pais de sua Noiva Loura, Bronzeada Pelo Sol, e se serviu de uma dose cowboy da garrafa de Jack Daniel's do pai de sua Noiva Loura, Bronzeada Pelo Sol.

O Jovem Executivo De Gravata Azul Com Detalhes Vermelhos foi até o bar da casa dos pais de sua Noiva Loura, Bronzeada Pelo Sol, e se serviu de uma dose cowboy da garrafa de Jack Daniel's do pai de sua Noiva Loura, Bronzeada Pelo Sol.

A Noiva Loura, Bronzeada Pelo Sol, Do Jovem Executivo De Gravata Vinho Com Listras Diagonais Alaranjadas beijou a boca do Jovem Executivo De Gravata Vinho Com Listras Diagonais Alaranjadas e disse:

— Volto já.

A Noiva Loura, Bronzeada Pelo Sol, Do Jovem Executivo De Gravata Azul Com Detalhes Vermelhos beijou a boca do Jovem Executivo De Gravata Azul Com Detalhes Vermelhos e disse:

— Volto já.

A Noiva Loura, Bronzeada Pelo Sol, Do Jovem Executivo De Gravata Vinho Com Listras Diagonais Alaranjadas foi ao banheiro colocar o diafragma, em sua boceta, para fazer sexo com o Jovem Executivo De Gravata Vinho Com Listras Diagonais Alaranjadas sem correr o risco de ficar grávida.

A Noiva Loura, Bronzeada Pelo Sol, Do Jovem Executivo De Gravata Azul Com Detalhes Vermelhos foi ao banheiro colocar o diafragma, em sua boceta, para fazer sexo com o Jovem Executivo De Gravata Azul Com Detalhes Vermelhos sem correr o risco de ficar grávida.

O Jovem Executivo De Gravata Vinho Com Listras Diagonais Alaranjadas sabia que sua Noiva Loura, Bronzeada Pelo Sol, estava indo ao banheiro para colocar o diafragma na boceta. O Jovem Executivo De Gravata Vinho Com Listras Diagonais Alaranjadas fingia que não sabia o motivo por que sua Noiva Loura, Bronzeada Pelo Sol, estava indo ao banheiro.

O Jovem Executivo De Gravata Azul Com Detalhes Vermelhos sabia que sua Noiva Loura, Bronzeada Pelo Sol, estava indo ao banheiro para colocar o diafragma na boceta. O Jovem Executivo De Gravata Azul Com Detalhes Vermelhos fingia que não sabia o motivo por que sua Noiva Loura, Bronzeada Pelo Sol, estava indo ao banheiro.

A Noiva Loura, Bronzeada Pelo Sol, Do Jovem Executivo De Gravata Vinho Com Listras Diagonais Alaranjadas sabia que o Jovem Executivo De Gravata Vinho Com Listras Diagonais Alaranjadas sabia que ela, Noiva Loura, Bronzeada Pelo Sol, Do Jovem Executivo De Gravata Vinho Com Listras Diagonais Alaranjadas, estava indo ao banheiro para colocar o diafragma na boceta. A Noiva Loura, Bronzeada Pelo Sol, Do Jovem Executivo De Gravata Vinho Com Listras Diagonais Alaranjadas fingia que não sabia que o Jovem Executivo De Gravata Vinho Com Listras Diagonais Alaranjadas sabia que ela, Noiva Loura, Bronzeada Pelo Sol, Do Jovem Executivo De Gravata Vinho Com Listras Diagonais Alaranjadas, estava indo ao banheiro para colocar o diafragma na boceta.

A Noiva Loura, Bronzeada Pelo Sol, Do Jovem Executivo De Gravata Azul Com Detalhes Vermelhos sabia que o Jovem Executivo De Gravata Azul Com Detalhes Vermelhos sabia que ela, Noiva Loura, Bronzeada Pelo Sol, Do Jovem Executivo De Gravata Azul Com Detalhes Vermelhos, estava indo ao banheiro para colocar o diafragma na boceta. A Noiva Loura, Bronzeada Pelo Sol, Do Jovem Executivo De Gravata Azul Com Detalhes Vermelhos fingia que não sabia que o Jovem Executivo De Gravata Azul Com Detalhes Vermelhos sabia que ela, Noiva Loura, Bronzeada Pelo Sol, Do Jovem Executivo De Gravata Azul Com Detalhes Vermelhos, estava indo ao banheiro para colocar o diafragma na boceta.

O Jovem Executivo De Gravata Vinho Com Listras Diagonais Alaranjadas e sua Noiva Loura, Bronzeada Pelo Sol, achavam que a imagem da mulher colocando um diafragma na boceta tirava a espontaneidade da relação sexual.

O Jovem Executivo De Gravata Azul Com Detalhes Vermelhos e sua Noiva Loura, Bronzeada Pelo Sol, achavam que a imagem da mulher colocando um diafragma na boceta tirava a espontaneidade da relação sexual.

A Noiva Loura, Bronzeada Pelo Sol, Do Jovem Executivo De Gravata Vinho Com Listras Diagonais Alaranjadas, com o diafragma na boceta, saiu do banheiro, foi até o bar e se serviu de um cálice de vinho branco doce alemão.

A Noiva Loura, Bronzeada Pelo Sol, Do Jovem Executivo De Gravata Azul Com Detalhes Vermelhos, com o diafragma na boceta, saiu do banheiro, foi até o bar e se serviu de um cálice de vinho branco doce alemão.

O Jovem Executivo De Gravata Vinho Com Listras Diagonais Alaranjadas se levantou do sofá, abraçou sua Noiva Loura, Bronzeada Pelo Sol, e apalpou a bunda dela, da Noiva Loura, Bronzeada Pelo Sol, Do Jovem Executivo De Gravata Vinho Com Listras Diagonais Alaranjadas.

O Jovem Executivo De Gravata Azul Com Detalhes Vermelhos se levantou do sofá, abraçou sua Noiva Loura, Bronzeada Pelo Sol, e apalpou a bunda dela, da Noiva Loura, Bronzeada Pelo Sol, Do Jovem Executivo De Gravata Azul Com Detalhes Vermelhos.

A bunda da Noiva Loura, Bronzeada Pelo Sol, Do Jovem Executivo De Gravata Vinho Com Listras Diagonais Alaranjadas era empinada.

A bunda da Noiva Loura, Bronzeada Pelo Sol, Do Jovem Executivo De Gravata Azul Com Detalhes Vermelhos era empinada.

O bumbum do Jovem Executivo De Gravata Vinho Com Listras Diagonais Alaranjadas era bem torneado.

O bumbum do Jovem Executivo De Gravata Azul Com Detalhes Vermelhos era bem torneado.

A Noiva Loura, Bronzeada Pelo Sol, Do Jovem Executivo De Gravata Vinho Com Listras Diagonais Alaranjadas percebeu que o pau do Jovem Executivo De Gravata Vinho Com Listras Diagonais Alaranjadas estava duro por debaixo da calça.

A Noiva Loura, Bronzeada Pelo Sol, Do Jovem Executivo De Gravata Azul Com Detalhes Vermelhos percebeu que o pau do Jovem Executivo De Gravata Azul Com Detalhes Vermelhos estava duro por debaixo da calça.

A Noiva Loura, Bronzeada Pelo Sol, Do Jovem Executivo De Gravata Vinho Com Listras Diagonais Alaranjadas fingia que não percebera que o pau do Jovem Executivo De Gravata Vinho Com Listras Diagonais Alaranjadas estava duro por debaixo da calça.

A Noiva Loura, Bronzeada Pelo Sol, Do Jovem Executivo De Gravata Azul Com Detalhes Vermelhos fingia que não percebera que o pau do Jovem Executivo De Gravata Azul Com Detalhes Vermelhos estava duro por debaixo da calça.

A Noiva Loura, Bronzeada Pelo Sol, Do Jovem Executivo De Gravata Vinho Com Listras Diagonais Alaranjadas achava que demonstrar que ela, Noiva Loura, Bronzeada Pelo Sol, Do Jovem Executivo De Gravata Vinho Com Listras Diagonais Alaranjadas, percebera que o pau do Jovem Executivo De Gravata Vinho Com Listras Diagonais Alaranjadas estava duro por debaixo da calça inibiria o Jovem Executivo De Gravata Vinho Com Listras Diagonais Alaranjadas e tiraria a espontaneidade da relação sexual que ela, Noiva Loura, Bronzeada Pelo Sol, Do Jovem Executivo De Gravata Vinho Com Listras Diagonais Alaranjadas, teria com o Jovem Executivo De Gravata Vinho Com Listras Diagonais Alaranjadas.

A Noiva Loura, Bronzeada Pelo Sol, Do Jovem Executivo De Gravata Azul Com Detalhes Vermelhos achava que demonstrar que ela, Noiva Loura, Bronzeada Pelo Sol, Do Jovem Executivo De Gravata Azul Com Detalhes Vermelhos, percebera que o pau do Jovem Executivo De Gravata Azul Com Detalhes Vermelhos estava duro por debaixo da calça inibiria o Jovem Executivo De Gravata Azul Com Detalhes Vermelhos e tiraria a espontaneidade da relação sexual que ela, Noiva Loura, Bronzeada Pelo Sol, Do Jovem Executivo De Gravata Azul Com Detalhes Vermelhos, teria com o Jovem Executivo De Gravata Azul Com Detalhes Vermelhos.

    O Jovem Executivo De Gravata Vinho Com Listras Diagonais Alaranjadas tirou a blusa de sua Noiva Loura, Bronzeada Pelo Sol.

    O Jovem Executivo De Gravata Azul Com Detalhes Vermelhos tirou a blusa de sua Noiva Loura, Bronzeada Pelo Sol.

    O sutiã da Noiva Loura, Bronzeada Pelo Sol, Do Jovem Executivo De Gravata Vinho Com Listras Diagonais Alaranjadas era branco. O sutiã da Noiva Loura, Bronzeada Pelo Sol, Do Jovem Executivo De Gravata Vinho Com Listras Diagonais Alaranjadas era de seda com apliques de renda.

    O sutiã da Noiva Loura, Bronzeada Pelo Sol, Do Jovem Executivo De Gravata Azul Com Detalhes Vermelhos era branco. O sutiã da Noiva Loura, Bronzeada Pelo Sol, Do Jovem Executivo De Gravata Azul Com Detalhes Vermelhos era de seda com apliques de renda.

    O Jovem Executivo De Gravata Vinho Com Listras Diagonais Alaranjadas tirou o sutiã de sua Noiva Loura, Bronzeada Pelo Sol.

    O Jovem Executivo De Gravata Azul Com Detalhes Vermelhos tirou o sutiã de sua Noiva Loura, Bronzeada Pelo Sol.

    A Noiva Loura, Bronzeada Pelo Sol, Do Jovem Executivo De Gravata Vinho Com Listras Diagonais Alaranjadas tinha seios firmes com róseos mamilos.

    A Noiva Loura, Bronzeada Pelo Sol, Do Jovem Executivo De Gravata Azul Com Detalhes Vermelhos tinha seios firmes com róseos mamilos.

    O Jovem Executivo De Gravata Vinho Com Listras Diagonais Alaranjadas tirou a calça de sua Noiva Loura, Bronzeada Pelo Sol.

O Jovem Executivo De Gravata Azul Com Detalhes Vermelhos tirou a calça de sua Noiva Loura, Bronzeada Pelo Sol.

A calcinha da Noiva Loura, Bronzeada Pelo Sol, Do Jovem Executivo De Gravata Vinho Com Listras Diagonais Alaranjadas era branca. A calcinha da Noiva Loura, Bronzeada Pelo Sol, Do Jovem Executivo De Gravata Vinho Com Listras Diagonais Alaranjadas era de seda, com apliques de renda, formando um conjunto com o sutiã que ela, Noiva Loura, Bronzeada Pelo Sol, Do Jovem Executivo De Gravata Vinho Com Listras Diagonais Alaranjadas, usava.

A calcinha da Noiva Loura, Bronzeada Pelo Sol, Do Jovem Executivo De Gravata Azul Com Detalhes Vermelhos era branca. A calcinha da Noiva Loura, Bronzeada Pelo Sol, Do Jovem Executivo De Gravata Azul Com Detalhes Vermelhos era de seda, com apliques de renda, formando um conjunto com o sutiã que ela, Noiva Loura, Bronzeada Pelo Sol, Do Jovem Executivo De Gravata Azul Com Detalhes Vermelhos, usava.

O Jovem Executivo De Gravata Vinho Com Listras Diagonais Alaranjadas tirou a calcinha de sua Noiva Loura, Bronzeada Pelo Sol.

O Jovem Executivo De Gravata Azul Com Detalhes Vermelhos tirou a calcinha de sua Noiva Loura, Bronzeada Pelo Sol.

A Noiva Loura, Bronzeada Pelo Sol, Do Jovem Executivo De Gravata Vinho Com Listras Diagonais Alaranjadas tinha pentelhos sobre a boceta cuidadosamente, mas não totalmente, depilada que formavam um triângulo perfeito.

A Noiva Loura, Bronzeada Pelo Sol, Do Jovem Executivo De Gravata Azul Com Detalhes Vermelhos tinha pentelhos sobre a boceta cuidadosamente, mas não totalmente, depilada que formavam um triângulo perfeito.

O Jovem Executivo De Gravata Vinho Com Listras Diagonais Alaranjadas voltou a sentar no sofá e ficou observando o corpo nu de sua Noiva Loura, Bronzeada Pelo Sol.

O Jovem Executivo De Gravata Azul Com Detalhes Vermelhos voltou a sentar no sofá e ficou observando o corpo nu de sua Noiva Loura, Bronzeada Pelo Sol.

A Noiva Loura, Bronzeada Pelo Sol, Do Jovem Executivo De Gravata Vinho Com Listras Diagonais Alaranjadas, nua, no meio da sala, ficou inibida com o olhar que o Jovem Executivo De Gravata Vinho Com Listras Diagonais Alaranjadas dirigia à sua boceta.

A Noiva Loura, Bronzeada Pelo Sol, Do Jovem Executivo De Gravata Azul Com Detalhes Vermelhos, nua, no meio da sala, ficou inibida com o olhar que o Jovem Executivo De Gravata Azul Com Detalhes Vermelhos dirigia à sua boceta.

O Jovem Executivo De Gravata Vinho Com Listras Diagonais Alaranjadas, sempre olhando fixamente para a boceta de sua Noiva Loura, Bronzeada Pelo Sol, tirou a própria calça.

O Jovem Executivo De Gravata Azul Com Detalhes Vermelhos, sempre olhando fixamente para a boceta de sua Noiva Loura, Bronzeada Pelo Sol, tirou a própria calça.

O Jovem Executivo De Gravata Vinho Com Listras Diagonais Alaranjadas usava uma cueca Pierre Cardin.

O Jovem Executivo De Gravata Azul Com Detalhes Vermelhos usava uma cueca Pierre Cardin.

O Jovem Executivo De Gravata Vinho Com Listras Diagonais Alaranjadas tirou sua cueca de seda Pierre Cardin e exibiu seu pau duro para sua Noiva Loura, Bronzeada Pelo Sol.

O Jovem Executivo De Gravata Azul Com Detalhes Vermelhos tirou sua cueca de seda Pierre Cardin e exibiu seu pau duro para sua Noiva Loura, Bronzeada Pelo Sol.

A Noiva Loura, Bronzeada Pelo Sol, Do Jovem Executivo De Gravata Vinho Com Listras Diagonais Alaranjadas ficou ligeiramente chocada ao ver o Jovem Executivo De Gravata Vinho Com Listras Diagonais Alaranjadas chacoalhando seu pau duro na direção dela, da Noiva Loura, Bronzeada Pelo Sol, Do Jovem Executivo De Gravata Vinho Com Listras Diagonais Alaranjadas.

A Noiva Loura, Bronzeada Pelo Sol, Do Jovem Executivo De Gravata Azul Com Detalhes Vermelhos ficou ligeiramente chocada ao ver o Jovem Executivo De Gravata Azul Com Detalhes Vermelhos chacoalhando seu pau duro na direção dela, da Noiva Loura, Bronzeada Pelo Sol, Do Jovem Executivo De Gravata Azul Com Detalhes Vermelhos.

O Jovem Executivo De Gravata Vinho Com Listras Diagonais Alaranjadas ordenou à sua Noiva Loura, Bronzeada Pelo Sol:

— Vem aqui. Dá uma chupadinha.

O Jovem Executivo De Gravata Azul Com Detalhes Vermelhos ordenou à sua Noiva Loura, Bronzeada Pelo Sol:

— Vem aqui. Dá uma chupadinha.

A Noiva Loura, Bronzeada Pelo Sol, Do Jovem Executivo De Gravata Vinho Com Listras Diagonais Alaranjadas estranhou o modo como o Jovem Executivo De Gravata Vinho Com Listras Diagonais Alaranjadas ordenou que ela, Noiva Loura, Bronzeada Pelo Sol, Do Jovem Executivo De Gravata Vinho Com Listras Diagonais Alaranjadas, fizesse sexo oral nele, no Jovem Executivo De Gravata Vinho Com Listras Diagonais Alaranjadas. A Noiva Loura, Bronzeada Pelo Sol, Do Jovem Executivo De Gravata Vinho Com Listras Diagonais Alaranjadas achava que dar e receber ordens durante uma relação sexual tirava a espontaneidade da relação sexual.

A Noiva Loura, Bronzeada Pelo Sol, Do Jovem Executivo De Gravata Azul Com Detalhes Vermelhos estranhou o modo como o Jovem Executivo De Gravata Azul Com Detalhes Vermelhos ordenou que ela, Noiva Loura, Bronzeada Pelo Sol, Do Jovem Executivo De Gravata Azul Com Detalhes Vermelhos, fizesse sexo oral nele, no Jovem Executivo De Gravata Azul Com Detalhes Vermelhos. A Noiva Loura, Bronzeada Pelo Sol, Do Jovem Executivo De Gravata Azul Com Detalhes Vermelhos achava que dar e receber ordens durante uma relação sexual tirava a espontaneidade da relação sexual.

A Noiva Loura, Bronzeada Pelo Sol, Do Jovem Executivo De Gravata Vinho Com Listras Diagonais Alaranjadas foi lá e deu uma chupadinha no pau do Jovem Executivo De Gravata Vinho Com Listras Diagonais Alaranjadas.

A Noiva Loura, Bronzeada Pelo Sol, Do Jovem Executivo De Gravata Azul Com Detalhes Vermelhos foi lá e deu uma chupadinha no pau do Jovem Executivo De Gravata Azul Com Detalhes Vermelhos.

Enquanto a Noiva Loura, Bronzeada Pelo Sol, Do Jovem Executivo De Gravata Vinho Com Listras Diagonais Alaranjadas dava uma chupadinha no pau do Jovem Executivo De Gravata Vinho Com Listras Diagonais Alaranjadas, o Jovem Executivo De Gravata Vinho Com Listras Diagonais Alaranjadas dava tapas na bunda de sua Noiva Loura, Bronzeada Pelo Sol, e a xingava de puta, cadela, piranha e sem-vergonha.

Enquanto a Noiva Loura, Bronzeada Pelo Sol, Do Jovem Executivo De Gravata Azul Com Detalhes Vermelhos dava uma chupadinha no pau do Jovem Executivo De Gravata Azul Com Detalhes Vermelhos, o Jovem Executivo De Gravata Azul Com Detalhes Vermelhos dava tapas na bunda de sua Noiva Loura, Bronzeada Pelo Sol, e a xingava de puta, cadela, piranha e sem-vergonha.

A Noiva Loura, Bronzeada Pelo Sol, Do Jovem Executivo De Gravata Vinho Com Listras Diagonais Alaranjadas não sentia prazer algum com a relação sexual que estava tendo com o Jovem Executivo De Gravata Vinho Com Listras Diagonais Alaranjadas.

A Noiva Loura, Bronzeada Pelo Sol, Do Jovem Executivo De Gravata Azul Com Detalhes Vermelhos não sentia prazer algum com a relação sexual que estava tendo com o Jovem Executivo De Gravata Azul Com Detalhes Vermelhos.

Depois de ter o pau chupado por sua Noiva Loura, Bronzeada Pelo Sol, o Jovem Executivo De Gravata Vinho Com Listras Diagonais Alaranjadas disse:

— Agora fica de quatro.

Depois de ter o pau chupado por sua Noiva Loura, Bronzeada Pelo Sol, o Jovem Executivo De Gravata Azul Com Detalhes Vermelhos disse:

— Agora fica de quatro.

Totalmente inibida, nem um pouco espontânea e sem entender o porquê do jeito brusco com que o Jovem Executivo De Gravata Vinho Com Listras Diagonais Alaranjadas a tratava durante aquela relação sexual, a Noiva Loura, Bronzeada Pelo Sol, Do Jovem Executivo De Gravata Vinho Com Listras Diagonais Alaranjadas ficou de quatro.

Totalmente inibida, nem um pouco espontânea e sem entender o porquê do jeito brusco com que o Jovem Executivo De Gravata Azul Com Detalhes Vermelhos a tratava durante aquela relação sexual, a Noiva Loura, Bronzeada Pelo Sol, Do Jovem Executivo De Gravata Azul Com Detalhes Vermelhos ficou de quatro.

O Jovem Executivo De Gravata Vinho Com Listras Diagonais Alaranjadas colocou seu pau no cu de sua Noiva Loura, Bronzeada Pelo Sol.

O Jovem Executivo De Gravata Azul Com Detalhes Vermelhos colocou seu pau no cu de sua Noiva Loura, Bronzeada Pelo Sol.

O cu da Noiva Loura, Bronzeada Pelo Sol, Do Jovem Executivo De Gravata Vinho Com Listras Diagonais Alaranjadas doeu.

O cu da Noiva Loura, Bronzeada Pelo Sol, Do Jovem Executivo De Gravata Azul Com Detalhes Vermelhos doeu.

O Jovem Executivo De Gravata Vinho Com Listras Diagonais Alaranjadas puxava os cabelos de sua Noiva Loura, Bronzeada Pelo Sol, enquanto fazia sexo anal com ela, Noiva Loura, Bronzeada Pelo Sol, Do Jovem Executivo De Gravata Vinho Com Listras Diagonais Alaranjadas.

O Jovem Executivo De Gravata Azul Com Detalhes Vermelhos puxava os cabelos de sua Noiva Loura, Bronzeada Pelo Sol, enquanto fazia sexo anal com ela, Noiva Loura, Bronzeada Pelo Sol, Do Jovem Executivo De Gravata Azul Com Detalhes Vermelhos.

O Jovem Executivo De Gravata Vinho Com Listras Diagonais Alaranjadas falava palavrões enquanto fazia sexo anal com sua Noiva Loura, Bronzeada Pelo Sol.

O Jovem Executivo De Gravata Azul Com Detalhes Vermelhos falava palavrões enquanto fazia sexo anal com sua Noiva Loura, Bronzeada Pelo Sol.

A Noiva Loura, Bronzeada Pelo Sol, Do Jovem Executivo De Gravata Vinho Com Listras Diagonais Alaranjadas não estava gostando de fazer sexo anal com o Jovem Executivo De Gravata Vinho Com Listras Diagonais Alaranjadas.

A Noiva Loura, Bronzeada Pelo Sol, Do Jovem Executivo De Gravata Azul Com Detalhes Vermelhos não estava gostando de fazer sexo anal com o Jovem Executivo De Gravata Azul Com Detalhes Vermelhos.

O Jovem Executivo De Gravata Vinho Com Listras Diagonais Alaranjadas teve um orgasmo e ejaculou no cu de sua Noiva Loura, Bronzeada Pelo Sol.

O Jovem Executivo De Gravata Azul Com Detalhes Vermelhos teve um orgasmo e ejaculou no cu de sua Noiva Loura, Bronzeada Pelo Sol.

A Noiva Loura, Bronzeada Pelo Sol, Do Jovem Executivo De Gravata Vinho Com Listras Diagonais Alaranjadas não teve orgasmo, desencaixou seu cu do pau do Jovem Executivo De Gravata Vinho Com Listras Diagonais Alaranjadas e correu para o banheiro, chorando, com o diafragma na boceta e dor no cu.

A Noiva Loura, Bronzeada Pelo Sol, Do Jovem Executivo De Gravata Azul Com Detalhes Vermelhos não teve orgasmo, desencaixou seu cu do pau do Jovem Executivo De Gravata Azul Com Detalhes Vermelhos e correu para o banheiro, chorando, com o diafragma na boceta e dor no cu.

O Jovem Executivo De Gravata Vinho Com Listras Diagonais Alaranjadas então percebeu que sua tentativa de excitar sexualmente sua Noiva Loura, Bronzeada Pelo Sol, agindo de modo rude, primitivo e másculo, durante a relação sexual, havia falhado.

O Jovem Executivo De Gravata Azul Com Detalhes Vermelhos então percebeu que sua tentativa de excitar sexualmente sua Noiva Loura, Bronzeada Pelo Sol, agindo de modo rude, primitivo e másculo, durante a relação sexual, havia falhado.

A Noiva Loura, Bronzeada Pelo Sol, Do Jovem Executivo De Gravata Vinho Com Listras Diagonais Alaranjadas, com o diafragma na boceta e dor no cu, chorava muito, trancada no banheiro.

A Noiva Loura, Bronzeada Pelo Sol, Do Jovem Executivo De Gravata Azul Com Detalhes Vermelhos, com o diafragma na boceta e dor no cu, chorava muito, trancada no banheiro.

O Jovem Executivo De Gravata Vinho Com Listras Diagonais Alaranjadas teve a idéia de agir de modo rude, primitivo e másculo, durante a relação sexual com sua Noiva Loura, Bronzeada Pelo Sol, quando leu, na seção de consultoria sexual da revista *Ele & Ela*, num artigo cujo título era "É dos fortes que elas gostam mais", que uma relação sexual poderia ganhar um molho extra quando o homem agia de modo rude, primitivo e másculo, com a parceira sexual.

O Jovem Executivo De Gravata Azul Com Detalhes Vermelhos teve a idéia de agir de modo rude, primitivo e másculo, durante a relação sexual com sua Noiva Loura, Bronzeada Pelo Sol, quando leu, na seção de consultoria sexual da revista *Ele & Ela*, num artigo cujo título era "É dos fortes que elas gostam mais", que uma relação sexual poderia ganhar um molho extra quando o homem agia de modo rude, primitivo e másculo, com a parceira sexual.

O artigo ("É dos fortes que elas gostam mais") dizia que boa parte das mulheres gostava de se sentir dominada por um homem viril durante a relação sexual.

O Jovem Executivo De Gravata Vinho Com Listras Diagonais Alaranjadas, que amava sua Noiva Loura, Bronzeada Pelo Sol, bateu na porta do banheiro, dizendo:

— Amor, que foi? Eu só queria fazer alguma coisa diferente esta noite.

O Jovem Executivo De Gravata Azul Com Detalhes Vermelhos, que amava sua Noiva Loura, Bronzeada Pelo Sol, bateu na porta do banheiro, dizendo:

— Amor, que foi? Eu só queria fazer alguma coisa diferente esta noite.

A Noiva Loura, Bronzeada Pelo Sol, Do Jovem Executivo De Gravata Vinho Com Listras Diagonais Alaranjadas, furiosa, abriu a porta do banheiro e esbofeteou o Jovem Executivo De Gravata Vinho Com Listras Diagonais Alaranjadas.

A Noiva Loura, Bronzeada Pelo Sol, Do Jovem Executivo De Gravata Azul Com Detalhes Vermelhos, furiosa, abriu a porta do banheiro e esbofeteou o Jovem Executivo De Gravata Azul Com Detalhes Vermelhos.

A Noiva Loura, Bronzeada Pelo Sol, Do Jovem Executivo De Gravata Vinho Com Listras Diagonais Alaranjadas gritou para o Jovem Executivo De Gravata Vinho Com Listras Diagonais Alaranjadas:
— Some daqui. Não quero ver você nunca mais na minha vida.

A Noiva Loura, Bronzeada Pelo Sol, Do Jovem Executivo De Gravata Azul Com Detalhes Vermelhos gritou para o Jovem Executivo De Gravata Azul Com Detalhes Vermelhos:
— Some daqui. Não quero ver você nunca mais na minha vida.

O Jovem Executivo De Gravata Vinho Com Listras Diagonais Alaranjadas disse:
— Mas...

O Jovem Executivo De Gravata Azul Com Detalhes Vermelhos disse:
— Mas...

A Noiva Loura, Bronzeada Pelo Sol, Do Jovem Executivo De Gravata Vinho Com Listras Diagonais Alaranjadas gritou:
— Vai embora. Acabou! Vai, vai, some.

A Noiva Loura, Bronzeada Pelo Sol, Do Jovem Executivo De Gravata Azul Com Detalhes Vermelhos gritou:
— Vai embora. Acabou! Vai, vai, some.

O Jovem Executivo De Gravata Vinho Com Listras Diagonais Alaranjadas foi embora da casa dos pais de sua Noiva Loura, Bronzeada Pelo Sol.

O Jovem Executivo De Gravata Azul Com Detalhes Vermelhos foi embora da casa dos pais de sua Noiva Loura, Bronzeada Pelo Sol.

A Noiva Loura, Bronzeada Pelo Sol, Do Jovem Executivo De Gravata Vinho Com Listras Diagonais Alaranjadas, com o diafragma na boceta e dor no cu, passou a noite inteira chorando e pensando.

A Noiva Loura, Bronzeada Pelo Sol, Do Jovem Executivo De Gravata Azul Com Detalhes Vermelhos, com o diafragma na boceta e dor no cu, passou a noite inteira chorando e pensando.

Durante a semana seguinte, o Jovem Executivo De Gravata Vinho Com Listras Diagonais Alaranjadas tentou, várias vezes, falar com sua Noiva Loura, Bronzeada Pelo Sol, pelo telefone. Mas, todas as vezes que o telefone da casa dos pais da Noiva Loura, Bronzeada Pelo Sol, Do Jovem Executivo De Gravata Vinho Com Listras Diagonais Alaranjadas tocava, a Noiva Loura, Bronzeada Pelo Sol, Do Jovem Executivo De Gravata Vinho Com Listras Diagonais Alaranjadas falava para sua mãe ou para a empregada:

— Se for o Jovem Executivo De Gravata Vinho Com Listras Diagonais Alaranjadas, diga que eu não estou.

Durante a semana seguinte, o Jovem Executivo De Gravata Azul Com Detalhes Vermelhos tentou, várias vezes, falar com sua Noiva Loura, Bronzeada Pelo Sol, pelo telefone. Mas, todas as vezes que o telefone da casa dos pais da Noiva Loura, Bronzeada Pelo Sol, Do Jovem Executivo De Gravata Azul Com Detalhes Vermelhos tocava, a Noiva Loura, Bronzeada Pelo Sol, Do Jovem Executivo De Gravata Azul Com Detalhes Vermelhos falava para sua mãe ou para a empregada:

— Se for o Jovem Executivo De Gravata Azul Com Detalhes Vermelhos, diga que eu não estou.

A mãe e a empregada da mãe da Noiva Loura, Bronzeada Pelo Sol, Do Jovem Executivo De Gravata Vinho Com Listras Diagonais Alaranjadas gostavam muito do Jovem Executivo De Gravata Vinho Com Listras Diagonais Alaranjadas e não entendiam por que a Noiva Loura, Bronzeada Pelo Sol, Do Jovem Executivo De Gravata Vinho Com Listras Diagonais Alaranjadas não queria falar com o Jovem Executivo De Gravata Vinho

Com Listras Diagonais Alaranjadas. A Mãe Da Noiva Loura, Bronzeada Pelo Sol, Do Jovem Executivo De Gravata Vinho Com Listras Diagonais Alaranjadas gostava do Jovem Executivo De Gravata Vinho Com Listras Diagonais Alaranjadas porque o Jovem Executivo De Gravata Vinho Com Listras Diagonais Alaranjadas era muito educado e tinha um belo futuro pela frente. A Empregada Da Mãe Da Noiva Loura, Bronzeada Pelo Sol, Do Jovem Executivo De Gravata Vinho Com Listras Diagonais Alaranjadas gostava do Jovem Executivo De Gravata Vinho Com Listras Diagonais Alaranjadas porque o Jovem Executivo De Gravata Vinho Com Listras Diagonais Alaranjadas era bonitão, tinha o bumbum bem torneado e pêlos sobre o peito másculo. A mãe e a empregada da mãe da Noiva Loura, Bronzeada Pelo Sol, Do Jovem Executivo De Gravata Vinho Com Listras Diagonais Alaranjadas não sabiam que o Jovem Executivo De Gravata Vinho Com Listras Diagonais Alaranjadas tinha feito sexo com a Noiva Loura, Bronzeada Pelo Sol, Do Jovem Executivo De Gravata Vinho Com Listras Diagonais Alaranjadas de modo rude, primitivo e másculo, deixando a Noiva Loura, Bronzeada Pelo Sol, Do Jovem Executivo De Gravata Vinho Com Listras Diagonais Alaranjadas com dor no cu.

A mãe e a empregada da mãe da Noiva Loura, Bronzeada Pelo Sol, Do Jovem Executivo De Gravata Azul Com Detalhes Vermelhos gostavam muito do Jovem Executivo De Gravata Azul Com Detalhes Vermelhos e não entendiam por que a Noiva Loura, Bronzeada Pelo Sol, Do Jovem Executivo De Gravata Azul Com Detalhes Vermelhos não queria falar com o Jovem Executivo De Gravata Azul Com Detalhes Vermelhos. A Mãe Da Noiva Loura, Bronzeada Pelo Sol, Do Jovem Executivo De Gravata Azul Com Detalhes Vermelhos gostava do Jovem Executivo De Gravata Azul Com Detalhes Vermelhos porque o Jovem Executivo De Gravata Azul Com Detalhes Vermelhos era muito educado e tinha um belo futuro pela frente. A Empregada Da Mãe Da Noiva Loura, Bronzeada Pelo Sol, Do Jovem Executivo De Gravata Azul Com Detalhes Vermelhos gostava do Jovem Executivo De Gravata Azul Com Detalhes Vermelhos porque o Jovem Executivo De Gravata Azul Com Detalhes Vermelhos era bonitão, tinha o bumbum bem torneado e pêlos sobre o peito másculo. A mãe e a empregada da mãe da Noiva Loura, Bronzeada Pelo Sol, Do Jovem Executivo De Gravata Azul Com Detalhes Vermelhos não sabiam que o Jovem Executivo De Gravata Azul Com Detalhes Vermelhos tinha feito sexo com a Noiva Loura, Bronzeada Pelo Sol, Do Jovem Executivo De Gravata Azul Com Detalhes Vermelhos de modo rude, primitivo e másculo, deixando a Noiva Loura, Bronzeada Pelo Sol, Do Jovem Executivo De Gravata Azul Com Detalhes Vermelhos com dor no cu.

Depois de uma semana, o Jovem Executivo De Gravata Vinho Com Listras Diagonais Alaranjadas recebeu, pelo correio, a aliança de noivado de sua Noiva Loura, Bronzeada Pelo Sol, junto com o seguinte bilhete:

"Não te amo mais. Me esqueça."

Depois de uma semana, o Jovem Executivo De Gravata Azul Com Detalhes Vermelhos recebeu, pelo correio, a aliança de noivado de sua Noiva Loura, Bronzeada Pelo Sol, junto com o seguinte bilhete:

"Não te amo mais. Me esqueça."

O Jovem Executivo De Gravata Vinho Com Listras Diagonais Alaranjadas esqueceu sua Noiva Loura, Bronzeada Pelo Sol, e, uma noite, na boate jovem, conheceu a Noiva Loura, Bronzeada Pelo Sol, Do Jovem Executivo De Gravata Azul Com Detalhes Vermelhos.

O Jovem Executivo De Gravata Azul Com Detalhes Vermelhos esqueceu sua Noiva Loura, Bronzeada Pelo Sol, e, uma noite, na boate jovem, conheceu a Noiva Loura, Bronzeada Pelo Sol, Do Jovem Executivo De Gravata Vinho Com Listras Diagonais Alaranjadas. O Jovem Executivo De Gravata Vinho Com Listras Diagonais Alaranjadas namorou a Noiva Loura, Bronzeada Pelo Sol, Do Jovem Executivo De Gravata Azul Com Detalhes Vermelhos. O Jovem Executivo De Gravata Vinho Com Listras Diagonais Alaranjadas fazia sexo, de modo carinhoso e sensível, com a Noiva Loura, Bronzeada Pelo Sol, Do Jovem Executivo De Gravata Azul Com Detalhes Vermelhos, nos fins de semana, quando os pais da Noiva Loura, Bronzeada Pelo Sol, Do Jovem Executivo De Gravata Azul Com Detalhes Vermelhos iam para a casa de praia da família, nos arredores de Ubatuba. O Jovem Executivo De Gravata Vinho Com Listras Diagonais Alaranjadas ficou noivo da Noiva Loura, Bronzeada Pelo Sol, Do Jovem Executivo De Gravata Azul Com Detalhes Vermelhos. O Jovem Executivo De Gravata Vinho Com Listras Diagonais Alaranjadas se casou com a Noiva Loura, Bronzeada Pelo Sol, Do Jovem Executivo De Gravata Azul Com Detalhes Vermelhos. O Jovem Executivo De Gravata Vinho Com Listras Diagonais Alaranjadas e a Noiva Loura, Bronzeada Pelo Sol, Do Jovem Executivo De Gravata Azul Com Detalhes Vermelhos passaram a lua-de-mel no hotelzinho *the best*, na Normandia, indicado pelo Executivo De Óculos Ray-Ban. O Jovem Executivo De Gravata Vinho Com Listras Diagonais Alaranjadas amava a Noiva Loura, Bronzeada Pelo Sol, Do Jovem Executivo De Gravata Azul Com Detalhes Vermelhos.

O Jovem Executivo De Gravata Azul Com Detalhes Vermelhos namorou a Noiva Loura, Bronzeada Pelo Sol, Do Jovem Executivo De Gravata Vinho Com Listras Diagonais Alaranjadas. O Jovem Executivo De Gravata Azul Com Detalhes Vermelhos fazia sexo, de modo carinhoso e sensível, com a

Noiva Loura, Bronzeada Pelo Sol, Do Jovem Executivo De Gravata Vinho Com Listras Diagonais Alaranjadas, nos fins de semana, quando os pais da Noiva Loura, Bronzeada Pelo Sol, Do Jovem Executivo De Gravata Vinho Com Listras Diagonais Alaranjadas iam para a casa de praia da família, nos arredores de Ubatuba. O Jovem Executivo De Gravata Azul Com Detalhes Vermelhos ficou noivo da Noiva Loura, Bronzeada Pelo Sol, Do Jovem Executivo De Gravata Vinho Com Listras Diagonais Alaranjadas. O Jovem Executivo De Gravata Azul Com Detalhes Vermelhos se casou com a Noiva Loura, Bronzeada Pelo Sol, Do Jovem Executivo De Gravata Vinho Com Listras Diagonais Alaranjadas. O Jovem Executivo De Gravata Azul Com Detalhes Vermelhos e a Noiva Loura, Bronzeada Pelo Sol, Do Jovem Executivo De Gravata Vinho Com Listras Diagonais Alaranjadas passaram a lua-de-mel no hotelzinho *the best*, na Normandia, indicado pelo Executivo De Óculos Guest. O Jovem Executivo De Gravata Azul Com Detalhes Vermelhos amava a Noiva Loura, Bronzeada Pelo Sol, Do Jovem Executivo De Gravata Vinho Com Listras Diagonais Alaranjadas.

A Noiva Loura, Bronzeada Pelo Sol, Do Jovem Executivo De Gravata Azul Com Detalhes Vermelhos amava o Jovem Executivo De Gravata Vinho Com Listras Diagonais Alaranjadas. A Noiva Loura, Bronzeada Pelo Sol, Do Jovem Executivo De Gravata Azul Com Detalhes Vermelhos amava o Jovem Executivo De Gravata Vinho Com Listras Diagonais Alaranjadas porque o Jovem Executivo De Gravata Vinho Com Listras Diagonais Alaranjadas era muito educado, tinha um belo futuro pela frente, era bonitão, tinha o bumbum bem torneado e pêlos sobre o peito másculo.

A Noiva Loura, Bronzeada Pelo Sol, Do Jovem Executivo De Gravata Vinho Com Listras Diagonais Alaranjadas amava o Jovem Executivo De Gravata Azul Com Detalhes Vermelhos.

A Noiva Loura, Bronzeada Pelo Sol, Do Jovem Executivo De Gravata Vinho Com Listras Diagonais Alaranjadas amava o Jovem Executivo De Gravata Azul Com Detalhes Vermelhos porque o Jovem Executivo De Gravata Azul Com Detalhes Vermelhos era muito educado, tinha um belo futuro pela frente, era bonitão, tinha o bumbum bem torneado e pêlos sobre o peito másculo.

O Jovem Executivo De Gravata Vinho Com Listras Diagonais Alaranjadas era um vencedor.

O Jovem Executivo De Gravata Azul Com Detalhes Vermelhos era um vencedor.

No vagão do metrô, o Office Boy Negro, Que Fedia, estava com o pau encostado na bunda dA Adolescente Meio Hippie. A Adolescente Meio Hippie estava sem sutiã, e seus róseos mamilos, sob o fino tecido branco de sua camiseta, estavam encostados nas enormes tetas da Cozinheira De Guarulhos. O Office Boy Negro, Que Fedia, estava suado. A Cozinheira De Guarulhos estava suada. A Adolescente Meio Hippie estava suada. O vagão do metrô fedia.

Na rodoviária, O Adolescente Meio Hippie, sentado sobre sua mochila, ao lado de uma poça de xixi, esperava pelA Adolescente Meio Hippie. Sobre a poça de xixi havia alguns salgadinhos Elma Chips esmigalhados. A rodoviária fedia. O Adolescente Meio Hippie estava tenso. O Adolescente Meio Hippie estava tenso porque tinha medo de que A Adolescente Meio Hippie achasse seu pau muito pequeno.

O vagão do metrô passou pela Ponte Pequena sobre o rio Tietê. A Adolescente Meio Hippie sentiu o cheiro que vinha do rio Tietê. O rio Tietê fedia. A Adolescente Meio Hippie sentia o pau do Office Boy Negro, Que Fedia, encostado em sua bunda. O pau do Office Boy Negro, Que Fedia, estava duro. O Office Boy Negro, Que Fedia, gostaria de fazer sexo com A Adolescente Meio Hippie. A Adolescente Meio Hippie não gostaria de fazer sexo com o Office Boy Negro, Que Fedia. A Cozinheira De Guarulhos gostaria de ter róseos mamilos como os dA Adolescente Meio Hippie. A Cozinheira De Guarulhos gostaria de fazer sexo com o Office Boy Negro, Que Fedia. O Office Boy Negro, Que Fedia, não gostaria de fazer sexo com a Cozinheira De Guarulhos.

O Adolescente Meio Hippie viu quando a porta do vagão do metrô se abriu e A Adolescente Meio Hippie pisou na plataforma da estação Tietê do metrô, imprensada entre a Cozinheira De Guarulhos e o Office Boy Negro, Que Fedia. O Adolescente Meio Hippie se levantou, pegou o estojo do seu saxofone, pôs a mochila nas costas e caminhou na direção dA Adolescente Meio Hippie. O Office Boy Negro, Que Fedia, ficou olhando para a bunda dA Adolescente Meio Hippie. O Adolescente Meio Hippie percebeu que o Office Boy Negro, Que Fedia, olhava para a bunda dA Adolescente Meio Hippie. O Adolescente Meio Hippie fingiu que não percebeu que o Office Boy Negro, Que Fedia, olhava para a bunda dA Adolescente Meio Hippie. O Adolescente Meio Hippie abraçou A Adolescente Meio Hippie e a beijou na boca. O Office Boy Negro, Que Fedia, esbarrou no Casal De Adolescentes Meio Hippies e pediu desculpas. O Adolescente Meio Hippie olhou nos olhos do Office Boy Negro, Que Fedia. O Office Boy Negro, Que Fedia, olhou nos olhos dO Adolescente Meio Hippie. O Adolescente Meio Hippie sentiu medo do Office Boy Negro, Que Fedia. O Office Boy Negro, Que Fedia, sentiu medo dO Adolescente Meio Hippie. O Adolescente Meio Hippie sentiu ódio do Office Boy Negro, Que Fedia. O Adolescente Meio Hippie sentiu ódio do Office Boy

Negro, Que Fedia, porque o Office Boy Negro, Que Fedia, olhou para a bunda dA Adolescente Meio Hippie. O Office Boy Negro, Que Fedia, sentiu ódio dO Adolescente Meio Hippie. O Office Boy Negro, Que Fedia, sentiu ódio dO Adolescente Meio Hippie porque O Adolescente Meio Hippie beijou a boca dA Adolescente Meio Hippie. O Adolescente Meio Hippie pegou a mochila dA Adolescente Meio Hippie com uma das mãos. Com a outra mão, O Adolescente Meio Hippie segurou uma das mãos dA Adolescente Meio Hippie. A Adolescente Meio Hippie se ofereceu para carregar o estojo do saxofone dO Adolescente Meio Hippie. O Adolescente Meio Hippie carregava duas mochilas. A Adolescente Meio Hippie não carregava mochilas. O Adolescente Meio Hippie carregava duas mochilas porque ele, O Adolescente Meio Hippie, era do sexo masculino. A Adolescente Meio Hippie não carregava mochilas porque ela, A Adolescente Meio Hippie, era do sexo feminino. O Casal De Adolescentes Meio Hippies saiu andando, no meio da multidão da rodoviária, de mãos dadas. A multidão da rodoviária fedia.

O ônibus, no qual o Casal De Adolescentes Meio Hippies entrou, fedia. O ônibus, no qual o Casal De Adolescentes Meio Hippies entrou, fedia porque a companhia do ônibus no qual o Casal De Adolescentes Meio Hippies entrou tinha exclusividade da linha São Paulo—Parati e não precisava usar seu capital de giro contratando faxineiros negros, que fedem, para limpar os banheiros dos ônibus da linha São Paulo—Parati, já que quem precisava ir de São Paulo a Parati não tinha outra opção além de pegar o ônibus da companhia de ônibus do ônibus no qual o Casal De Adolescentes Meio Hippies entrou.

O Casal De Adolescentes Meio Hippies se instalou em duas poltronas no meio do ônibus. Atrás das poltronas do Casal De Adolescentes Meio Hippies havia um casal de caiçaras louros, bronzeados pelo sol, que fediam. O Caiçara Louro, Bronzeado

Pelo Sol, Que Fedia, tinha poucos dentes na boca. A Caiçara Loura, Bronzeada Pelo Sol, Que Fedia, trazia, no colo, um bebê, que fedia, babava e tinha um monte de meleca escorrendo pelo nariz. No fundo do ônibus havia um grupo de adolescentes do sexo masculino, que cantava o repertório completo dos Mamonas Assassinas. Entre uma música e outra, os adolescentes do sexo masculino arrotavam e contavam piadas de humor negro sobre a morte do Ayrton Senna, da princesa Diana, dos Mamonas Assassinas, do Leandro etc. O motorista do ônibus, de óculos Ray-Ban, era gordo e tinha a respiração curta. O ônibus partiu. A Adolescente Meio Hippie deitou sua cabeça no colo dO Adolescente Meio Hippie e percebeu que O Adolescente Meio Hippie tremia. O Adolescente Meio Hippie estava muito tenso. O Bebê, Que Fedia, Babava E Tinha Um Monte De Meleca Escorrendo Pelo Nariz, chorava no colo dA Caiçara Loura, Bronzeada Pelo Sol, Que Fedia. O grupo de adolescentes do sexo masculino cantava uma música que falava em "botar no cu do motorista". O Motorista, De Óculos Ray-Ban, que era gordo e fedia, não estava nem aí para o grupo de adolescentes do sexo masculino e mantinha o ônibus em alta velocidade, dando pancadas no volante a cada vez que um carro mais lento na pista o obrigava a andar na velocidade máxima permitida. O Casal De Adolescentes Meio Hippies se mantinha em silêncio. O Casal De Adolescentes Meio Hippies estava tenso, pensando em sexo. Um dos adolescentes do grupo de adolescentes do sexo masculino foi ao banheiro do ônibus, que fedia, e fez cocô. Esse adolescente do grupo de adolescentes do sexo masculino comunicou, em voz alta, a todos os passageiros do ônibus, que ele, Adolescente Do Grupo De Adolescentes Do Sexo Masculino, tinha feito cocô no banheiro do ônibus. Os outros adolescentes do grupo de adolescentes do sexo masculino acharam muito engraçado o fato de o Adolescente Do Grupo De Adolescentes Do Sexo Masculino ter feito cocô no banheiro do ônibus. O Adolescente Meio Hippie não era o tipo de adolescente do sexo masculino que gostava de fazer bagunça em ônibus, mas, naquele momento, O Adolescente Meio Hippie gostaria de fazer parte de um grupo de adolescentes do sexo masculino, só para não ter que fazer sexo com A Adolescente Meio Hippie. O Adolescente Meio Hippie queria muito fazer sexo com A Adolescente Meio Hippie, mas O Adolescente Meio Hippie estava com medo de fazer sexo com A Adolescente Meio Hippie. Os adolescentes do grupo de adolescentes do sexo masculino gostariam de fazer sexo com A Adolescente Meio Hippie. Os adolescentes do grupo de adolescentes do sexo masculino gostariam muito de fazer sexo no fim de semana que passariam na praia. No fim de semana que passarão na praia, os adolescentes do grupo de adolescentes do sexo masculino beberão quatrocentas e trinta e sete latas de cerveja, ouvirão oitenta e seis vezes a "Dança da bundinha", entupirão três vasos sanitários com vômito e cocô, farão comentários sobre a bunda empinada de cento e vinte e oito louras, bronzeadas pelo sol, e não farão sexo.

    O Casal De Adolescentes Meio Hippies saltou do ônibus na estrada Rio—Santos, em frente a uma placa do condomínio Laranjeiras, entre Ubatuba e Parati. O Adolescente Meio Hippie carregava sua mochila nas costas e a mochila dA Adolescente Meio Hippie numa das mãos. A Adolescente Meio Hippie carregava o estojo do saxofone dO Adolescente Meio Hippie. O Casal De Adolescentes Meio Hippies caminhou em silêncio durante uma hora, até chegar na praia de Trindade. Na praia de Trindade, O Adolescente Meio Hippie, que estava tenso, ficou ainda mais tenso quando viu um grupo de jovens meio hippies nus fumando maconha. O Adolescente Meio Hippie ficou ainda mais tenso quando viu o grupo de jovens meio hippies nus fumando maconha, porque ele, O Adolescente Meio Hippie, gostaria de agir com a mesma naturalidade com que os jovens do grupo de jovens meio hippies, dos sexos masculino e feminino, ficavam nus fumando maconha. O Adolescente Meio Hippie ficou mais tenso ainda quando notou que um casal do grupo de jovens meio hippies nus fazia sexo no mar.

Extremamente tenso, O Adolescente Meio Hippie escolheu um canto mais afastado, na praia de Trindade, para armar a barraca onde ele, O Adolescente Meio Hippie, faria sexo com A Adolescente Meio Hippie. O Adolescente Meio Hippie estava tão tenso, que se atrapalhou por completo com as cordas e pinos da barraca. O Adolescente Meio Hippie se sentiu um verdadeiro bundão quando A Adolescente Meio Hippie conseguiu armar a barraca sozinha. Para tentar aliviar a tensão, O Adolescente Meio Hippie preparou um baseado. O Casal De Adolescentes Meio Hippies fumou o baseado. O Adolescente Meio Hippie se acalmou um pouco e entrou na barraca para trocar sua roupa suada por uma sunga. Mas, quando saiu da barraca, O Adolescente Meio Hippie voltou a ficar muito tenso. O Adolescente Meio Hippie voltou a ficar muito tenso porque A Adolescente Meio Hippie estava só de calcinha, com os seios firmes de róseos mamilos expostos. A Adolescente Meio Hippie abraçou O Adolescente Meio Hippie, beijou O Adolescente Meio Hippie e disse:

— Te amo.

O pau dO Adolescente Meio Hippie estava todo enrugado, minúsculo. O Adolescente Meio Hippie ficou tenso demais quando A Adolescente Meio Hippie tirou a calcinha e, nua, correu para o mar. A Adolescente Meio Hippie estava agindo com a mesma naturalidade com que os jovens do grupo de jovens meio hippies nus fumavam maconha e faziam sexo no mar. O Adolescente Meio Hippie, tenso pacas, com muita vontade de agir com a mesma naturalidade com que os jovens do grupo de jovens meio hippies nus fumavam maconha e faziam sexo no mar, sem a menor vontade de fazer sexo no mar, esperou que A Adolescente Meio Hippie atravessasse umas três ondas, tirou a sunga e correu para o mar com seu pau enrugado e minúsculo. O Adolescente Meio Hippie achava que A Adolescente Meio Hippie queria fazer sexo com ele, O Adolescente Meio Hippie, naquele momento, no mar. O Adolescente Meio Hippie, por estar tenso, gostaria de fazer sexo com A Adolescente Meio Hippie mais tarde, à noite, depois que um certo clima fosse criado. A Adolescente Meio Hippie não queria fazer sexo com O Adolescente Meio Hippie naquele momento, no mar. A Adolescente Meio Hippie, que estava tensa, mas não tão tensa quanto O Adolescente Meio Hippie, estava apenas querendo aliviar a tensão, preparando um certo clima para que ela, A Adolescente Meio Hippie, fizesse sexo com O Adolescente Meio Hippie mais tarde, à noite, de um jeito lindo, carinhoso, seguindo as recomendações do artigo ("Virgindade. O momento certo de perdê-la"), que ela, A Adolescente Meio Hippie, lera na revista *Capricho*. O Adolescente Meio Hippie, quase morrendo de tanta tensão, achando que A Adolescente Meio Hippie ficaria muito decepcionada com ele, O Adolescente Meio Hippie, se ele, O Adolescente Meio Hippie, não fizesse sexo com ela, A Adolescente Meio Hippie, naquele momento, no mar, com a mesma naturalidade com que os jovens do grupo de jovens meio hippies nus fumavam maconha e faziam sexo no mar, nadou até onde estava A Adolescente Meio Hippie e, com o pau enrugado e minúsculo, inacreditavelmente tenso, abraçou, com força, A Adolescente Meio Hippie e apertou a bunda dA Adolescente Meio Hippie. A Adolescente Meio Hippie beijou O Adolescente Meio Hippie, riu, se desvencilhou dos braços dO Adolescente Meio Hippie, mergulhou, submergiu e riu novamente. O Adolescente Meio Hippie, aquele cara tenso, achou que A Adolescente Meio Hippie estava rindo de seu pau enrugado e minúsculo. A Adolescente Meio Hippie não estava rindo do pau enrugado e minúsculo dO Adolescente Meio Hippie. A Adolescente Meio Hippie estava rindo porque tinha, no inconsciente, várias cenas de filmes em que adolescentes de espírito inocente, nus, nadavam e brincavam naturalmente em lagoas azuis e mares maravilhosos antes de fazer sexo. A Adolescente Meio Hippie nem sequer tinha visto o pau enrugado e minúsculo dO Adolescente Meio Hippie. A Adolescente Meio Hippie pegou um jacaré, submergiu, riu, nadou ao redor dO Adolescente Meio Hippie, abraçou O Adolescente Meio Hippie, beijou O Adolescente Meio Hippie, mergulhou, submergiu, riu... como naqueles filmes em que adolescentes de espírito inocente, nus, nadavam e brincavam naturalmente em lagoas azuis e mares maravilhosos antes de fazer sexo. Aos poucos, O Adolescente Meio Hippie foi percebendo que A Adolescente Meio Hippie não queria fazer sexo com ele, O Adolescente Meio Hippie, naquele momento, no mar, com a mesma naturalidade com que os jovens do grupo de jovens meio hippies nus fumavam maconha e faziam sexo no mar. O Adolescente Meio Hippie relaxou, e seu pau até ficou duro, motivo por que ele, O Adolescente Meio Hippie, sob o pretexto de pegar algumas ondas, esperou que A Adolescente Meio Hippie saísse do mar para, só então, disfarçadamente, também sair do mar, com o pau normal, nem duro, nem enrugado e minúsculo. Foi quando A Adolescente Meio Hippie viu o pau dO Adolescente Meio Hippie pela primeira vez. A Adolescente Meio Hippie não estava preocupada com o tamanho do pau dO Adolescente Meio Hippie, mas O Adolescente Meio Hippie, que percebera que A Adolescente Meio Hippie tinha visto seu pau, achou que A Adolescente Meio Hippie tinha reparado que seu pau era pequeno e ficou tenso outra vez.

Era fim de tarde, o sol se punha, os pernilongos apareceram, e a temperatura caiu. Assim, O Adolescente Meio Hippie pôde vestir, naturalmente, uma calça e uma camisa sem parecer que estava querendo esconder seu pau. O Adolescente Meio Hippie queria esconder seu pau.
Já noite, o grupo de jovens meio hippies preparou uma fogueira. Os jovens do grupo de jovens meio hippies estavam vestidos. Um dos jovens meio hippies do grupo de jovens meio hippies começou a tocar violão e a cantar canções do Renato Russo e do Raul Seixas. Os jovens do grupo de jovens meio hippies fumavam maconha e bebiam, pelo gargalo da garrafa, conhaque. A Adolescente Meio Hippie, com um cobertor nas costas, convidou O Adolescente Meio Hippie para dar uma volta e depois se reunir ao grupo de jovens meio hippies. O Adolescente Meio Hippie, que gostava de reggae, jazz, blues, ritmos latinos e Jimi Hendrix, detestava grupos de jovens cantando músicas do Renato Russo e do Raul Seixas ao redor de uma fogueira. Mas O Adolescente Meio Hippie faria qualquer coisa para adiar o momento de fazer sexo com A Adolescente Meio Hippie, e aceitou o convite dA Adolescente Meio Hippie. O Casal De Adolescentes Meio Hippies, com O Adolescente Meio Hippie tenso, deu uma volta pela praia e se reuniu ao grupo de jovens meio hippies. O Casal De Adolescentes Meio Hippies fumou maconha e bebeu conhaque com o grupo de jovens meio hippies. O Jovem Meio Hippie Que Tocava Violão cantou "Viva a sociedade alternativa", do Raul Seixas e do Paulo Coelho. O Adolescente Meio Hippie, cujo gosto musical era muito sofisticado, comentou com A Adolescente Meio Hippie que o Jovem Meio Hippie Que Tocava Violão tocava muito mal e que "agora só falta alguém começar a cantar uma música do Beto Guedes". A Adolescente Meio Hippie, que não estava nem um pouco preocupada com as músicas que os jovens do grupo de jovens

meio hippies cantavam, pediu que O Adolescente Meio Hippie relaxasse e aproveitasse aquele momento. O Adolescente Meio Hippie voltou a ficar tenso, pois lembrou que logo, logo teria que fazer sexo com A Adolescente Meio Hippie. O Adolescente Meio Hippie tomou um grande gole de conhaque, sentiu que estava meio embriagado pela mistura de maconha e conhaque, mas, mesmo assim, continuava tenso. Foi quando as jovens meio hippies do grupo de jovens meio hippies e os jovens meio hippies do grupo de jovens meio hippies começaram a se beijar e a se acariciar libidinosamente. O Jovem Meio Hippie Que Tocava Violão continuava a tocar seu repertório meio hippie, e, aos poucos, os casais de jovens meio hippies foram se afastando da fogueira para encontrar pontos isolados da praia para fazer sexo. A Adolescente Meio Hippie olhou bem no meio dos olhos dO Adolescente Meio Hippie, e O Adolescente Meio Hippie, desesperadamente tenso, sentiu que chegara o momento de fazer sexo com A Adolescente Meio Hippie.

O Casal De Adolescentes Meio Hippies andou de mãos dadas até a barraca onde faria sexo. O Adolescente Meio Hippie estava tenso, é claro.

Evitando olhar nos olhos dA Adolescente Meio Hippie, O Adolescente Meio Hippie abriu a barraca para que A Adolescente Meio Hippie pudesse entrar. A Adolescente Meio Hippie entrou na barraca. O Adolescente Meio Hippie entrou na barraca. O Casal De Adolescentes Meio Hippies se deitou no colchonete dentro da barraca. O Adolescente Meio Hippie colocou uma de suas mãos sobre um dos seios firmes de róseos mamilos dA Adolescente Meio Hippie. A Adolescente Meio Hippie beijou a boca dO Adolescente Meio Hippie e disse:

— Te amo.

A Adolescente Meio Hippie tirou sua camiseta de fino tecido branco. O Adolescente Meio Hippie estava tenso, mas, mesmo assim, ficou com o pau duro. A Adolescente Meio Hippie estava calma, relaxada sob o efeito da maconha e do conhaque. O Jovem Meio Hippie Que Tocava Violão, ao longe, cantava uma música do Beto Guedes. A Adolescente Meio Hippie não estava mais com medo de que a penetração do pênis dO Adolescente Meio Hippie em sua vagina doesse, e tirou a calça e a calcinha. O Adolescente Meio Hippie, que ainda estava com medo de que A Adolescente Meio Hippie achasse seu pau muito pequeno, sentou de costas para A Adolescente Meio Hippie e tirou a roupa rapidamente. O pequeno pau dO Adolescente Meio Hippie estava duro, e O Adolescente Meio Hippie subiu em cima dA Adolescente Meio Hippie, já tentando colocar seu pau na boceta dA Adolescente Meio Hippie. A Adolescente Meio Hippie pediu que O Adolescente Meio Hippie colocasse a camisinha. A tensão dO Adolescente Meio Hippie atingiu níveis altíssimos, e o pau dO Adolescente Meio Hippie ficou mole. O Adolescente Meio Hippie, torcendo para que A Adolescente Meio Hippie não visse seu pau, saiu de cima dA Adolescente Meio Hippie, pegou a camisinha na mochila e saiu da barraca, todo encolhido para que A Adolescente Meio Hippie não visse seu pau. Nu e fora da barraca, O Adolescente Meio Hippie se masturbou por alguns instantes para que seu pau ficasse duro outra vez. O Adolescente Meio Hippie tirou a camisinha da embalagem, e a camisinha caiu de suas mãos na areia da praia. Todo atrapalhado, O Adolescente Meio Hippie entrou de novo na barraca e pegou outra camisinha. Dessa vez, O Adolescente Meio Hippie, tremendo de medo, teve que tirar todas as roupas da mochila para encontrar outra camisinha no fundo. A Adolescente Meio Hippie, nua, olhava fixamente para o teto da barraca. Outra vez, O Adolescente Meio Hippie saiu encolhido da barraca, se masturbou mais um pouco, ficou com o pau duro e colocou a camisinha, que ficou grande demais no pau dO Adolescente Meio Hippie. O Adolescente Meio Hippie voltou para a barraca e se deitou em cima dA Adolescente Meio Hippie. A Adolescente Meio Hippie abriu as pernas, e O Adolescente Meio Hippie, com dificuldade, forçou seu pau para dentro da boceta dA Adolescente Meio Hippie. O pau dO Adolescente Meio Hippie entrou na boceta dA Adolescente Meio Hippie, e O Adolescente Meio Hippie gozou. A Adolescente Meio Hippie sentiu dor. A Adolescente Meio Hippie sentiu dor, não porque a penetração do pênis dO Adolescente Meio Hippie, em sua vagina, tivesse machucado, mas porque os joelhos pontiagudos dO Adolescente Meio Hippie estavam pressionando os músculos de suas coxas.

O Adolescente Meio Hippie sentiu raiva dA Adolescente Meio Hippie, ao mesmo tempo que sentia um certo alívio por ter passado pela sua primeira experiência sexual. O Adolescente Meio Hippie sentiu raiva dA Adolescente Meio Hippie porque ele, O Adolescente Meio Hippie, achou que A Adolescente Meio Hippie tinha achado seu pau muito pequeno e por isso ficou meio paradona embaixo dele, dO Adolescente Meio Hippie. A Adolescente Meio Hippie não achou nada. A Adolescente Meio Hippie não sentiu nada além da dor provocada pelos joelhos pontiagudos dO Adolescente Meio Hippie pressionando suas coxas.

Fingindo, para si mesmo, uma certa indignação com a falta de excitação dA Adolescente Meio Hippie, O Adolescente Meio Hippie tirou seu pau de dentro da boceta dA Adolescente Meio Hippie, saiu de cima dA Adolescente Meio Hippie, pegou o saxofone e saiu da barraca.

O Adolescente Meio Hippie, nu, subiu numa pedra da praia e começou a tocar "All blues", de Miles Davis, no saxofone, sob o lindo luar que se refletia no mar de Trindade. Enquanto O Adolescente Meio Hippie tocava, um dos casais de jovens meio hippies do grupo de jovens meio hippies fazia sexo na areia. O Adolescente Meio Hippie percebeu que o casal de jovens meio hippies do grupo de jovens meio hippies sentia muito prazer fazendo sexo. O Adolescente Meio Hippie, então, construiu uma pose para si mesmo, inclinando a cabeça para trás e levantando o saxofone para o alto. A pose dO Adolescente Meio Hippie era a pose do saxofonista solitário tocando jazz sob a luz do luar.

Dentro da barraca, nua, A Adolescente Meio Hippie percebeu que O Adolescente Meio Hippie era bem ruinzinho ao saxofone.

O Negro, Que Fedia, e a Trocadora Do Ônibus No Qual O Negro, Que Fedia, Voltava Para Casa Todos Os Dias, Às Seis Horas Da Tarde, saíram do templo e foram para o boteco sujo na entrada da favela onde o Negro, Que Fedia, e a Trocadora Do Ônibus No Qual O Negro, Que Fedia, Voltava Para Casa Todos Os Dias, Às Seis Horas Da Tarde, moravam. O Negro, Que Fedia, não tinha dinheiro, mas a Trocadora Do Ônibus No Qual O Negro, Que Fedia, Voltava Para Casa Todos Os Dias, Às Seis Horas Da Tarde, tinha alguns trocados, e ofereceu uma média para o Negro, Que Fedia. O Negro, Que Fedia, pensou em pedir uma 51 no lugar do café com leite, mas, obviamente, não iria pegar bem para o Negro, Que Fedia, beber cachaça logo depois de entregar seu coração a Cristo. O Negro, Que Fedia, e a Trocadora Do Ônibus No Qual O Negro, Que Fedia, Voltava Para Casa Todos Os Dias, Às Seis Horas Da Tarde, não sabiam o que conversar e beberam café com leite em silêncio. O Negro, Que Fedia, estava com muita vontade de fazer sexo com a Trocadora Do Ônibus No Qual ele, Negro, Que Fedia,

Voltava Para Casa Todos Os Dias, Às Seis Horas Da Tarde. Só que o Negro, Que Fedia, não sabia se a Trocadora Do Ônibus No Qual ele, Negro, Que Fedia, Voltava Para Casa Todos Os Dias, Às Seis Horas Da Tarde, acharia pecado fazer sexo com ele, Negro, Que Fedia, logo depois que ele, Negro, Que Fedia, entregara seu coração a Cristo. A igreja em que o Negro, Que Fedia, entregara seu coração a Cristo não considerava pecado o sexo entre dois fiéis, desde que os dois fiéis tivessem seus corações entregues a Cristo e não fossem homossexuais. A igreja em que o Negro, Que Fedia, entregara seu coração a Cristo evitava reprimir sexualmente seus fiéis porque os bispos da igreja em que o Negro, Que Fedia, entregara seu coração a Cristo sabiam que o sexo é irreprimível e proibi-lo apenas afugentaria os fiéis que sustentavam a boa vida deles, dos bispos da igreja em que o Negro, Que Fedia, entregara seu coração a Cristo. A Trocadora Do Ônibus No Qual O Negro, Que Fedia, Voltava Para Casa Todos Os Dias, Às Seis Horas Da Tarde, estava com vontade de fazer sexo com o Negro, Que Fedia. A Trocadora Do Ônibus No Qual O Negro, Que Fedia, Voltava Para Casa Todos Os Dias, Às Seis Horas Da Tarde, colocou sua mão sobre a perna do Negro, Que Fedia, e o Negro, Que Fedia, percebeu que a Trocadora Do Ônibus No Qual ele, Negro, Que Fedia, Voltava Para Casa Todos Os Dias, Às Seis Horas Da Tarde, estava disposta a fazer sexo com ele, Negro, Que Fedia. O Negro, Que Fedia, sorriu para a Trocadora Do Ônibus No Qual ele, Negro, Que Fedia, Voltava Para Casa Todos Os Dias, Às Seis Horas Da Tarde. A Trocadora Do Ônibus No Qual O Negro, Que Fedia, Voltava Para Casa Todos Os Dias, Às Seis Horas Da Tarde, pagou as duas médias. O Negro, Que Fedia, e a Trocadora Do Ônibus No Qual O Negro, Que Fedia, Voltava Para Casa Todos Os Dias, Às Seis Horas Da Tarde, saíram do boteco sujo e caminharam, em silêncio, favela adentro. O Negro, Que Fedia, sorria para a Trocadora Do Ônibus No Qual ele, Negro, Que Fedia, Voltava Para Casa Todos Os Dias, Às Seis Horas Da Tarde. A Trocadora Do Ônibus No Qual O Negro, Que Fedia, Voltava Para Casa Todos Os Dias, Às Seis Horas Da Tarde, sorria para o Negro, Que Fedia. Tanto o Negro, Que Fedia, como a Trocadora Do Ônibus No Qual O Negro, Que Fedia, Voltava Para Casa Todos Os Dias, Às Seis Horas Da Tarde, tinham poucos dentes na boca, todos eles em processo de apodrecimento. O Negro, Que Fedia, e a Trocadora Do Ônibus No Qual O Negro, Que Fedia, Voltava Para Casa Todos Os Dias, Às Seis Horas Da Tarde, pararam em frente ao barraco onde o Negro, Que Fedia, morava e ficaram se olhando sem saber o que dizer. Então, o Negro, Que Fedia, se aproximou da Trocadora Do Ônibus No Qual ele, Negro, Que Fedia, Voltava Para Casa Todos Os Dias, Às Seis Horas Da Tarde, e a beijou na boca. O Negro, Que Fedia, tinha mau hálito. A Trocadora Do Ônibus No Qual O Negro, Que Fedia, Voltava Para Casa Todos Os Dias, Às Seis Horas Da Tarde, tinha mau hálito. O Negro, Que Fedia, estava adorando misturar sua língua com a língua da Trocadora Do Ônibus No Qual ele, Negro, Que Fedia, Voltava Para Casa Todos Os Dias, Às Seis Horas Da Tarde. A Trocadora Do Ônibus No Qual O Negro, Que Fedia, Voltava Para Casa Todos Os Dias, Às Seis Horas Da Tarde, estava adorando sentir o pau duro do Negro, Que Fedia, contra a sua boceta. O Negro, Que Fedia, e a Trocadora Do Ônibus No Qual O Negro, Que Fedia, Voltava Para Casa Todos Os Dias, Às Seis Horas Da Tarde, se encostaram num poste e ficaram se beijando e se esfregando durante algum tempo, até que a excitação sexual chegou ao seu limite máximo. Então, o Negro, Que Fedia, arrastou a Trocadora Do Ônibus No Qual ele, Negro, Que Fedia, Voltava Para Casa Todos Os Dias, Às Seis Horas Da Tarde, para dentro do barraco. O Negro, Que Fedia, e a Trocadora Do Ônibus No Qual O

Negro, Que Fedia, Voltava Para Casa Todos Os Dias, Às Seis Horas Da Tarde, tiraram a roupa rapidamente, sofregamente. O barraco do Negro, Que Fedia, fedia e tinha um pôster na parede com a foto de uma americana loura, bronzeada pelo sol, nua, magra de seios firmes com róseos mamilos e bunda empinada. A Trocadora Do Ônibus No Qual O Negro, Que Fedia, Voltava Para Casa Todos Os Dias, Às Seis Horas Da Tarde, era negra, tinha os seios flácidos, bunda caída, e fedia. O Negro, Que Fedia, empurrou a Trocadora Do Ônibus No Qual ele, Negro, Que Fedia, Voltava para Casa Todos Os Dias, Às Seis Horas Da Tarde, sobre o colchão duro, onde ele, Negro, Que Fedia, dormia todas as noites, das vinte e três horas até as cinco horas da manhã. O colchão duro, onde o Negro, Que Fedia, dormia todas as noites, das vinte e três horas até as cinco horas da manhã, era o habitat de trezentas e oitenta e quatro baratas. O Negro, Que Fedia, abriu as pernas da Trocadora Do Ônibus No Qual ele, Negro, Que Fedia, Voltava Para Casa Todos Os Dias, Às Seis Horas Da Tarde, e colocou seu pau na boceta dela, da Trocadora Do Ônibus No Qual O Negro, Que Fedia, Voltava Para Casa Todos Os Dias, Às Seis Horas Da Tarde. O Negro, Que Fedia, e a Trocadora Do Ônibus No Qual O Negro, Que Fedia, Voltava Para Casa Todos Os Dias, Às Seis Horas Da Tarde, fizeram sexo durante três minutos. O Negro, Que Fedia, teve um orgasmo. A Trocadora Do Ônibus No Qual O Negro, Que Fedia, Voltava Para Casa Todos Os Dias, Às Seis Horas Da Tarde, teve um orgasmo. Foi a primeira vez que o Negro, Que Fedia, levara uma mulher ao orgasmo. Um orgasmo que fedia, abençoado por Cristo.

ESTA OBRA FOI COMPOSTA EM ELECTRA PELO ACQUA ESTÚDIO E IMPRESSA EM OFSETE PELA GRÁFICA BARTIRA SOBRE PAPEL PÓLEN SOFT DA SUZANO PAPEL E CELULOSE PARA A EDITORA SCHWARCZ EM NOVEMBRO DE 2007